Wolfgang Schüler
Sherlock Holmes in Berlin

Vom Autor bisher bei KBV erschienen:

Sherlock Holmes in Leipzig
Sherlock Holmes in Berlin

Wolfgang Schüler hat in Leipzig Jura studiert. Er arbeitet als Rechtsanwalt, Schriftsteller und Journalist. Er verfasste u. a. die erste deutschsprachige Edgar-Wallace-Biografie und das Handbuch zur Kriminalliteratur *Im Banne des Grauens*. Am *theater.FACT* in Leipzig ist derzeit ein Kriminalstück in Vorbereitung, in dem die Figur des Sherlock Holmes eine zentrale Rolle spielt.

Wolfgang Schüler

Sherlock Holmes in Berlin

KBV

Originalausgabe

www.kbv-verlag.de
E-Mail: info@kbv-verlag.de
Telefon: 0 65 93 - 998 96-0
Fax: 0 65 93 - 998 96-20
Umschlaggestaltung: Ralf Kramp
Redaktion: Volker Maria Neumann, Köln
Druck: Aalexx Buchproduktion GmbH, Großburgwedel
Printed in Germany
ISBN 978-3-942446-46-4

Für Thomas Richert und Bert Vogelmann,
zwei große Krimispezialisten und gute Freunde.

1. Kapitel

Die Einladung

»Watson, sollten Sie die Zeit erübrigen können, würde ich mich sehr über Ihre Gesellschaft freuen.«

Arthur Conan Doyle, *Der schwarze Peter*

Seltener Besuch

Aus den Aufzeichnungen von Dr. Watson.

15.09.1913, London

Nach einem ausgedehnten Frühstück an einem überaus sonnigen Spätsommertag Mitte September 1913 faltete ich wie üblich die Morgenzeitung auseinander. Seit Jahren schon las ich täglich *The Times*, welche ich wegen ihrer ausgewogenen Berichterstattung den üblichen Revolverblättern wie *The Daily Telegraph, The Daily Mail* oder *The Daily Express* vorzog. Für mich war das die schönste Stunde des Tages, wenn ich ohne jede Hast in dickleibigen Journalen schmökern und dazu eine gute Tasse Kaffee genießen konnte. Ich favorisierte das Feuilleton und den Sportteil. Die meisten Meldungen aus Politik und Wirtschaft überflog ich deshalb nur flüchtig. Schließlich blieben meine Augen im außenpolitischen Teil an einer kurzen Notiz hängen. Dort stand, dass der deutsche Kaiser Wilhelm II. am 18. Oktober in einer Stadt namens Leipzig das sogenannte Völkerschlachtdenkmal einweihen würde.

Meine Gedanken schweiften sofort zurück in die jüngere Vergangenheit. Gut drei Jahre mochte es her sein, da waren

Holmes und ich in Deutschland in geheimer Mission unterwegs gewesen. Wir hatten ein schreckliches Erlebnis auf der Baustelle von eben diesem Völkerschlachtdenkmal gehabt. Am dicken Ende einer spektakulären Sightseeingtour war ein Verbrecher tot in seinem Blute zurückgeblieben. Außerdem hatte ein bösartiger Köter eine nicht unwesentliche Rolle gespielt. Auslöser für dieses und weitere diverse Abenteuer im Land der Dichter und Denker war ein perfider Plan von Mitgliedern und Sympathisanten der Deutschkonservativen Partei gewesen. Sie wollten mit aller Macht einen internationalen Konflikt vom Zaun brechen. Zu diesem Zweck planten sie einen feigen Mordanschlag auf eine bekannte Schauspielerin der Londoner *Royal Academy of Dramtic Art*. Die brillante Shakespeare-Darstellerin trat unter dem nichtssagenden Künstlernamen Charlotte Land auf, war aber keine Geringere als die jüngste Tochter des Herzogs von Cumberland. Während ihrer Deutschlandtournee wurde sie entführt. Mein Freund Sherlock Holmes deckte das Komplott auf. Im letzten Augenblick konnte durch ihn (und dank meiner bescheidenen Mithilfe) das Schlimmste verhindert werden.[1] Damals waren wir nicht wie sonst üblich im rein privaten Auftrag unterwegs gewesen: Wir hatten auf Geheiß der britischen Krone gehandelt.

Der gesamte Fall wurde bis weit nach seinem Ende mit absoluter Diskretion behandelt, weil hochrangige Persönlichkeiten zu den Verschwörern gehört hatten. Aber hinter den Kulissen gärte und brodelte es noch lange Zeit weiter. Diplomatische Noten wurden ausgetauscht. Schließlich gelang es der britischen und der deutschen Regierung, einen Kompromiss zu finden und den gordischen Knoten zu zerschlagen. In höchsten Adelskreisen – so mutmaßte ich jedenfalls – wurde ein genialer Coup ausgehandelt, der die zerstrittenen

Parteien wieder miteinander versöhnen sollte: Am 24. Mai 1913 heiratete die 21-jährige Prinzessin Viktoria Luise von Preußen (dies war die einzige Tochter des deutschen Kaisers Wilhelm II.) den 26-jährigen Prinzen von Großbritannien und Irland Ernst August von Hannover III.

Die Schauspielerin Charlotte Land, die mit vollem Namen Charlotte von Hannover und Cumberland hieß, lebte zu diesem Zeitpunkt bereits dauerhaft in den USA. Der Bräutigam war ihr leiblicher Bruder. Dennoch blieb sie den Hochzeitsfeierlichkeiten fern. Das lag nicht an der langen Überfahrt von den Staaten nach Europa. Dafür gab es einen wesentlich triftigeren Grund: Einer der Verschwörer, der ihr nach dem Leben getrachtet hatte, war August Wilhelm Prinz von Preußen gewesen. Bei diesem dunklen Prinzen handelte es sich um den drittjüngsten Sohn der insgesamt sieben Kinder von Kaiser Wilhelm II.

Ansonsten nahm der gesamte europäische Hochadel, vom russischen Zaren bis zum englischen König, an der pompösen Zeremonie teil. Nach dieser umfassenden Versöhnung der zerstrittenen Herrscherhäuser hielten die meisten Menschen die seit Jahren drohende Kriegsgefahr endlich für gebannt.

Als ich mit der *Times* fertig war, legte ich sie zu den übrigen Zeitungen auf die Anrichte. Oben auf dem Stapel entdeckte ich zufällig eine telegraphische Depesche. Offensichtlich hatte sie dort schon seit dem frühen Morgen herumgelegen. Ein leichter Ärger stieg in mir auf. Mrs. Blacksmith, unsere neue Haushälterin, kannte ich als eine äußerst zuverlässige Person. Aber in diesem Fall hatte sie den Umschlag bedenkenlos beim Altpapier deponiert, ohne mich über den Eingang der Eilnachricht zu informieren. Die gute Frau war ganz offensichtlich von der irrigen Annahme ausgegangen, dass es für mich ohne Belang sei, zu welcher Tageszeit ich ein Telegramm zu Gesicht bekam. Wahrscheinlich dachte sie, dass es für einen außerhalb des Geschäftslebens stehenden Pensionär wohl kaum eine dringliche Nachricht geben könne, die eine sofortige Reaktion erforderte. Das war natürlich Mumpitz. Schon der Ausdruck *Telegraphische Depesche* implizierte die Eilbedürftigkeit.

Ich beschloss, ein ernstes Wort mit Mrs. Blacksmith zu reden, öffnete den Umschlag und las: ALTER KNABE. BIN ZUFÄLLIG IN LONDON. STOP. WÜRDE DICH GERNE ZU EINEM NETTEN SCHWATZ BESUCHEN KOMMEN. STOP. WERDE GEGEN 11 UHR EINTREFFEN. S.H.

Ich blickte irritiert auf meine Savonette [2]. Sie zeigte wenige Minuten nach elf. In diesem Moment klingelte es schon. Draußen vor der Tür stand mein alter Freund Sherlock Holmes. In seinem schwarzen Mantel und einem ramponierten Kalabreser [3] auf dem Kopf glich er einer dürren, hochaufgeschossenen Krähe. Aber seine Gesichtsfarbe war weitaus weniger bleich als die meinige. Sie zeugte von ausgedehnten und erfrischenden Spaziergängen in freier Natur.

Als Holmes beim Eintreten den Hut vom Kopf nahm, bemerkte ich, dass sein ehemals dunkles Haar zwar noch immer voll geblieben, aber grau geworden war. Trotz seiner 59 Jahre schien der Detektiv im Ruhestand im Vollbesitz seiner körperlichen Kräfte zu sein. Seine Augen waren scharf und durchdringend wie eh und je. Die raubvogelhafte Nase verlieh ihm einen Ausdruck der höchsten Willenskraft und unerbittlichen Entschlossenheit, welcher durch das markante Kinn noch weiter verstärkt wurde.

Nachdem sich mein Freund im Korridor seiner Überkleider entledigt hatte, schloss er mich herzlich in seine Arme und drückte mich kräftig. Das war eine bei ihm eher ungewohnte

Verhaltensweise. Aber auch er schien wohl darunter zu leiden, dass wir uns nur noch selten zu Gesicht bekamen. Er trat einen Schritt zurück, wobei er seine dünnen, feingliedrigen Hände auf meiner Schulter beließ. Er betrachtet mich aufmerksam und stellte dann fest: »Mein lieber Watson. Wie ich mit Freuden sehe, genießt du es, seit zwei Tagen Strohwitwer zu sein. Du hast dir soeben ein spätes Frühstück munden lassen, aber ich hoffe, du hältst noch eine Tasse Kaffee für mich bereit. Glücklicherweise haben wir genügend Zeit zum Plaudern, denn deine gute Gattin wird frühestens morgen wieder von ihrem Besuch in High Wycombe an den heimischen Herd zurückkehren. Aber du solltest mit deinem Personal reden. Wenn gewisse Nachlässigkeiten erst einmal einreißen, lassen sie sich später nur noch schwerlich abstellen.«

Ich entgegnete zunächst nichts, sondern bat meinen Freund ins Esszimmer. Ich ließ ihm von der Haushälterin ein Gedeck auflegen und bestellte frischen Toast und Kaffee. Nachdem Mrs. Blacksmith das Speisezimmer verlassen hatte, meinte ich einigermaßen verblüfft: »Holmes, mit deinen kleinen Tricks bin ich bestens vertraut. Vermutlich klebt mir etwas Eigelb am Kinn. Daher wusstest du von meinem späten Frühstück. Aber wie hast du erraten können, dass meine Frau ihre Verwandten in High Wycombe besucht, und zwar ganz genau für drei Tage?«

Holmes goss sich den letzten Rest Kaffee aus der silbernen Kanne ein. Er trank ihn pechschwarz. Dazu zündete er sich eine starke ägyptische Zigarette der Marke *Ionides* an. Auf den Geschmack an dieser Sorte hatte ihn einst der russische Nihilist Professor Coram gebracht.[4] Mein Freund lächelte. »Ein Blick in den Spiegel wird dich davon überzeugen, dass du dich mitnichten bekleckert hast, auch wenn dies das übliche Steckenpferd alter Knaster sein mag. Aber du wirst auf

Anhieb deine zwei Tage alten Bartstoppel bemerken. Dies ist eine bei dir völlig unübliche Nachlässigkeit in der Körperpflege, die einzig und allein der Abwesenheit deiner Gattin geschuldet sein kann. Darüber hinaus trägst du noch deinen bequemen, seidenen Morgenrock. Also konnte das Frühstück nicht lange zurückliegen, sonst hättest du dich bereits für deinen täglichen Spaziergang im Park umgekleidet gehabt. Draußen im Flur liegen eure Lederkoffer, und zwar oben auf dem Schrank, wie ich wohl weiß. Das kleinste Behältnis fehlt. Demzufolge hat deine Gemahlin eine Reise angetreten, die kaum länger als drei Tage dauern dürfte. Die Fahrt konnte auch nur in die Nähe führen, sonst würde sich der Aufwand kaum lohnen. Der engste Verwandte vom Mrs. Watson ist ihr Oheim Raymond Spencer in High Wycombe. Vor morgen erwartest du sie nicht zurück, sonst hättest du dich längst gründlich rasiert und umgekleidet.«

»Sehr gut, sehr gut«, lobte ich ihn. »Alles stimmt bis auf das letzte I-Tüpfelchen. Nun nenne mir bitte noch den Grund für diesen Ausflug.«

»Onkel Spencer feiert seinen Namenstag.«

»Auch das ist richtig. Aber hätte es nicht auch seine Beerdigung sein können? Der alte Bullbeißer ist immerhin schon 86 Jahre alt.«

»Nein, keinesfalls. Du konntest diesen misanthropischen Miesepeter noch nie ausstehen. Deshalb hast du deine Gattin nicht begleitet. Eine Trauerfeier hingegen wäre für dich ein freudiges Ereignis gewesen, welches du dir auf keinen Fall hättest entgehen lassen wollen.«

»So weit, so gut. Woher weißt du aber, dass ich mit dem Personal unzufrieden bin?«

»Weil du, wie bereits erwähnt, noch im Schlafrock steckst. Der Telegrammbote wird die Depesche morgens gegen neun

Uhr abgeliefert haben. Aber niemand hat dich darauf aufmerksam gemacht. Du hast sie erst vorhin zufällig gefunden. Woher ich das weiß? Ganz einfach: Weil du von meinem Besuch nicht überrascht warst – wie ich an deiner Reaktion bemerken konnte -, dir aber keine Zeit mehr geblieben war, dich gebührend darauf vorzubereiten. Ergo bist du über dein nachlässiges Personal verärgert.«

Es hatte keinen Zweck, zu protestieren. Sherlock Holmes konnte in mir lesen wie in einem offenen Buch. Deshalb wechselte ich das Thema: »Wie ist es dir in letzter Zeit ergangen? Was macht die Bienenzucht? Wie kommst du mit deinen Memoiren zurecht? Fühlst du dich einsam, so allein in deinem Cottage am Ärmelkanal? Denkst du nicht auch voller Wehmut an die guten alten Zeiten zurück, als wir gemeinsam auf Verbrecherjagd gegangen sind?«

Mein Freund lächelte verschmitzt und antwortete: »Gut, viel Freude, gut, nein, ja.«

»Hör bitte auf, mich zu veralbern«, entgegnete ich. »Dein jetziges Leben interessiert mich von Grund auf, und ich habe dir ernsthaft Fragen gestellt.«

Sherlock klopfte mir besänftigend auf den Unterarm und drückte seine Zigarette aus. »Ernsthaft mögen sie gewesen sein, durchaus. Aber es waren geschlossene Fragen, die einsilbige Antworten provozieren. Wenn du mehr über mich erfahren möchtest, musst du mir schon offene Fragen stellen.«

»Ganz wie es dir beliebt, mein großer Lehrmeister«, meinte ich leicht beleidigt. »Ich werde trotz meiner nunmehr 61 Jahre auch diese Lektion beherzigen und stelle dir jetzt drei offene Fragen: Was ist der tatsächliche Grund für deine Reise nach London? Welche Rolle hast du mir diesmal zugedacht? Was meint Mycroft dazu?«

»Vortrefflich, alter Knabe, ganz vortrefflich!« Holmes klatschte vor Begeisterung in die Hände. »Du wendest meine Methoden bereits ziemlich zielsicher an. Du weißt, dass ich mich im Ruhestand befinde und in der Regel sämtliche Aufträge ablehne. Der einzige Mensch auf dieser Welt, der mich für wirklich wichtige Fällen rekrutieren kann, ist mein Bruder Mycroft im britischen Außenministerium.«

Ich unterbrach ihn eine Spur zu schroff: »Glücklicherweise besitzt Mycroft keinerlei Macht über mich. Eure Blutsbande können mich nicht fesseln. Mit anderen Worten: Ich will dich gerne in die Oper begleiten. Aber ich werde keinesfalls mit dir auf Verbrecherjagd gehen. Unser letztes gemeinsames Erlebnis, bei dem ein gedungener Meuchelmörder auf mich geschossen hat und ich nur wie durch ein Wunder dem Tod von der Schippe springen konnte, bereitet mir immer noch schlaflose Nächte. Jedenfalls manchmal.«

Holmes lächelte mich an. »Kannst du dich noch an die Verhaftung von Hurets erinnern, dem Pariser Boulevard-Attentäter?«

»Gewiss, das war im Jahr ... Warte, lass mich nachdenken, ich habe es gleich.«

»Nun, die genaue Jahreszahl spielt momentan keine Rolle. Ich erwähne die Angelegenheit lediglich beispielshalber. Für meine Verdienste in dieser Sache habe ich nämlich einen Dankesbrief des französischen Präsidenten erhalten. Außerdem wurde mir der Orden der französischen Ehrenlegion verliehen. Was war aber der Dank für die Zerschlagung eines Komplotts, das Europa an den Rand eines Krieges führen sollte? Damals hatten wichtige britische Interessen auf dem Spiel gestanden.«

»Keine Ahnung. Mir hat niemand gedankt, jedenfalls nicht von offizieller Seite.«

»Mir auch nicht.«

Ich runzelte die Stirn. »Das mag vielleicht daran liegen, dass du es 1902 abgelehnt hattest, von König Edward VII. in den Adelsstand erhoben zu werden. Ein solches Angebot schlägt niemand folgenlos aus. Auch Potentaten verfügen über ein Gedächtnis und lassen sich nur ungern brüskieren.«

Nun umwölkte sich die Stirn von Holmes. Er klappte sein tibetisches Zigarettenetui auf, nahm eine weitere ägyptische Zigarette mit Goldmundstück heraus und klopfte sie an. Eine Weile paffte er wortlos. Dann meinte er unwirsch: »Vermutlich hast du recht. Aber nun ist der Tag des Dankes gekommen. Für mich und für dich. Wir sind eingeladen worden. Die britische Regierung schickt uns auf Staatskosten nach Deutschland. In Berlin dürfen wir an einer wahrhaft grandiosen Operettenpremiere teilnehmen. Was sagst du dazu?«

Ich schaute ihn verblüfft an. Mir fehlten die Worte. Ohne zu fragen, nahm ich mir ebenfalls eine Zigarette aus dem reich verzierten Etui. Holmes riss ein Streichholz an seinem Daumennagel an und gab mir Feuer. Die Tür ging auf. Mrs. Blacksmith servierte meinem Freund knusprigen Toast, Rühreier mit Speck und ein Kanne dampfenden Kaffee.

Nachdem meine Haushälterin den Raum wieder verlassen hatte, sagte ich: »Quatsch mit Soße! Kein Mensch wartet drei Jahre, ehe er sich bedankt, und schon gar nicht ein König. Da steckt wieder ein Geheimauftrag von deinem Bruder Mycroft dahinter. Wir sollen für ihn die Kastanien aus dem Feuer holen. Ich mag inzwischen ein alter, seniler Knacker geworden sein. Aber so verrückt bin ich nicht, dass ich freiwillig noch einmal in das Deutsche Kaiserreich fahren würde. Das adlige Gesocks dort hat einen Hass auf uns und wird uns sofort umbringen lassen, sobald wir nur einen Fuß auf deutschen Boden gesetzt haben.«

Holmes hatte seine gute Laune zurückgefunden. »Sportsfreund, in einem Punkt irrst du dich gewaltig. In Deutschland sind wir spätestens seit der Heirat der Prinzessin Viktoria Luise von Preußen mit dem Prinzen von Großbritannien und Irland unantastbar geworden. Wir gelten als *persona grata*, wenn nicht gar als *persona gratissima*. Kein Mensch wird uns auch nur ein Haar krümmen. Aber in Bezug auf Mycroft hast du natürlich den richtigen Riecher. Oder fast. Wir beide sollen gar nichts tun, außer uns zu amüsieren. Wir stellen seine Tarnung dar.

Mycroft hingegen wird in seiner Funktion als Beamter im britischen Außenministerium unterwegs sein. In geheimer Mission soll er versuchen, durch gezielte Einflussnahme auf hohe deutsche Regierungsmitglieder einen gefährlichen Pakt zu verhindern: Die kurz vor dem Abschluss stehende Marinekonvention zwischen dem Deutschen Reich, Österreich-Ungarn und Italien.«

»Davon ist mir nichts bekannt.«

»Natürlich nicht. Solche Abkommen werden äußerst diskret behandelt.«

»Worin besteht der Sinn?«

»Die Marinekonvention sieht ein einheitliches Kommando über die Seestreitkräfte der drei Länder im Mittelmeerraum vor. Dadurch verdreifacht sich die maritime Schlagkraft für jeden einzelnen Staat. Ein möglicher Weltkrieg würde wieder einen gewaltigen Schritt näher rücken.«

Unvermittelt bekam ich eine sentimentale Anwandlung. »Es ist schon seltsam«, sagte ich. »Heute früh, lange bevor ich von deinem überraschenden Besuch überhaupt wusste, musste ich plötzlich an unsere gefährlichen Abenteuer vor drei Jahren auf dem Kontinent denken. Und plötzlich schneist du völlig unvermittelt herein und sprichst über das gleiche Thema. Unsere Seelenverwandtschaft scheint viel größer zu sein, als ich bislang ahnte.«

»Ist das ein Ja?«

»Natürlich, ich habe keine andere Wahl. Vorausgesetzt natürlich, Mrs. Watson stimmt zu. Und weiter vorausgesetzt, es wird eine reine Urlaubsreise werden. Soweit, so gut. Jetzt möchte ich bitte die näheren Einzelheiten erfahren.«

Holmes ließ vergnügt einen Bissen Toast krachend zwischen seine Zähne verschwinden. Er spülte mit reichlich Kaffee nach und erklärte: »Unsere Fahrt beginnt am 30. September. Mein Bruder Mycroft wird uns begleiten. Wir reisen standesgemäß erster Klasse, und zwar zunächst wieder mit dem Zug nach Dover, von dort aus mit der Fähre nach Calais und schließlich mit der Eisenbahn nach Berlin. Dort werden wir im besten Haus am Platz absteigen. Jeder von uns bekommt seine eigene Suite. Am 4. Oktober sind für uns die besten Logenplätze im Berliner Theater in der Charlottenstraße reserviert. Dort wird die Operette *Wie einst im Mai* von Walter Kollo aufgeführt. Sobald Mycroft Entwarnung gibt, reisen wir zurück nach London. Bis dahin werden wir in den Berliner Kaffeehäusern und Museen unterwegs sein. Ach, übrigens: Die Küche im *Adlon* ist legendär. Zwei Gerichte wurden dort erfunden: Das *Kalbssteak Adlon* und das *Seezungenfilet Adlon*. Es wird dir also gefallen.«

»Schwöre bei Gott und allem, was dir heilig ist, dass es keinen Haken gibt!«, forderte ich mit Vehemenz.

»Du kannst mir vertrauen«, entgegnete Holmes. »Wir sollen Mycroft lediglich den Rücken freihalten. Wir werden morgens gemütlich im Hotel zusammen frühstücken und abends gemeinsam durch die Kneipen ziehen. Tagsüber will mein Bruder auf seinen geheimen Pfaden wandeln und sich falsche Bärte ankleben, währenddessen wir bei schönem

Wetter durch den Großen Tiergarten flanieren und bei Regen eines dieser neumodischen Lichtspieltheater besuchen werden. Die ganze Zeit über wollen wir uns bemühen, mit möglichst vielen Menschen ins Gespräch zu kommen, denn am unauffälligsten bleibt derjenige außerhalb des Rampenlichts, welcher sich auf der Bühne am auffälligsten verhält. Ach so, ehe ich es vergesse. Bitte nimm deinen Frack mit. Du benötigst ihn für die Premierenfeier.«

Ich hatte nichts Besseres zu tun und freute mich auf die unverhoffte Reise. Außerdem war ich tatsächlich der Meinung, dass mir die britische Krone Dank schuldete.

Aber ich hätte es besser wissen müssen. Sherlock Holmes, dem berühmtesten Detektiv aller Zeiten, war es nicht gegeben, unbehelligt an fremde Ort zu reisen. Überall würde er auf verzwickte Rätsel stoßen, zu deren Lösung es seiner dringenden Hilfe bedurfte. Aber weil ich von Natur aus ein vorsichtiger Mensch war, notierte ich zwei Gegenstände an vorderster Stelle auf meiner Reisegepäck-Liste: den zuverlässigen Webley-Revolver Mk. IV vom Kaliber .455 sowie meinen mit Blei ausgegossenen Knotenstock, der sich ausgezeichnet zur Selbstverteidigung eignete.

[1] Wolfgang Schüler, *Sherlock Holmes in Leipzig*

[2] Frz.: Seifenkugel, Bezeichnung für eine Taschenuhr mit einem Metalldeckel über dem Glas.

[3] Breitkrempiger, spitz zulaufender Filzhut, der ursprünglich aus Kalabrien stammte.

[4] Sherlock Holmes, *Der goldene Kneifer*

Tod im Morgengrauen

921 v. Chr., unwirtliche Nordländer

Die Männer waren am Ende ihrer Kräfte. Sie hatten sich hoffnungslos in den düsteren Wäldern der nördlichen Wildnis verirrt. Der Saumpfad war immer schmaler geworden, bis er sich schließlich völlig im Unterholz verlor. Sie konnten sich nur nach den Sternen richten, weil alle übrigen Orientierungspunkte fehlten. Die Berge befanden sich nicht mehr an den Stellen, wo sie sein sollten, und der große Fluss war unauffindbar. Selbst die Sonne, die sich die meiste Zeit hinter einer dichten Wolkendecke verbarg, schien ihnen einen Streich spielen zu wollen. Manchmal tauchte sie – statt in ihrem Rücken – wieder vor ihnen auf. In dem unwegsamen Gelände mussten die Reisenden viele Umwege machen, weil sonst die Pferde im Gestrüpp stecken geblieben wären.

Der Mut der Männer sank weiter, nachdem sie aus dem Hinterhalt von einem unbekannten Feind beschossen wurden. Seit einigen *Danna* [1] prasselten immer wieder Pfeile auf sie herab. Sie hatten den Gegner noch kein einziges Mal zu Gesicht bekommen. Die Überlegenheit ihrer eisernen Waffen und Rüstungen nützte ihnen nicht viel gegen die herbeizischenden Bogengeschosse mit ihren primitiven Feuersteinspitzen. Vom grauen Himmel sank feiner Regen herab. Es war kalt. Viel kälter als es zu Hause am blauen Meer jemals sein würde. Krähenschwärme stiegen auf. Bald würde der erste Schnee fallen.

Acchus, der Dorer, beriet sich mit Kallus, dem Achäer. »Was sollen wir tun, oh du mein Bruder? Den Weiher Talkan hätten wir bereits vor drei lichten Tagen erreicht haben müssen. Unsere Vorräte sind bald erschöpft. Wir können nicht auf die Jagd gehen, solange wir angegriffen werden. Der Feind, so scheint es, lauert überall. Einen guten Schwertkämpfer haben wir bereits an ihn verloren.«

Kallus war ein erfahrener Krieger. Er befand sich im besten Mannesalter, auch wenn sein Bart schon graue Fäden zeigte. »Wir dürfen nicht vor den Bastarden flüchten. Wir müssen sie angreifen und einen Gefangenen machen. Er wird uns verraten, was wir wissen müssen. Dann nehmen wir blutige Rache für unseren toten Kameraden.«

»Wie soll das geschehen? Die Waldmenschen scheuen eine ehrliche Feldschlacht. Bislang konnten wir nicht mehr als Schemen erkennen.«

»Die Zahl dieser feigen Kreaturen ist äußerst gering. Es können nicht mehr als höchstens zwei Bogenschützen sein. Sonst hätten sie uns längst aufgerieben. Nein, ich denke sogar, es wird nur ein einzelner Angreifer sein. Er umkreist uns und sucht sich sichere Schusspositionen aus. Zum Glück haben wir einen guten Jagdhund. Er wird uns auf die Spur dieser Ratte führen. Sobald wir einen geeigneten Platz gefunden haben, werden wir eine Verteidigungsstellung errichten und unser Nachtlager aufgeschlagen. Nach Einbruch der Dunkelheit werde ich mich mit zwei Getreuen auf die Suche begeben. Altyx kann bei Nacht fast wie bei Tage sehen, und Palsar kennt alle Geräusche des Waldes.«

Und so geschah es. Auf einer morastigen Lichtung, die von Totholz umstanden war, rastete die Gruppe. Die Männer schlugen junge Bäume, spitzten die Stämme an und rammten sie als Palisaden in die Erde. Kallus, Altyx und Palsar rieben ihre Arme und Gesichter mit grauem Schlamm ein. Als der Mond hinter einer dichten Wolkendecke verschwand, schlichen sie sich unbemerkt aus dem Lager.

Pack, der schwarzbraune Wolfshund, war für die Jagd abgerichtet worden. Auf der Pirsch gab er niemals einen Laut von sich. Sobald er ein größeres Wild bemerkte, blieb er reglos stehen und bewegte sich nicht mehr.

Der Hund lief eine Weile ziellos hin und her, dann nahm er die Witterung auf. Die drei Männer folgten ihm nahezu geräuschlos. Immer wieder verharrten sie und lauschten. Das Feuer auf der Lichtung schimmerte nur noch von Ferne durch die Bäume.

Plötzlich erstarrte der Wolfshund. Seine Nackenhaare sträubten sich. Altyx gab ein Zeichen. Niemand bewegte sich mehr. Viele Minuten lang blieb alles still. Dann hörten sie ein stapfendes Geräusch. Plötzlich rauschten die Zweige. Ein Hirsch kam aus einem Gebüsch gesprungen und verschwand seitlich im Unterholz. Der Hund rührte sich immer noch nicht. Die drei Männer blieben am Boden liegen. Der Mond kam hinter den Wolken hervor und tauchte die Bäume in ein silbriges Licht.

Kallus blickte sich um. Er konnte nichts Verdächtiges erkennen. Vor ihm raschelten die Blätter, trotzdem es völlig windstill war. Wahrscheinlich folgte die Hirschkuh ihrem Auserwählten. Der Achäer wollte schon den Befehl zum Weitergehen geben, als ihm ein unangenehm traniger Geruch in die Nase stieg. Und dann sah er im Mondschein einen Waldmenschen direkt vor sich stehen. Er war noch ziemlich jung, kaum über das Knabenalter hinausgewachsen. Er hatte verfilzte Haare, war mit einem Fell bekleidet und hielt einen primitiven Bogen in der Hand. Ein Pfeil lag schussbereit auf der Sehne. Der Waldmensch blähte die Nüstern und sog die Witterung ein. Offensichtlich hatte er bereits Verdacht geschöpft. Er hob den Bogen und spannte ihn. Der Pfeil zeigte direkt auf den Kopf von Kallus. Der Achäer konnte nichts tun. Er wartete auf das sirrende Geräusch und den letzten großen Schmerz.

In diesem Moment tauchte Altyx wie aus dem Nichts hinter dem Scheusal auf und ließ seine eisengespickte Keule auf den Schädel niedersausen. Der Schlag hatte gesessen. Es klang wie das Platzen einer überreifen Melone, als das Metall auf dem Hinterhaupt aufschlug.

Die Männer fesselten ihren bewusstlosen Feind und schleppten ihn zurück ins Lager. Der Bursche blutete stark aus seiner Kopfwunde, aber die Verletzung schien nicht lebensbedrohlich zu sein.

Acchus lobte seine Getreuen. »Endlich hat sich das Blatt gewendet. Aber wir dürfen nicht leichtsinnig werden. Vier Mann übernehmen die erste Wache. Vier Mann begeben sich zur Nachtruhe. Kallus und ich verhören inzwischen den Gefangenen. Erst wenn wir alle wichtigen Informationen erlangt haben, können wir entscheiden, wie es weitergeht.«

Kallus schüttete dem Ohnmächtigen einen Kübel Wasser ins Gesicht. Der Waldmensch kam stöhnend zu sich und zerrte wütend an seinen Fesseln. Er stank fürchterlich nach Aas. Offensichtlich war seine Fellkleidung nicht ordentlich gegerbt worden.

Acchus, der Kaufmann, kannte viele Sprachen. Seit langen Jahren war er in den wilden Bronzeländern unterwegs. Er führte billige Eisenwaren mit sich, die er gegen gutes Gold tauschte. Dann zog er weiter hinauf in den tiefen Norden. Dort wechselte er das Gold gegen den seltenen Bernstein, der in Sparta bei allen Schmuckhandwerkern hochbegehrt war. Über die Jahre war er mit seinen Handelsgeschäften reich geworden. Dies sollte seine letzte Reise werden. So hatte es der Witwer seinen Söhnen und Töchtern versprochen.

Der Waldmensch gab ein tierisches Knurren von sich, das

nichts Menschenähnliches an sich hatte. Acchus versuchte es vergeblich mit einem guten Dutzend Sprachen. Der Gefangene wollte oder konnte ihn nicht verstehen. Er blieb stumm. Der Kaufmann wechselte zur Zeichensprache über. Er breitete zehn Zweige vor sich am Boden aus und zeigte auf seine Gruppe. Dann legte er einen Ast zu dem Waldmenschen und bedeutete ihm, ihnen den Weg zu seinem Dorf zu beschreiben.

Der Gefangene blickte ihn mit hasserfüllten Augen an. Er begann zu flüstern. Kehlige, zischende Laute drangen aus seinem Mund. Acchus rückte näher an ihn heran, auch wenn der Gestank unerträglich war. Der Waldmensch schien auf diese günstige Gelegenheit gewartet zu haben. Er warf sich unvermittelt nach vorn und versuchte den Dorer zu beißen. Die zuschnappenden Zähne ritzten den Hals des Mannes. Acchus zuckte zurück und verlor vor Wut die Beherrschung. Er zog seinen scharf geschliffenen Dolch aus der Lederscheide und rammte ihn seinem Gegenüber in die Kehle. Blut spritzte. Der Waldmensch röchelte im Todeskampf und sackte zusammen.

Kallus untersuchte den Toten. Der Fremde trug weder Schmuck noch rituelle Zeichen. Er war am ganzen Körper stark behaart. Von mehreren schlecht verheilten Verletzungen waren wulstige Narben zurückgeblieben. Außer einem primitiven Köcher mit mehreren einfachen Pfeilen, dem simplen Kurzbogen und der Fellkleidung trug er nichts weiter bei sich. Er war barfuß unterwegs gewesen.

Kallus meinte: »Vielleicht hat er dich nicht verstanden, weil er überhaupt nicht sprechen kann. Er sieht wie einer jener urtümlichen Menschen aus, die der Sage nach lange vor unserer Zeit gelebt haben. Wir müssen seinen Magen aufschneiden, um zu sehen, was er gegessen hat. Wenn es Feldfrüchte waren, muss es ein Dorf in der Nähe geben.«

Acchus nickte zustimmend.

Der Achäer zögerte nicht lange. Er öffnete die Bauchdecke der Leiche mit einem kreuzweise ausgeführten Schnitt und klappte die Hautlappen zur Seite. »Der Waldmensch hat einige Stunden vor seinem Tod grob gemahlenen Dinkel gegessen. Die zerquetschten Körner sind fest mit den Spelzen verwachsen. Wildwachsenden Dinkel gibt es nicht. Er wird angebaut. Demzufolge muss sich in der Nähe ein Dorf befinden. Wir wissen, aus welcher Richtung der Bursche gekommen ist. Der Hund kann seine Fährte aufnehmen. Bei Tage finden wir die Bastarde und räuchern sie aus.«

»Gut gesprochen, mein Freund. Gleich nach Sonnenaufgang ziehen wir los. Drei Mann bleiben zurück und bewachen das Lager. Unterwegs müssen wir äußerst wachsam sein. Diese Dämonen können überall im Hinterhalt liegen.«

Der Weg erwies sich als äußerst beschwerlich. Streckenweise führte der schmale Pfad direkt ins Unterholz. Dornenranken verhakten sich in der Kleidung. Der junge Salman übersah eine Baumfalle und wurde von einem herabsausenden Stamm erschlagen. Troila stürzte in eine gut getarnte Grube und zerschmetterte sich den Schädel an einem scharfkantigen Feuerstein.

Kallus legte sich auf den Bauch und sah hinab. »Der Hinterhalt galt nicht uns«, stellte er fest. »Die Fallgrube wurde schon vor mehreren Monden angelegt, denn an den Seitenwänden wächst bereits Gras. Da sie sich mitten auf einem Wildpfad befindet, fangen die Waldmenschen wahrscheinlich Wildschweine mit ihr. Salman und Troila haben einfach nur Pech gehabt. Außerdem waren sie offenkundig nicht achtsam genug.«

Am frühen Nachmittag erreichten sie den Waldrand. Der Weiler lag direkt vor ihnen. Acht schilfgedeckte Hütten standen am Rande eines breiten Baches, der sich durch die Wiesen schlängelte. Die kleinen Felder ringsum waren bereits abgeerntet. Weit und breit ließ sich niemand blicken. Nirgendwo kräuselte sich Rauch.

Kallus hob warnend den rechten Arm. »Das gefällt mir nicht. Die Dorfbewohner haben uns sicherlich kommen sehen und halten sich nun versteckt. Das ist normal. Aber wo sind die Tiere? Ich sehe keine Schweine und auch kein Federvieh. Wieso brennt nirgendwo ein Feuer? Von nun an ist äußerste Vorsicht gefragt. Wir dürfen nicht noch einen weiteren Mann verlieren.«

Die Krieger bildeten eine Kampfformation, hoben die Schilde und näherten sich langsam dem Dorf. Über einer der Hütten wogten schwarze Schleier hin und her. Ein merkwürdiges Geräusch schwoll allmählich an. »Das sind Fliegen«, flüsterte Kallus. Im selben Moment wehte ein unerträglicher Gestank zu ihnen herüber. Es roch nach Tod und Verwesung. Die Männer befürchteten das Schlimmste.

Ein Blick in die erste Hütte brachte Gewissheit: Ein gutes Dutzend Leichen stapelte sich im Innern. Kallus hielt sich ein Tuch vor die Nase und untersuchte die toten Körper. »Sie wurden allesamt von scharfen Eisenschwertern erschlagen. Das sieht man an den tiefen Schnitten und den abgetrennten Gliedmaßen. Die wesentlich stumpferen Bronzeschwerter zerschmettern die Knochen und verursachen dabei zumeist nur oberflächliche Wunden.«

»Was bedeutet das?«, wollte Acchus von dem Achäer wissen.

»Das bedeutet, dass Reisende über den Weiler hergefallen sind, die wie wir von weit her aus den Eisenländern in diese Einöde gekommen sind. Sie haben die Ansiedlung ausgeraubt, nachdem sie die meisten Leute umgebracht hatten. Deshalb sind nirgendwo Haustiere zu sehen. Der Bursche, den wir aus den Bäumen gepflückt haben, konnte entkommen. Wir sind offensichtlich das Opfer einer Verwechslung geworden. Er wollte an uns Rache nehmen, weil wir auch Eisenwaffen tragen.«

»Oder aber es war eine gewissenlose Räuberbande, die hier lebte. Das würde den Hass der Eisenmänner erklären. Deshalb haben sie alle umgebracht: Weil sie ebenso grundlos angegriffen wurden wie wir«, mutmaßte Acchus.

Sechs der übrigen Hütten waren leer bis auf einige wenige einfache Gebrauchsgegenstände, die verstreut am Boden lagen. Bei dem letzten Langhaus handelte es sich offensichtlich um das Vorratsgebäude. Es war geplündert worden. Zerschlagene Tongefäße bedeckten die Erde. Eine Darre zum Getreidetrocknen war umgestoßen worden. Die Körner lagen am Boden. An einem Querbalken hingen einige grob gewundene Stricke. Das Dörrfleisch, das sich zweifelsfrei dort befunden hatte, fehlte.

Altyx fand in der Ecke einen unversehrten Tonkrug. Er öffnete den Deckel. Eine dunkle Flüssigkeit schwappte hin und her. Der Krieger roch daran. »Es scheint sich um Met zu handeln«, stellte er fest.

»Was meinst du, gibt es noch mehr Waldmenschen dort draußen, oder haben wir den letzten zur Strecke gebracht?«, fragte Acchus.

»Das ist schwer zu sagen«, erwiderte Kallus. »Mit Tronk haben wir unseren Fährtenleser verloren. Auf dem Weg hierher wurden wir jedoch nicht mehr verfolgt. Der Hund hätte sich sonst bemerkbar gemacht. Allerdings liegen in der ersten Hütte nicht genügend Leichen für ein Dorf von dieser Größe. Wir müssen die Toten nach Alter und Geschlecht sortieren. Danach können wir weitere Rückschlüsse ziehen.«

Bei den dreizehn Erschlagenen handelte es sich um sechs alte Frauen, drei Greise und vier Krieger. Junge Mägde und Kinder fehlten völlig.

»Nun wird das Bild bereits viel klarer«, stellte Kallus fest. »Die Wut der Eisenmänner muss übermäßig groß gewesen sein, sonst hätten sie zumindest die zahnlosen Vetteln verschont. Dem Rest der Bande ist die Flucht geglückt. Irgendwo nicht weit von hier muss es ein sicheres Versteck geben.«

»Vielleicht haben die Räuber einen Teil der Dorfbewohner als Sklaven mitgenommen?«, wandte Acchus ein.

»Sklaven werden für gewöhnlich in den grenznahen Gebieten gejagt und nicht in den entlegenen Nordländern. In dieser wilden Gegend stellen Gefangene nur eine Behinderung dar. Sie müssen ernährt werden und verlangsamen den Tross. Auf dem Rückweg würde die Hälfte von ihnen an den Strapazen sterben. Nein, sie sind hier ganz in der Nähe. Ich bin mir sicher, sie beobachten uns genau in diesem Augenblick.«

Kallus sollte auf grausame Weise recht behalten. Im nächsten Moment verzerrte nämlich Palsar auf unnatürliche Weise sein Gesicht. Er öffnete den Mund, um zu schreien, aber kein einziger Laut drang über seine Lippen. Acchus sah in Palsars Rachen einen Feuerstein aufblitzen. Dann spritzte Blut, und der junge Krieger brach tot zusammen. In seinem Genick steckte ein Pfeil, der sich bis in die Mundhöhle gebohrt hatte. Kallus blickte in die Richtung, aus welcher das Geschoss gekommen sein musste. Er sah eine in ein Fell gekleidete Gestalt, die in Richtung des Bachufers davonrannte.

Kallus nahm seinen Langbogen von der Schulter, legte einen Pfeil an, spannte bedächtig die Sehne und schoss schräg hinauf in den Himmel. Der Pfeil stieg fast senkrecht nach oben, beschrieb dann eine ausgedehnte Kurve, sauste steil wieder herab und traf den Flüchtenden mitten im Rücken. Der Waldmensch brach wie vom Blitz getroffen zusammen. Er lag am Boden und rührte sich nicht mehr.

»Ein ganz vortrefflicher Schuss«, sprach Acchus ein Lob aus. »Glücklicherweise ist unsere Waffentechnik diesen Bastarden weit überlegen. Doch nun wollen wir endlich den Rest der Spießgesellen ausräuchern, damit wir nicht noch mehr Opfer zu beklagen haben.«

Der Wolfshund nahm die Fährte auf. Er führte sie von dem Toten weg hinunter zum Bachufer. An einer Steilwand entdeckten sie eine von herabhängenden Zweigen verborgene Höhle. Ohne den Hund wären sie niemals auf das Versteck gestoßen.

»Wir schicken Pack hinein. Er soll die Schlangenbrut nach draußen treiben«, ordnete Acchus an.

»Wenn wir das tun, verlieren wir den Hund. Ich habe eine bessere Idee. Wir schleudern Pechfackeln in die Öffnung. Die Höhle scheint künstlichen Ursprungs zu sein. Es muss ein weiteres Mundloch zu Belüftung geben. Wir werden es erkennen, sobald aus ihm Qualm austritt. Über das Mundloch räuchern wir die Waldmenschen aus. Sobald es brenzlig wird, werden sie ihr Versteck fluchtartig verlassen müssen. Wir brauchen uns nur rechts und links neben den Eingang der Höhle zu stellen und mit gezückten Schwertern warten. Sobald ein Kopf erscheint, schlagen wir ihn ab.«

Die lodernden Pechfackeln flogen durch die Öffnung. Sie erhellten einen Gang, der schräg nach rechts abknickte. Bald darauf kräuselte sich Rauch einige Schritt entfernt über einem hohlen Baumstumpf. Mit ihm war das Mundloch getarnt worden. Der Baumstumpf ließ sich beiseite rücken. Sie sahen ein schmutziges Gesicht, das zu ihnen aufblickte. Altyx stieß seinen Speer mit aller Kraft nach unten. Als er die Spitze zurückzog, war sie blutbedeckt.

Kallus zündete drei weitere Pechfackeln an und ließ sie in das Loch fallen. Die Krieger rupften dicke Grasbüschel aus und warfen sie hinterher. Anschließend verstopften sie das Mundloch mit der Fellkleidung, die sie dem toten Bogenschützen abgenommen hatten. Unter der Erde wurde Wimmern und Wehklagen laut. Kurz darauf kam die erste Gestalt aus der Öffnung am Bachufer gekrochen. Kallus kannte kein Erbarmen. Er tötete sie alle: Männer, Frauen und Kinder. Als keine Geräusche mehr aus dem Versteck drangen, zog Acchus die Felldecke aus dem Mundloch. Die Männer pinkelten der Reihe nach in die Grube, um das schwelende Feuer löschen. Nachdem der letzte Rauch abgezogen war, schickte Acchus den wendigen und schmal gebauten Altyx in das Innere der Höhle. Er sollte dort nach Überlebenden und Wertgegenständen suchen. Der Krieger kehrte mit leeren Händen zurück. »Dort unten war nichts weiter zu finden außer einem toten Säugling und einigen Essensresten.«

Die auf vier Mann zusammengeschrumpfte Gruppe zog sich zurück. Auf dem Weg ins Lager gab es keine unangenehmen Überraschungen mehr. Offensichtlich wurden sie nicht länger verfolgt.

Der Wolfshund stöberte unterwegs ein Reh auf. Kallus erlegte es mit einem sauberen Schuss. Das Blatt schien sich gewendet zu haben. Acchus versprach seinen Männern ein Festmahl, sobald sie wohlbehalten das Lager erreicht hätten.

Die gute Stimmung verbesserte sich noch mehr, als Altyx im Schein des Feuers seine Schätze zeigte. Er hatte in dem Lagerhaus der Waldmenschen einen Beutel mit Dinkel gefüllt. Mit zwei flachen Steinen mahlte er das Getreide, vermengte das Mehl mit etwas Salzwasser und buk knusprige Fladen in der heißen Asche. Dazu gab es etwas Dörrobst und frisch gebratenes Rehfleisch. Die Krieger konnten sich zum ersten Mal seit Tagen wieder sattessen. Sie spülten reichlich mit dem erbeuteten Met nach. Die erlittenen Verluste zählten nicht mehr. Ihre toten Kameraden lebten längst in einer besseren Welt bei den Göttern. Außerdem war die Gefahr endlich gebannt.

Kallus hatte einen Plan, wie sie auf kürzestem Weg den Wald durchqueren konnten: »Wir müssen uns in nordöstliche Richtung halten. Dann treffen wir auf den Bachlauf und stoßen unweigerlich auf die Spuren der Eisenmänner. Sie werden uns nach Talkan führen. Dort können wir uns ausruhen und die Vorräte ergänzen.«

Acchus schlief mit einem Hochgefühl ein. Im frühen Morgengrauen erwachte er mit schweren Krämpfen. Kalter Schweiß stand auf seiner Stirn. Er musste sich übergeben. Schwarzer, bitterer Gallensaft tropfte aus seinen Mundwinkeln. In seinen Gedärmen wütete ein Feuersturm. Der Händler blickte sich um. Zwei Männer wälzten sich gleichfalls unter starken Schmerzen am Boden. Drei der Krieger schienen bereits tot zu sein.

Acchus spürte die Hand von Kallus auf seiner Schulter. Der Achäer sagte: »Mein Freund, wir sind am Ende unserer Reise angelangt. Verzeih mir bitte, ich sollte dich beschützen. Ich habe versagt.«

»Was ist geschehen?«, wollte Acchus wissen.

»Der Met war vergiftet. Wahrscheinlich wollten die Eisenmänner auf diese Weise auch noch jene Waldmenschen umbringen, die ihnen entkommen waren. Die Wut der Fremden auf ihre Feinde muss außerordentlich groß gewesen sein. Sie haben ein äußerst heimtückisches Gift verwendet, welches erst nach einer langen Zeitverzögerung wirkt. Trotzdem scheint es absolut tödlich zu sein.«

»Um was kann es sich handeln? Um Schierling?«

»Nein, der Saft vom gefleckten Schierling verursacht keine Krämpfe, sondern lähmt die Atmung. Die Symptome unserer Vergiftung deuten auf Giftpilze hin. Wir wissen aber nicht, welche Sorte sie verwendet haben. Die wenigen Arzneien und Heilkräuter, die wir bei uns führen, sind nutzlos. Uns steht kein geeignetes Gegenmittel zu Verfügung. Uns bleibt nichts weiter zu tun, als uns gegenseitig die Leiden zu verkürzen.«

»Warte bitte einen Moment«, stammelte Acchus mit schmerzverzerrter Miene. »Bevor ich sterbe, muss ich noch etwas tun.« Er nahm einen Schild und schaufelte mühsam ein Loch in den morastigen Boden. Immer wieder brach der Todgeweihte entkräftet zusammen. Schließlich musste er es aufgeben weiterzugraben. Er schob ein bauchiges Tongefäß in die flache Grube, bedeckte es mit der schwarzen Erde und legte einen Stein obenauf. »So, mein Bruder, nun bin ich bereit«, flüsterte er.

Kallus nickte. Er leistete den letzten Freundschaftsdienst und schnitt Acchus die Kehle durch. Anschließend stieß er sich die Klinge mitten ins Herz.

Pack lag unweit davon am Boden. Sein Kopf lag auf seinen ausgestreckten Pfoten. Der Wolfshund beobachtete ganz genau, was um ihn herum geschah. Dann tat er etwas, was er noch nie zuvor getan hatte: Er begann zu winseln. Über ihm kreisten die Krähen. Die ersten Schneeflocken fielen.

[1] Sumerische Bezeichnung eines Längenmaßes, dass von den Babyloniern auch als Zeiteinheit verwendet wurde. Ein *Danna* war 7.000 Doppelschritte lang, was einer Entfernung von etwa 10,8 Kilometern entsprach. In leichtem Gelände wurden zwei Stunden benötigt, um diese Strecke zurückzulegen. Ein *Danna* wird daher auch als *Doppelstunde* bezeichnet.

2. Kapitel

Englisches Frühstück

»Wie der Major es ausdrückte, sei ihm das Lächeln oft wie von einer unsichtbaren Hand vom Munde geschlagen worden.«

Arthur Conan Doyle, *Der Verwachsene*

Auf dem Bahnhof

Aus den Aufzeichnungen von Dr. Watson.

30.09.1913, London

Den Morgen vor unserer Abfahrt verbrachte ich wie gewohnt: Ich widmete mich einem ausgiebigen Frühstück. Das Reisefieber konnte mir nicht den Appetit verderben. Zur Förderung der Verdauung begann ich mit gewässerten Dörrpflaumen, Porridge[1] und Orangensaft. Der Hauptgang bestand aus gebratenem Frühstücksspeck, kleinen Würstchen, gerösteten Lammnierchen, gegrillten Tomaten nebst Champignons, Black Pudding[2], Fried Bread[3], drei Spiegeleiern sowie reichlich Brown Sauce.[4] Dazu trank ich pechschwarzen Kaffee. Er wurde mir von Mrs. Blacksmith in einer dickwandigen, silbernen Kanne serviert, die überaus lange die Hitze speicherte. Den Abschluss bildete gebutterter Toast, dick mit feinherber Limettenmarmelade bestrichen.

Bei meinen Essgewohnheiten hielt ich es mit dem Romancier und Mediziner Somerset Maugham.[5] Einem kontinentalen Kritiker, der sich bitter über die seiner Meinung nach anspruchslose englische Küche beklagt hatte, war von meinem famosen Kollegen geantwortet worden: »Unsinn! Alles, was man tun muss, ist dreimal täglich frühstücken.«

An mein morgendliches Mahl schloss sich mein mir liebgewonnenes Zeitungsstudium an. Ich war nicht in Eile. Den Koffer und die Tasche hatte ich bereits einen Tag zuvor gepackt. In der Ruhe lag die Kraft. Stück für Stück hatte ich die lange Liste der notwendigen Reiseutensilien abgearbeitet. Ich hasste es, gehetzt zu werden. Früher pflegte mich Holmes deshalb gerne zu verspotten. Aber ich ließ mich lieber einen Korinthenkacker schimpfen, als auf meine Bequemlichkeiten zu verzichten. Seit meinem letzten Besuch auf dem Kontinent wusste ich, dass es in Deutschland an den einfachsten Dingen mangelte. Dafür gab es dort andere Produkte im Überfluss, mit denen kein verständiger Mensch auch nur das Geringste anfangen konnte.

Obwohl mir also jegliches Asketentum fern lag, beherrschte ich als alter Militär natürlich auch die Kunst der Improvisation. In der Vergangenheit hatte ich mir in jeder Lebenslage zu helfen gewusst, und so würde es auch in der Zukunft bleiben.

Die *Times* hielt mich diesmal nur mit Mühe wach. Auf ihrer ersten Seite verkündete sie unter einer großformatigen Fotografie die traurige Nachricht, dass der weltberühmte Künstler Étienne Dujardin-Beaumetz[6] viel zu früh im Alter von 61 Jahren verstorben war. Ein gewaltiger Trauerzug hatte sich durch seinen letzten Wohnort in der Gemeinde La Bezole im Arrondissement Limoux bewegt. Ich kannte den Mann nicht. Ich hatte noch nie in meinem Leben etwas von ihm gehört. Und die Wahrscheinlichkeit, ihm zukünftig noch einmal zu begegnen, war äußerst gering.

Die nächste Meldung galt einem deutschen Fregattenkapitän namens Peter Strasser, der einen Tag zuvor zum Führer der Marine-Luftschiffe ernannt worden war. Sowohl die Existenz, als auch die strategische Bedeutung militärischer Zeppeline waren mir bis dahin verborgen geblieben.

Es folgte eine Hiobsbotschaft: Um die Gesundheit des bulgarischen Zaren Ferdinand I. war es äußerst schlecht bestellt. Er litt unter starken Hustenanfällen. Es wurde das Schlimmste befürchtet. Nun ja, das war sicherlich der Tatsache geschuldet, dass es auf dem Balkan keine guten Ärzte gab. Vielleicht lag es auch daran, dass der übermütige Zar versucht hatte, sich an eine Wiener Schauspielerin namens Katharina Schratt heranzupirschen. Diese wiederum war – was als offenes Geheimnis galt – die Mätresse des österreichischen Kaisers Franz Joseph I. gewesen. Vielleicht hatte der greise Monarch aus Rache seinen Nebenbuhler mit Tuberkulose infizieren lassen.

In der Spalte daneben erklärten mehrere Londoner Verleger und Buchhändler, dass sie zukünftig Bücherpakete an unbekannte Kunden nur noch per Vorkasse versenden würden. Zahlreiche Betrüger hatten sich nämlich wertvolle Folianten an Deckadressen schicken lassen und waren dann untergetaucht, ohne zu bezahlen.

Ich blätterte um. In Dover war ein Schiff mit britischen Soldaten gelandet, die in Australien gedient hatten. Sie sollten nun in Ehren entlassen werden. Das betraf auch einen Offizier namens Captain McCullum, der kürzlich in den Verdacht geraten war, seine Ehefrau ermordet zu haben, später jedoch seine Ehre wiederherstellen konnte. Nähere Einzelheiten sollten weiter hinten zu finden sein. Aber sie interessierten mich nicht. Ich blätterte nicht weiter.

Stattdessen unterdrückte ich ein Gähnen. Die üblichen Sensationsmeldungen fehlten. Es gab keine Attentate und keine neuen Kriege. Der Hochadel verzichtete auf weitere Hochzeiten, und auf den britischen Konzertbühnen machte sich gepflegte Langeweile breit. In der Modebranche herrschte Sauregurkenzeit, und seit dem Tod von Professor James Moriarty[7], dem Napoleon des Verbrechens, waren in der Londoner Unterwelt nur noch Stümper unterwegs.

Schließlich legte ich die Zeitung halb gelesen zur Seite und begann mich anzukleiden. In dem Moment, als ich damit fertig war, schellte es. Die bereits vor Tagen bestellte Droschke war pünktlich auf die Minute gekommen, um mich abzuholen.

Die Reise zum Kontinent begann diesmal direkt am Bahnhof *London Bridge*. Wir sparten uns den Umweg über die *Waterloo Station*, weil es ausnahmsweise mal keine Verfolger abzuschütteln galt. Holmes traf kurz nach mir am Bahnsteig ein. Mein Freund trug – wie meistens auf seinen längeren Ausflügen – einen bequemen, karierten Anzug, einen weiten Inverness-Mantel[8] und seinen zwar praktischen, aber völlig unpassenden Deerstalker[9].

Ich hingegen zog konventionelle Kleidung vor und hatte mich für einen schlichten, dunklen Straßenanzug mit kurzer Jacke, einen dazu passenden Mantel und einen ladenneuen Coke[10] entschieden. Damit konnte ich mich überall sehen lassen, wirkte aber keinesfalls auffällig oder verstieß gegen die Etikette.

Unser Erste-Klasse-Abteil hatten wir ganz für uns allein. Ich stellte mich ans Fenster und beobachtete, wie ein Dienstmann im blauen Kittel unsere Schrankkoffer in den Gepäckraum des Nachbarwaggons wuchtete. Sie wirkten nahezu identisch mit ihren runden Deckeln, den braunen Leinenbezügen und den geriffelten, schwarzen Blechbeschlägen. Nur bei den ornamentalen Mustern gab es leichte Abweichungen.

Kurz vor der Abfahrt des Zuges erschien der Dritte im Bunde. Mycroft Holmes, der sieben Jahre ältere Bruder meines Freundes, bekleidete seit einigen Jahren einen hohen Rang im britischen Außenministerium. Er war inzwischen mit ebenso viel Machtfülle ausgestattet wie der stellvertretende Minister persönlich. Da sich Mycroft jedoch tunlichst im Hintergrund zu halten pflegte und das Rampenlicht mied wie der Teufel das Weihwasser, hatte die Öffentlichkeit noch nie größere Notiz von ihm genommen. Diese vornehme Zurückhaltung war allerdings nicht dem verantwortungsvollen Amt geschuldet. Sie lag vielmehr in seinem überaus verschlossenen Charakter begründet.

In einer medizinischen Fachzeitschrift hatte ich gelesen, dass von dem Schweizer Psychiater Eugen Bleuler im Jahr 1911 ein neues Krankheitsbild beschrieben worden war, welches er Autismus nannte. Es handelte sich um eine tiefgreifende psychische Störung. Von ihr waren Menschen befallen, die einerseits über außergewöhnliche Begabungen verfügten und andererseits in einem Zustand der inneren Zurückgezogenheit lebten.

Mycroft Holmes konnte sicherlich nicht als krank im klinischen Sinne bezeichnet werden. Ihn trennten aber nur wenige Schritte von einer geschlossenen Anstalt, wie es häufig bei hyperintelligenten Leuten der Fall war. Der große Bruder meines Freundes galt als ein extrem eigenbrötlerischer Mensch. Er hatte den *Diogenes Club* mitbegründet, in dem Unterhaltungen jeglicher Art strengstens verboten waren. Nur am Empfang und im sogenannten Fremdenzimmer durfte gesprochen werden. Dreimalige Verstöße gegen diese eherne Regel zogen einen sofortigen Ausschluss nach sich. In den Klubräumen gab es nur Einzelplätze: voluminöse Ledersessel an kleinen Messingtischen und Stehlampen. Die Diener schlichen auf leisen Sohlen umher und reagierten auf Zeichensprache.

Mycroft bewohnte ein Appartement in der Pall Mall[11]. Ich war noch nie dort gewesen. Holmes, soviel wie ich wusste, ebenso wenig. Mycroft empfing generell keine Besucher in seinen Privaträumen. Trotzdem konnte er, wenn er nur wollte, in Gesellschaft als ein liebenswürdiger und charmanter Plauderer auftreten. Er überragte seinen Bruder um Haupteslänge. Sherlock wirkte wie ein dürrer Hänfling neben dieser massigen Gestalt. Nur an den Gesichtszügen ließ sich ihre verwandtschaftliche Bindung ablesen. Mycrofts dünn gewordenes Haar war nach links gescheitelt. Es hatte dieselbe Farbe angenommen wie seine hellen, leicht wässrigen Augen. Alles in allem wirkte er harmlos. Er wurde ständig unterschätzt. Das machte ihn für seine Gegner umso gefährlicher.

Sherlock Holmes hatte mir einmal gesagt, dass sein Bruder ein viel besserer Detektiv als er selbst geworden wäre, wenn er nur gewollt hätte. Mycroft beherrschte nämlich wie kein Zweiter die Kunst der Deduktion, die darin bestand, von gegebenen Prämissen auf logisch zwingende Konsequenzen zu schlussfolgern.

Kaum hatte er uns begrüßt und im Abteil Platz genommen, da stellte er uns auch schon auf die Probe. Er deutete auf zwei junge Ladys von Mitte zwanzig, die irgendwie isoliert inmitten einer bunten Menschenmenge auf dem gegenüberliegenden Perron standen. Wegen der noch immer sommerlich warmen Temperaturen hatten sie ihre schweren Mäntel abgestreift und über die Lehne einer Bank gelegt. Beide Damen liefen unruhig auf und ab. Sie sprachen nicht miteinander, sondern schienen ihren eigenen Gedanken nachzuhängen. »Was könnt ihr mir auf Anhieb über die beiden reizenden Geschöpfe dort auf dem anderen Bahnsteig berichten?«, fragte Mycroft.

Ich entsann mich der Methoden meines großen Lehrmeisters und begann völlig spontan: »Es handelt sich um zwei

Freundinnen, da sie gleichen Alters sind. Beide stammen aus gutem Haus, wie sich an der Kleidung erkennen lässt. Da sie kein Gepäck bei sich führen, wollen sie nur eine kurze Reise in die nähere Umgebung antreten.«

Holmes korrigierte mich: »Sie möchten nicht vereisen. Sie warten dort, um jemanden vom Zug abzuholen, denn die Schönheit in dem hellen Kleid hält zwei Bahnsteigkarten in den Händen. Das zarte Geschlecht ist keinesfalls durch herzliche Zuneigung miteinander verbunden, sondern die beiden stehen in einem Abhängigkeitsverhältnis. Das schwarze Persönchen mit dem verschnupft wirkenden Gesichtsausdruck gehört zum Hausgesinde. Ihr Kleid ist wesentlich schlichter.«

Mycroft lachte. »Das war nicht schlecht, ist aber nur die halbe Wahrheit. Das überaus reizende Fräulein links trägt ein höchst elegantes Tageskleid aus vanillefarbener Schurwolle und pfirsichfarbenem Seidentaft. Der Glockenrock ist dezent gehalten und besteht aus fünf Bahnen. Die mit feiner Spitze verzierte Taille wird seitlich vorn durch Haken und Ösen verschlossen. In der Tat wirkt der längsgestreifte, dunkle Rock ihrer Begleiterin im Vergleich dazu einfach, selbst wenn die Kombination mit der hoch angeschnittenen, gestreiften Jacke, ihren runden Knopfleisten sowie den einfachen Zierknöpfen an den Revers als durchaus geschmackvoll bezeichnet werden kann. Trotzdem irrt ihr alle beide bezüglich des Standes. Die dunkle Frau ist die Herrschaft, die helle Frau ein Domestike. Das könnt ihr an dem Kleid sehen. Es wirkt wunderbar, ist aber längst aus der Mode gekommen. Ich würde es dem Jahr 1905 zuordnen. Die Herrin hat es ihrer Dienerin ausgeborgt, um sie aufzuhübschen. Weshalb? Nun, auf dem Bahnsteig läuft in fünf Minuten ein Sonderzug aus Dover ein, wie sich der Anzeigentafel dort drüben entnehmen lässt. Dieser Sonderzug kann nur einem einzigen Zweck dienen, nämlich die Truppen zu befördern, die gestern aus Australien kommend an der Kanalküste angelandet sind. Diesen Umstand konnten wir heute alle der *Times* entnehmen. Die Waggons der niederen Dienstgrade wurden auf den Stationen zuvor abgekoppelt. Auf der *Waterloo Station* läuft der Zugteil mit dem Offizierskorps ein. Die Kommandeure haben in der Regel ihre Ehehälften mit in die Kolonien genommen. Das lässt sich an der Zusammensetzung der wartenden Menschenmenge dort drüben ablesen. Es sind meist alte Leute, die dort mit großen Blumensträußen in den Händen auf ihr lange vermissten Kinder warten. Jüngere Frauen fehlen fast völlig. Was aber geschieht mit den ausgemusterten Offizieren ohne Anhang? Richtig! Sie müssen untergebracht werden. Das Mädchen in dem wunderschönen Kleid wurde demzufolge an einen Junggesellen oder Witwer verkuppelt. Es hat den Bräutigam noch nie zuvor gesehen, denn in seinen Augen glitzern nicht die Tränen der Freude, sondern die der Pein. Und es hat auch allen Grund dazu.«

Mit diesen Worten schlug er die *Times* vor uns auf. Auf der Seite fünf war die Porträtfotografie eines grimmig wirkenden Captains abgebildet, der einen gewaltigen Backenbart trug. Darunter stand: *Die Anklage gegen John McCollum, den ehemaligen Kommandeur der tasmanischen Füsiliere, wurde fallen gelassen. Dem 45-jährigen, hochdekorierten Offizier konnte keine Schuld am Tode seiner Ehefrau Martha McCollum nachgewiesen werden. Stattdessen erhärtete sich der Verdacht gegen einen Aborigines-Hausdiener, der nach peinlicher Befragung die grausame Tat gestanden hat. Er gab persönliche Rachegelüste als Motiv an. Captain McCullum ist in Ehren aus der Armee ausgeschieden und wird am heutigen Tag in der Heimat erwartet.*

Mycroft schleuderte die Zeitung angewidert auf den Sitz. »Die Sache stinkt zum Himmel«, konstatierte er voller

Abscheu. »Es gehört nicht viel Fantasie dazu, um dies zu erkennen. Der Mord wurde vertuscht, soviel steht fest. Der Eingeborene war ein Bauernopfer. Und McCullum wurde vor die Wahl gestellt, entweder in Ehren den Dienst zu quittieren, oder einen Prozess zu riskieren. Mit 45 Jahren hätte er sich niemals freiwillig repatriieren lassen. Bei guter Führung wäre er in Übersee ganz gewiss noch bis zum Colonel aufgestiegen. So aber wird er als Jagdaufseher auf einem Landgut enden. Die junge Dame dort drüben auf dem Bahnsteig scheint zu ahnen, was ihr die Zukunft an der Seite ihres zukünftigen Ehemannes bringen wird und wes Geistes Kind er ist. Anderenfalls würde sie nicht solch bittere Tränen vergießen.«

Ich sank in meinen Sitz zurück. Über mir schlug eine Welle des Mitleids mit dem armen Mädchen in dem wunderschönen Kleid zusammen. Außerdem schämte ich mich über mein Versagen. Mir hatten seit meiner morgendlichen Zeitungslektüre alle wichtigen Informationen zur Verfügung gestanden. Aber ich war blind gewesen. Ich hatte nicht eins und eins zusammengezählt.

Bei Sherlock Holmes lag die Sache anders. Für Politik hatte er sich immer nur am Rande interessiert. Seitdem er in den Ruhestand getreten war, las er keine Journale mehr. Er züchtete Bienen und verfasste seine Memoiren. Von der Rückkehr der Soldaten, dem Mord in Australien und dem skrupellosen Offizier hatte er nichts wissen können.

»Was machen wir nun?«, fragte ich bedrückt.

»Wir beobachten, wir analysieren, wir konkludieren«, entgegnete Mycroft. Er wirkte völlig ungerührt.

»Aber wir müssen doch irgendetwas unternehmen. Er wird sie quälen, wenn nicht gar töten. Wer einmal mordet, tut es auch wieder. Das lehrt die Erfahrung.«

»Schon gut«, beruhigte mich Sherlock. »Ich gehe hinüber und kläre die Sache. Mycroft, du sorgst bitte dafür, dass unser Zug solange auf mich wartet.«

Mit diesen Worten verließ mein Freund unser Abteil und eilte barhäuptig und ohne Mantel hinüber zum anderen Bahnsteig. Mycroft nahm es gelassen. Er winkte den Schaffner heran und erteilte ihm die nötigen Anweisungen.

Ich konnte beobachten, wie Sherlock Holmes auf die beiden Frauen zutrat und sich galant verbeugte. Er wechselte einige wenige Worte mit den Ladys, die sich daraufhin umwendeten und in großer Hast den Perron verließen. Wenige Minuten später lief der Sonderzug ein. Zahlreiche Paare und zwei, drei einzelne Männer stiegen aus. Einer von ihnen war auffallend rotgesichtig. Er hatte sich in ein dunkles Cape gehüllt und hielt eine bauchige Reisetasche aus Krokodilleder in der Hand. Der Fremde trug einen buschigen Backenbart und schaute sich suchend um. Er schien verärgert zu sein. Seine Haltung war militärisch aufrecht. An seiner Miene ließ sich ablesen, dass er es gewohnt war, zu kommandieren.

Holmes schien sich seiner Sache völlig sicher zu sein. Ohne zu zögern ging er forschen Schritts auf den Backenbärtigen zu, tippte mit zwei Fingern lässig an die Schläfe und redete sofort auf sein Gegenüber ein. Captain McCullum, denn um ihn handelte es sich ganz offensichtlich, reagierte äußerst ungehalten. Seine dunkelrote Gesichtsfarbe wechselte ins Violette. Er ließ seine Tasche zu Boden fallen und ballte die Fäuste. Eine Weile folgten Rede auf Widerrede. Wir konnten kein einziges Wort verstehen. Die Entfernung war zu groß.

Schließlich hob der ehemalige Offizier sein Gepäckstück auf und stapfte grußlos davon. Er wirkte sichtlich ungehalten. Holmes kehrte in unser Abteil zurück. Mein Freund machte einen zufriedenen Eindruck. Mycroft gab dem

Schaffner ein Zeichen. Die Lokomotive fauchte und stampfte. Ein schriller Pfiff ertönte. Dampfwolken hüllten uns ein. Der Zug setzte sich ruckend in Bewegung.

Mycroft lächelte. »Ich könnte Wort für Wort die beiden Unterredungen wiedergeben, aber ich will dir den Spaß nicht verderben. Also berichte bitte du uns, liebes Bruderherz, welche Charade du gerade aufgeführt hast.«

Holmes zündete sich eine Zigarre an, goss sich ein gutes Glas Whisky aus unserer praktischen Bordbar ein, die ich in meinem Handkoffer mitführte, und begann zu berichten: »Den beiden Damen stellte ich mich als ein Mitarbeiter der Bahnhofsverwaltung vor. Ich fragte sie, ob sie einen Captain McCullum erwarten würden. Als sie dies bejahten, teilte ich ihnen mit, dass der Sonderzug nach *Charing Cross* umgeleitet worden wäre. Der Captain hätte von dort aus angerufen. Er würde bereits dem Bahnhof gegenüber im Restaurant *Kings and Crowns* zu Tisch sitzen und dort auf sie warten. McCullum gegenüber gab ich mich hingegen als ein Inspektor von Scotland Yard aus. Ich forderte ihn auf, mir seine Wohnanschrift in London zu nennen. Er wollte natürlich den Grund für dieses Ansinnen erfahren. Ich sagte ihm, dass der Aborigines-Diener sein Geständnis widerrufen habe. Sämtliche getroffenen Abmachungen seien damit hinfällig geworden. Der *Lordprotector* persönlich habe den Fall an sich gezogen. Ein Haftbefehl sei stündlich zu erwarten. Deshalb dürfe er die Stadt nicht mehr verlassen.«

»Aber es gibt doch seit den Zeiten von Oliver und Richard Cromwell keinen *Lordprotector* mehr«, wandte ich ein.

»Das genau ist der Witz bei der Sache. Da der Captain nur von seiner Braut und deren Kupplerin am Bahnhof erwartet wurde, wird er weder Verwandte noch Freunde haben, die zu ihm stehen. Aber er muss einen Vertrauten in der Stadt haben, nämlich denjenigen, der ihm das Täubchen ins Nest gelockt hat. Ich tippe auf einen *Solicitor*[12], der sich im Nebenerwerb solcherlei Geschäften widmet und Heiratskontrakte aufsetzt. McCullum wird sich auf schnellstem Wege zu diesem Anwalt begeben und ihn um Rat und Beistand bitten. Der Advokat wird ihm dasselbe sagen wie du, mein guter Watson, nämlich dass es keinen Lordprotector gibt. Also muss sich sein Mandant verhört haben. Es könnte der *Lord Chancellor* und damit der oberste Richter, ein *Lord Commissionar*, ein *Lord Lieutenant* oder ein *Lord High Constable* gemeint gewesen sein. Doch ganz egal, wer tatsächlich dahinter stecken würde, es musste sich um jemanden ganz weit oben an der Spitze der Pyramide handeln. Die Worte des vermeintlichen Inspektors waren daher als ernste Warnung aufzufassen. Sie lautet: Lauf um dein Leben! Und ganz genau das wird der Captain auch tun. Höchstwahrscheinlich werden wir ihm auf der Kanalfähre wieder begegnen.«

Wie meistens sollte Holmes auch in diesem Fall recht behalten. Aber das ist eine ganz andere Geschichte.

[1] ungesüßter Haferbrei

[2] Blutwurst

[3] in der Pfanne geröstetes Brot

[4] Eine würzige braune Sauce, die aus den Schoten des Tamarindenbaums hergestellt wird. Der Lebensmittelhändler Frederick Gibson Garton ließ sich das Rezept 1869 unter der Bezeichnung *H. P. Sauce* patentieren.

[5] William Somerset Maugham, englischer Dramatiker, Schriftsteller, Arzt und Geheimagent, 25.01.1874-16.12.1965

[6] Étienne Dujardin-Beaumetz, französischer Maler, 29.09.1852-27.09.1913

[7] Professor James Moriarty war der Kopf einer großen Verbecherbande und ein erbitterter Gegenspieler von Sherlock Holmes. Bei einem Kampf mit dem Meisterdetektiv über dem Reichenbach-Wasserfall in der Nähe von Meiringen, Schweiz, stürzte er ab und kam wahrscheinlich ums Leben. Siehe auch Sherlock Holmes, *Das letzte Problem*.

[8] Nach der Region Inverness in Schottland benannter Mantel mit Überwurf. Er

besitzt keine Ärmel, sondern nur Armlöcher. Der Überwurf schützt und bedeckt die Arme.

[9] Karierter Hut mit Schirm nach vorn, Krempe nach hinten und hochzubindenden Ohrwärmern, der zur Jagd getragen wurde.

[10] Steifer, abgerundeter Hut mit fester, gebogener Krempe, so genannt nach dem ersten Träger, dem Zweiten Earl of Leicester Thomas William Coke.

[11] Straße in der City of Westminster in London. Der Name Pall Mall leitet sich von dem Croquet-ähnlichen Spiel *Paille-Maille* ab.

[12] In Großbritannien gibt es zwei Sorten von Anwälten: Die *Solicitors* und die *Barristers*. Erstere führen nur eine rein beratende Tätigkeit aus, während Letztere ausschließlich vor Gericht auftreten.

Der Dreißigjährige Krieg

1648, Mark Brandenburg

Der ehemalige Landsknecht Jakub Kirschbaum befand sich auf dem Weg nach Hause. Die Reise war lang und gefährlich. Seit Monaten ritt er schon durch verwüstete Landschaften. Die Straßen waren unsicher. Überall lauerten Wegelagerer und Marodeure. Trotzdem sich der Soldat im besten Mannesalter befand, begannen seine Schläfen und der Bart bereits grau zu werden. Jakub Kirschbaum hatte großes, persönliches Leid erfahren müssen, zu viel Mord und Totschlag gesehen. Von seiner einst so stolzen Rotte im Kaiserlichen Heer war er als einer der letzten Söldner übrig geblieben. In einer langen Folge sinnloser Kriege hatte er in halb Europa gekämpft. Sein Gesicht war von Narben übersät. Der Helm und der zerbeulte Brustpanzer hatten unzählige Schlachten gesehen.

Jakub Kirschbaum war nicht freiwillig Soldat geworden. An einem warmen und sonnigen Sommertag genau 16 Jahre zuvor hatte ihn Phillip Döberitz, der Hüttenknecht vom Eisenhammer[1] Heegermühle, nach Eberswalde in die Stadt geschickt, um beim Stellmacher drei Dutzend neue Frösche für den Daumenkranz[2] zu bestellen. Der 15-jährige Junge war gerne gegangen. In der großen Stadt ging es viel aufregender zu als in seinem kleinen, verschlafenen Dorf. An den Ständen auf dem Markt gab es vielerlei Waren zu bestaunen. Diesmal trug er einen Schwertgroschen bei sich im Beutel. Dafür wollte er seinem Schatz, der Berthe, ein buntes Band für ihr schwarzes Haar kaufen.

Jakub hatte keine Angst vor möglichen Gefahren auf dem Weg in die Stadt. Er war schon groß und stark. Außerdem besaß er nichts von Wert – außer dieser armseligen Münze. Ihm würde niemand etwas tun. Und der Krieg, der schon länger durch die deutschen Lande zog als der Junge denken konnte, war noch nicht in ihre Gegend gekommen. Die Feldzüge erschienen wie ein Unwetter in weiter Ferne. In der Stadt lagerten zwar fremde Truppen, aber es handelte sich um Verbündete. Seit dem 20. Juli 1628 kampierte der kaiserliche Feldherr Albrecht von Wallenstein in Eberswalde.

Der Junge erledigte seinen Auftrag und kaufte für Berthe ein rotes Band. Anschließend sah er sich um. Auf den Straßen und Gassen herrschte geschäftiges Treiben. Überall stolzierten Soldaten in farbenprächtigen Wämsern umher oder lagerten am Wegesrand und ließen die Humpen kreisen. Ihr Kriegsgerät hatten sie wie Scheitholz kreisförmig aneinandergelehnt. Jakub kannte sich mit Waffen aus. Der Hüttenknecht Phillip Döberitz war früher selbst Soldat gewesen. Er besaß ein wertvolles Buch mit vielen Abbildungen. Wenn er gute Laune hatte, scharte er die Kinder um sich. Er erzählte ihnen von seinen aufregenden Abenteuern und zeigte die passenden Bilder dazu.

Jakub staunte über die Vielfalt der Blank- und Stoßwaffen. Er erkannte Speere, Lanzen, Partisanen, Hellebarden und Piken, aber auch die unterschiedlichsten Feuerwaffen. Von den einfachen Handläufen, über Spingarden und Hauptbüchsen bis zu den modernen Steinschlossmusketen war alles vertreten.

Einer der Landsknechte, ein dürrer, aber zäher Greis, dem fast alle Zähne und das linke Auge fehlten, bemerkte sein Interesse und stellte ihn auf die Probe: »Wie heißt das Schießeisen dort?«

Der Junge antwortete stolz: »Das ist eine Hakenbüchse, mein Herr. Sie wird auch Arkebuse genannt. Sie verschießt vier Loth Blei und besitzt ein Radschloss.«

Der Söldner lachte schallend. »Richtig geraten. Wie alt bist du, mein Sohn?«

»15 Jahre, bald schon 16.«

»Wenn das so ist, dann nimm einen Schluck Branntwein aus meiner Flasche. Der Tropfen gibt dem Manne Mut im Kampf und wärmt die morschen Knochen der Soldaten.«

Jakub wollte sich keine Blöße geben. Er nahm eine Mundvoll der beißenden Flüssigkeit, dann noch eine und noch eine. Die Welt begann sich zu drehen. Es wurde dunkel. Als er wieder zu sich kam, lag er gefesselt auf einem Planwagen.

Am nächsten Tag wurde er als Pikadier in das Kaiserliche Heer gepresst. Dreimal versuchte Jakub zu fliehen. Dreimal wurde er gefasst und ein um das andere Mal vor das Spießgericht gestellt. Das blaurote Narbengeflecht auf seinem Rücken ließ jedem den Atem stocken, der es zum ersten Mal sah. Die schlecht verheilten Wunden im zerstörten Gewebe schmerzten ihn auch nach den vielen Jahren immer noch so sehr, dass er nur auf dem Bauch schlafen konnte.

Nach Wallensteins Ermordung im Jahr 1634 wurde Ferdinand III., der spätere römisch-deutsche Kaiser, zum Oberbefehlshaber der Truppen ernannt. Unter seinem Kommando stieg Jakub Schritt für Schritt in der militärischen Rangordnung auf und brachte es bis zum Feldwebel.

Er war dabei weder reich noch zufrieden geworden. Jeder Tag konnte der letzte sein. Jakub nahm das Leben, wie es kam. Er schloss leicht Freundschaften, aber sie hielten nie lange. Der Tod hielt reiche Ernte all die 16 Jahre.

Und plötzlich, von einem Tag auf den anderen, war Frieden eingekehrt. Das Heer löste sich auf. Die Generale kehrten zurück in ihre Burgen und Schlösser. Die Offiziere wurden in ihren Herrensitzen erwartet. Die Mannschaften konnten zusehen, wo sie blieben.

Unter den Blinden ist der Einäugige König. Als Feldwebel gehörte Jakub Kirschbaum zu den Privilegierten im Tross. Er besaß ein stattliches Schlachtross, mehrere Packpferde und zwei Leibeigene, nämlich einen Koch und einen Burschen. Sie hießen Blasius und Reinulf. Jakub hatte die beiden beim Würfelspiel von einem dänischen Füselier gewonnen. Mit der Nachhut der Marketenderinnen waren sie dem Heer kreuz und quer durch die Lande gefolgt. Als sogenannte Servi durften sie keine Waffen tragen, aber in diesen schweren Zeiten galten Regeln wenig. Der untersetzte, schwarz gelockte Blasius war ein geschickter Messerwerfer, und der spindeldürre, blonde Reinulf konnte sehr gut mit der Armbrust umgehen.

Als das Heer zerfiel, hatte Jakub angeboten, ihnen Freibriefe zu erteilen und sie aus der Leibeigenschaft zu entlassen. Aber sie wollten bei ihm bleiben. Beide waren schon in frühester Jugend von ihren Familien getrennt worden. Sie wussten weder, woher sie stammten, noch wie sie dahin zurückfinden sollten.

Jakub hingegen hatte ein klares Ziel vor Augen. Er wollte zurück nach Heegermühle, seinem Heimatdorf in der Nähe von Eberswalde. Dort stand der Eisenhammer, und dort hoffte er Berthe, seine Liebste, zu finden. Das längst vergilbte, rote Band für ihr Haar trug er noch immer in seinen Taschen.

Eines Abends traf die kleine Gruppe mitten im Wald auf die Ruine eines Hauses. Sie stand auf einer Lichtung und schien ein geeigneter Unterschlupf für die Nacht zu sein. Das Dach über der Küche war noch intakt. Blasius kochte eine Suppe auf der offenen Feuerstelle. Reinulf saß mit seiner Armbrust auf einem Baum und hielt Wache. Plötzlich ertönte der Ruf eines Käuzchens. Jakub griff nach seinem Schwert und hastete zum

Fenster. Auf dem Weg näherte sich ein zweirädriger Eselskarren. Auf ihm hockte eine bleiche Gestalt in schwarzen Gewändern. Es war ein alter Mann mit spitzem Hut und langem, weißem Bart.

Jakub trat vor das Haus und rief: »Halt ein, Fremder, woher kommst du, wohin willst du?«

Der Greis brachte sein Gefährt zum Stehen. Seine Augen waren rot unterlaufen und ein dünner Blutfaden rann ihm aus dem linken Mundwinkel. »Mein Freund«, sprach er mit schwacher Stimme, »ich suche ein sicheres Lager für die Nacht. Außerdem Trost und menschlichen Zuspruch. Am Morgen haben mich Banditen überfallen. Ich bin ein guter Pistolenschütze. Ich konnte einen von den Strauchdieben töten und den Rest verjagen. Aber mich hat ein Armbrustbolzen in der Brust getroffen. Er war mit mehreren Widerhaken versehen. Als ich ihn herausziehen wollte, ist er abgebrochen.«

»Nun denn, mein Koch ist ein geschickter Feldscher. Er wird deine Blessuren versorgen.«

Der Alte kletterte mühsam vom Kutschbock. Reinulf brachte den Karren außer Sichtweite hinter das Haus zu den Pferden.

In der Küche untersuchte Blasius die Verletzung. Er machte eine betretene Miene. »Es tut mir leid, mein Herr. Wir können nichts mehr für Sie tun. Der Armbrustbolzen sitzt zu tief und zu nah am Herzen. Ich kann ihn nicht herausschneiden. Die Ränder haben sich bereits entzündet und werden bald zu eitern beginnen. Nicht mehr lange, und der Wundbrand und das Fieber setzen ein.«

»Nun, wenn das so ist, dann wollen wir uns auf das Adieu vorbereiten. Mein Freund, sei bitte liebenswürdig, und hole mir von meinem Karren die vernagelte Kiste. In ihr befindet sich eine Dekade[3] vom besten Portugieser Rotwein. Mit diesem edlen Tropfen wollen wir auf einen Ritt Willkommen und Abschied feiern.«

Reinulf kehrte zurück auf seinen Posten. Jakub und der Alte nahmen am prasselnden Feuer Platz. Blasius versorgte sie mit dampfender Suppe und kühlem Wein.

»Mein Name lautet Jakub Kirschbaum«, stellte sich der Soldat vor. »Ich bin ein ehemaliger Feldwebel der Kaiserlichen und reite nun heim nach Heegermühle zum Hammerwerk bei Eberswalde, um dort meine Liebste zu treffen.«

»Ich heiße Vincent Voiture und bin amtierender Haushofmeister am französischen Königsthron. Im Auftrag von Kardinal Richelieu war ich in geheimer Mission und in den vielfältigsten Verkleidungen auf den europäischen Kriegsschauplätzen unterwegs. Mir gebührt ein großer Anteil an der ruhmreichen Rolle Frankreichs in diesem gewaltigen Waffengang. Es ist eine Ironie des Schicksals, dass ich nicht im heldenhaften Kampf Mann gegen Mann auf dem Schlachtfeld gefallen bin, sondern nach erfülltem Auftrag von einem feigen Mordbuben gemeuchelt wurde.«

Jakubs Mund wurde schmal. »Frankreich hat an der Seite Schwedens gegen die Kaiserlichen gekämpft. Ihr habt auf Feindesseite gestanden und könnt nun froh sein, dass der Krieg zu Ende ist. Anderenfalls würde ich Euch keinen Pardon geben.«

»Erlaubt mir, dass ich Euch widerspreche, mein Freund. Wir beide sind nie Widersacher gewesen. Und unsere Fürsten waren es nur immer so lange, wie sie es für opportun hielten. Doch nun genug davon. Ihr wollt nach Eberswalde, meint Ihr?«

»Ihr sagt es. Habt Ihr Kunde von dort?«

»Zum letzten Mal bin ich dort vor zwei Jahren vorbeigekommen. Die einstmals so stolze Stadt ist nur noch ein Schatten ihrer selbst. Fast alle Häuser sind zu Ruinen verkommen. Die Einwohnerschaft wurde auf brutalste Weise dezimiert und ist kaum noch überlebensfähig. Der berühmte Kanal[4] existiert nicht mehr. Er wurde vollständig zerstört.«

Jakub erbleichte. »Ohne Kanal gibt es auch kein Hammerwerk, und ohne Hammerwerk kein Dorf Heegermühle. Aber ich will und muss meine Berthe finden. Die Suche nach ihr ist der einzige Ansporn, der mich noch am Leben hält.«

Der Alte hustete. »Ich wünsche Euch viel Glück dabei. Ich habe es mein Leben lang gehabt. Es war mein ständiger Begleiter. Nur am Ende hat mich mein guter Stern verlassen.«

Jakub wechselte das Thema: »Wenn Ihr am Hofe wart, habt Ihr doch sicherlich Schulen besucht?«

»Nicht nur Schulen, sondern sogar Universitäten.«

»Dann erklärt mir doch bitte, was zu diesem furchtbaren Krieg geführt hat, der 30 bitter kalte Winter lang meine Heimat verwüstete.«

Vincent Voiture nahm einen tiefen Zug aus dem Zinnbecher. Seine Hand zitterte, und seine Stimme auch. »Der Überlieferung nach soll ein deutscher Prediger namens Martin Luther am 31. Oktober 1517 vor die Schlosskirche in Wittenberg getreten sein und 95 Thesen an das Portal genagelt haben. Der Doktor der Theologie handelte durchweg in bester Absicht. Er kritisierte den Ablasshandel der katholischen Kirche. Das Ergebnis fiel dennoch mehr als überraschend aus. Martin Luther hatte nämlich keinen kleinen Kieselstein, sondern einen riesigen Felsbrocken ins Wasser geworfen. Immer größer werdende Wellen breiteten sich kreisförmig aus. Die Reformation begann.«

»Was ist das? Der Name kommt mir bekannt vor, aber ich kann nichts damit anfangen.«

»Nun, in ihrem Wesen ging es der Reformation darum, die erstarrte und korrupte römisch-katholische Kirche zu erneuern. Die Zeit für einen Umbruch war überreif gewesen. Aber mit den Ideen ist es so eine Sache. Der eine hat sie, und der andere führt sie aus. Ideen sind wie Kinder, die groß werden und aus dem Haus gehen. Unter der Flagge der Reformation segelten von da an die verschiedensten Lehren. Sie führten zu unterschiedlichen protestantischen Konfessionen. Ihre Anhänger nannten sich beispielsweise Lutheraner, Calvinisten, Zwinglianer oder Presbyterianer. Alle glaubten an denselben Gott, wenn auch auf unterschiedliche Weise.«

»Das ist doch gut, oder nicht? Gott sieht alles, und Gott weiß alles.«

»Sicherlich. Aber die römisch-katholische Kirche, die bis dahin nahezu uneingeschränkt über Europa geherrscht hatte, verlor zusehends an Macht. Sie versuchte mit aller Gewalt, diesen Prozess aufzuhalten. Die sogenannte Gegenreformation setzte ein. Martin Luther hatte eine Zündschnur gelegt. Sie glimmte unter dem Pulverfass Europa. Trotzdem dauerte es noch über einhundert Jahre, ehe es zur Explosion kam. Der relativ nichtige Anlass war, dass der gegenreformatorisch eingestellte österreichische Erzherzog und König von Böhmen Ferdinand II. wider die Vernunft handelte.«

»Den Namen kenne ich. Das war der Vater von meinem Feldherrn.«

»Ganz genau. Aus einer Laune heraus erklärte er im Jahr 1618 einen Majestätsbrief für ungültig, der den böhmischen Protestanten bis dahin Religionsfreiheit zugesichert hatte. Daraufhin hielten wütende Adlige auf der Prager Burg eine improvisierte Gerichtsverhandlung ab. Angeklagt waren - stellvertretend für den Erzherzog - zwei kaiserliche Räte und ein Sekretär. Sie wurden verurteilt und zur Strafe im hohen Bogen aus dem Fenster geworfen.«

»Und was geschah dann?«

»Der Fenstersturz zu Prag hatte schwerwiegende Folgen. Er wurde zum Auslöser einer Abfolge von Dutzenden und Aberdutzenden Kriegen, die drei Jahrzehnte dauern sollten. Ferdinand II. wurde 1619 zum Kaiser des Heiligen Römischen Reiches gewählt. Sein Wahlspruch lautete: ›Besser eine Wüste regieren, als ein Land voller Ketzer.‹ Sein Wunsch sollte in Erfüllung gehen. Große Teile der Bevölkerung haben den

Dreißigjährigen Krieg nicht überlebt. Viele Orte sind von der Landkarte verschwun...«

Mitten im letzten Satz wurde der Alte ohnmächtig. Blasius beugte sich über den Franzosen und untersuchte ihn. »Es geht dem Ende entgegen. Sein Herz schlägt nur noch ganz schwach.«

»Lass sein Lebenslicht noch einmal leuchten, und wenn es ein letztes Mal sein soll«, befahl Jakub.

Blasius richtete den Bewusstlosen auf und goss kaltes Essigwasser über Kopf und Brust. Stöhnend kam Vincent Voiture wieder zu sich. »Warum habt Ihr mich zurückgeholt in dieses irdische Jammertal? Ich habe schon beim lieben Herrgott an seiner reich gedeckten Tafel gesessen.«

»Ich wollte Euren letzten Willen ergründen. Wenn Ihr möchtet, dass ich Eurer Witwe eine Botschaft überbringe, so werde ich es für Euch tun.«

»Die alte Hexe hatte mir gleich nach unserer Hochzeit Hörner aufgesetzt und sich dazu den widerwärtigen Herzog von Orleans ausgesucht. Die Nachricht von meinem Tode wird sie zu Freudentänzen veranlassen. Und der Kardinal Richelieu wird es mit dem englischen Dichter Shakespeare halten, der sagte: ›Der Mohr hat seine Schuldigkeit getan, der Mohr kann gehen.‹« Der Alte richtete sich mit letzter Kraft auf und packte Jakub am Kragen. Dann flüsterte er ihm ins Ohr: »Euch, mein lieber Herr, will ich für Eure Fürsorge danken. Ich habe ein Vermächtnis an Euch. Aber es ist mit einer ernsten Warnung verbunden. Draußen auf meinem Karren liegt ein unscheinbarer Tonkrug. In seinem Inneren befindet sich ein wertvoller Goldschatz. Ihr dürft mit keiner Menschenseele darüber reden. Nehmt ihn mit nach Hause und vergrabt ihn dort sofort. Ihr dürft ihn erst anrühren, wenn die Zeiten wieder ruhiger geworden sind. Das müsst Ihr mir versprechen. Anderenfalls werdet Ihr ohne Rücksicht auf Rang und Stand sofort umgebracht, so wie all die unglücklichen Besitzer vor mir. Kein Einziger von ihnen konnte sich an dem Reichtum erfreuen.«

[1] In wald- und wasserreichen Gegenden entstanden in der Nähe von Eisenerzlagerstätten Hüttenwerke, wo in Schmelzöfen, den sogenannten Rennherden, Eisenerz zu glühenden Klumpen geschmolzen wurde, die aus rohem Eisen, Schlacke und Kohleresten bestanden. Die Hammerwerke dienten dazu, das Zwischenprodukt (Luppe) solange auszuschmieden, bis sämtliche Schlacke und Kohlereste entfernt waren. Das Eisen konnte anschließend als Schmiedeeisen (Halbzeug) anderenorts weiterverarbeitet werden.

[2] Der Eisenhammer zum Ausschmieden wurde mit einem Wasserrad betrieben, an dessen Welle ein sogenannter Daumenkranz saß, der mit Fröschen aus Buchenholz bestückt war. Beim Drehen warfen sie den Hammer abwechselnd hoch und ließen ihn anschließend wieder fallen.

[3] Zehn Stück bzw. zehn Flaschen.

[4] Der Finowkanal wurde 1605 bis 1620 erbaut und während des Dreißigjährigen Krieges zerstört.

3. Kapitel

Unterwegs

»Gibt es noch irgendeinen anderen Umstand, auf den Sie meine Aufmerksamkeit lenken möchten?«

Arthur Conan Doyle, *Silberstern*

Gepanschter Whisky

Aus den Aufzeichnungen von Dr. Watson.

30.09.1913, auf der Fahrt nach Dover

Nachdem wir bereits eine Weile in gemütlicher Runde auf den blanken Schienensträngen in Richtung Küste unterwegs gewesen waren, fand ich es an der Zeit, endlich wieder dem Tabakgenuss zu frönen. Ich zog das hübsche, hellbraune Zigarrenetui hervor, welches mir meine gute Gattin am 24. Juni anlässlich meines Namenstages geschenkt hatte. Das wertvolle Stück war mit großem handwerklichen Geschick aus dem Holz der Westindischen Zedrele gefertigt und mit weichem Chamoisleder überzogen worden. Sein dezenter Holzgeruch harmonierte perfekt mit dem Duft der Zigarren und hielt außerdem Schädlinge fern.

Ich bin kein Mensch, der ständig durch die Geschäfte rennt und irgendwelchen Modetrends folgt. Manche Dinge halten bei mir ein Leben lang. Auch nach Jahrzehnten kann ich mich immer wieder an ihnen erfreuen. Seitdem ich das Etui besaß, befand es sich bei mir in ständiger Benutzung. Ich öffnete es und bot jedem meiner Begleiter eine leichte Corona an.

Mycroft förderte aus der Tiefe seiner Rocktaschen einen vergoldeten Zigarrenabschneider in Form eines stilisierten Bussards hervor, der mit altägyptischen Hieroglyphen verziert war. »Hier, seht nur, ein interessantes Sammlerobjekt. Das seltene Stück ist eine Einzelanfertigung und hat einmal Oberst Redl gehört. Es besitzt eine doppelte Funktion, denn es lässt sich nicht nur zum Anschneiden von Zigarren benutzen. Außerdem ist es nämlich auch ein praktisches Agentenwerkzeug. An seinem unteren Ende verfügt es über drei kleine Zahlenfenster, die kaum auffallen, weil sie mit Tiersymbolen kaschiert wurden. Die Ziffernfolgen können über Zahnrädchen eingestellt werden. Diese zwar simple, aber hocheffektive Mechanik dient zum schnellen Chiffrieren und Dechiffrieren von Nachrichten. Der britische Militärattaché in Österreich hat mir den Zigarrenabschneider als Andenken aus Wien mitgebracht. Er tat dies, weil er wusste, dass ich seltene Spionagegerätschaften sammele.«

Der Name Alfred Redl war mir ein Begriff. Aber ich konnte ihn nicht einordnen. »War das nicht ein deutscher General gewesen?«, fragte ich.

»Nein, ein Oberst in der österreichisch-ungarischen Armee. Er leitete als Generalstabschef das VII. Korps. Doch nicht nur das. Vor gut zehn Jahren hatte er sich von der russischen *Ochrana*[1] anwerben lassen.«

»Wie ist die zaristische Geheimpolizei an ihn herangekommen?«

»Der Zigarrenabschneider ist nicht zufällig mit Hieroglyphen verbrämt. Oberst Redl verband eine große Gemeinsamkeit mit der ägyptischen Königin Kleopatra. Wie sie liebte er nämlich Männer. Allerdings mussten es nicht Cäsaren und Feldherren[2] sein, bei ihm taten es bereits Adjutanten. Wegen dieser homoerotischen Neigungen war er leicht erpressbar gewesen. Die Russen hatten sich in ihm den richtigen Mann ausgesucht. Bereits nach einigen Monaten war die Agententätigkeit zu seiner eigentlichen Profession geworden. Das Spionieren hat ihm großen Spaß gemacht. Er liebte den Nervenkitzel und den Tanz auf der Spitze einer Nadel. Redl fotografierte leidenschaftlich gern geheime Unterlagen wie Mobil- und Aufmarschpläne, Inspektionsberichte und Festungszeichnungen. Die Aufnahmen entwickelte er selbst in seinem eigenen Fotolabor. Er streckte seine Fühler nach allen Seiten aus und enttarnte auf diese Weise mehrere österreichische Spione in der russischen Armee.«

»Was geschah mit diesen Geheimagenten?«

»Sie wurden allesamt erschossen.«

»Oh, wie unangenehm. Wodurch hat er sich verraten?«, wollte ich weiter wissen.

»Wer in ständiger Gefahr lebt, stumpft auf Dauer ab und wird leichtsinnig. Oberst Redl hatte es irgendwann satt, sich mit den Kontaktleuten in finsteren Kaschemmen zu treffen. Stattdessen ließ er sich seinen Agentenlohn postlagernd unter falschem Namen zuschicken. Einer dieser Briefe wurde zufällig geöffnet. Er enthielt nicht nur Geld, sondern auch eine verschlüsselte Nachricht. Die österreichische Staatspolizei wurde eingeschaltet. Sie überwachte einen Monat lang den Schalter für die postlagernden Sendungen. Nachdem Oberst Redl am 25. Mai jenes Jahres den Brief in Empfang genommen hatte, wurde er verfolgt und schließlich in einem Wiener Hotel verhaftet. Er legte sofort ein umfassendes Geständnis ab. Da er ein hoher Offizier war, galt für ihn der Ehrenkodex. Er bekam einen Revolver ausgehändigt, der nur mit einer einzigen Patrone geladen war. Die Beamten verließen diskret den Raum. Kurz darauf fiel der Schuss. Oberst Redl hatte sich selbst gerichtet. Die Angelegenheit sollte vertuscht werden, aber durch eine gezielte Indiskretion kam sie schließlich doch noch ans Tageslicht.«

»Auf welche Weise war der britische Militärattaché in die Sache involviert?«, fragte ich nach.

»Die Russen zahlten Redl ein hohes monatliches Salär«, erwiderte Mycroft. »Der Oberst begann sich an einen ausschweifenden Lebenswandel zu gewöhnen. Um noch schneller an noch mehr Geld zu kommen, verkaufte er sich auch an die Italiener und an die Franzosen. Uns hat er seine Leistungen ebenfalls angeboten. Wir lehnten dankend ab, denn die Sache drohte aus dem Ruder zu laufen. Es gab viel zu viele Mitwisser. Wir griffen zum Mittel der Schadensbegrenzung. Während einer vertraulichen Unterredung im Spätherbst 1909 in St. Petersburg informierte der britische Militärattaché Guy Percy Wyndham den österreichischen Militärattaché Lelio Graf Spannocchi darüber, dass ein hochrangiger K. u. K.-Generalstabsoffizier für die Russen spionierte. Den genauen Namen wollte er ihm nicht sagen, um sich nicht selbst zu kompromittieren. Graf Spannocchi zweifelte keine Sekunde an dem Wahrheitsgehalt dieser Worte. In diplomatischen Kreisen verlaufen die Grenzen zwischen Freund und Feind fließend. Spannocchi kehrte sofort nach Österreich zurück. Er hatte nur ein Problem: An wen sollte er sich wenden? Außerdem musste er die Befehlskette einhalten. Er entschied sich für den Mann mit der besten Reputation - und erstattete ausgerechnet Oberst Redl Bericht. Der dankte ihm vielmals und handelte unverzüglich. Er zettelte eine Intrige gegen den Grafen an, ließ ihn abberufen und in die Provinz abschieben.

Mehrere weitere britische Kontaktversuche zu österreichischen Diplomaten scheiterten. Wir wollten uns auch nicht zu weit aus dem Fenster lehnen. Schließlich waren wir nur ganz am Rande beteiligt. Am Ende hätten wir als die eigentlichen

Schuldigen dagestanden. Unser Militärattaché in Wien wurde daraufhin ermächtigt, die Sache selbst in die Hand zu nehmen. Er ließ Redl längere Zeit beobachten. Nachdem er herausgefunden hatte, auf welche Weise die Nachrichten übermittelt wurden, sorgte er dafür, dass ein Brief den österreichischen Behörden in die Hände fiel. Nach dem Selbstmord von Oberst Redl zögerte unser Auslandsgeheimdienst keine Sekunde, sondern schickte sofort einen Spezialisten zur Wohnung des Toten. Die offizielle K. u. K.-Militärkommission traf dort erst zwei Stunden später ein. Sie fand die Privatgemächer des toten Herrn Oberst so gut wie unberührt vor. Außer einigen unbedeutenden Kleinigkeiten, wie zum Beispiel diesem Zigarrenabschneider hier, fehlte nichts.«

Sherlock Holmes, der sich bislang an der Unterhaltung nicht beteiligt hatte, meinte spöttisch: »Es ging euch bei der Wohnungsbesichtigung ausschließlich um einen dringend notwendigen Erkenntniszuwachs im Interesse der britischen Nation. Die Tatsache, dass dabei auch Eigentum der Krone wie jener famose Zigarrenabschneider zurückgeführt werden konnte, war selbstverständlich von völlig untergeordneter Bedeutung.«

Mycroft lächelte. »In der Tat, du sagst es.«

»Und nun lass mich raten: An der Geheimkonferenz in Berlin nimmt unter anderem auch der inzwischen rehabilitierte Lelio Graf Spannocchi teil, bei dem die britische Krone seit dem unrühmlichen Ende von Oberst Redl einen Stein im Brett hat?«

Mycroft kniff die Augen zusammen, holte tief Luft und streckte die Arme nach oben. Er atmete aus und meinte verschmitzt: »Mein Mund ist versiegelt. Ich sage nichts. Aber es ist gut zu wissen, dass ich einen klugen Bruder habe.«

»Zum Abschluss noch eine reine Tatsachenfeststellung: Der vergoldete Zigarrenabschneider wird das Erkennungszeichen sein. Aus seiner Begegnung mit Redl weiß der Graf, dass diese Bijouterie dem Oberst zu dessen Lebzeiten gehört hat. Ergo ist der Feind meines Feindes mein Freund.«

Mir fiel auf, dass der Zug bereits ungewöhnlich lange hielt. Ich öffnete das Fenster und sah hinaus, um der Ursache auf den Grund zu gehen. Wir befanden uns an der Station *Gravesend,* wie ich auf einem Schild lesen konnte. Holmes schaute mir über die Schulter. Auf dem Bahnsteig gegenüber stand eine wild gestikulierende Menschenmenge. Ein Konstabler versuchte vergeblich, Ruhe in das Chaos zu bringen. Schließlich winkte er dem Bahnhofsvorsteher zu, und der wiederum hob seinen Signalstab.

Das Schnaufen der Lokomotive wurde heftiger. Metall schabte quietschend auf Metall. Der Zug rollte langsam los und nahm Fahrt auf. Wir setzten uns wieder hin. Das Fenster ließen wir offen, damit der Zigarrenrauch besser abziehen konnte. Im letzten Moment sprang eine Gestalt außen auf das Trittbrett des Abteils, drückte den Türgriff nach unten und trat ein. Wir blickten auf. Ein schlanker, gut gekleideter Gentleman von Anfang dreißig stand zwischen uns. In der rechten Hand trug er eine mittelgroße, lederne Bügeltasche.

Ich sprach den Fremden sogleich an: »Sir, Sie werden entschuldigen, aber dieses Eisenbahnabteil ist belegt. Bitte wechseln Sie in das Nachbarcoupé.«

Der junge Mann drehte sich zu mir um. Er schaute von oben auf mich herab. Seine Augen waren gelblich verfärbt. Den Sinn meiner Worte schien er nicht erfasst zu haben. Er lupfte seinen steifen, schwarzen Hut und sagte: »Meine Herren, gestatten Sie, dass ich mich vorstelle. Mein Name ist Willburt Dipper, meines Zeichens Kürschnermeister aus Canterbury.« Sein Atmen roch stark nach Ammoniak.

Wir drei starrten ihn verblüfft an.

Der Fremde ließ sich nicht beirren, sondern setzte ungerührt fort: »Ich befinde mich auf der Rückkehr von einer äußerst erfolgreichen Geschäftsreise. Es gibt also einen Grund zum Feiern für mich. Ich freue mich, Ihre Bekanntschaft machen zu dürfen und würde gerne das Glas auf Ihrer Gnaden Wohl erheben.« Mit diesen Worten griff er in die rechte Innentasche seines geschmackvollen Überziehers und zog eine flache Whiskyflasche hervor. Der viereckige Taschenrutscher hatte das ungefähre Fassungsvermögen von einem Pint[3].

Ich bereute bereits meine schroffen Worte, die mir eben so unbedacht über die Lippen gekommen waren. Ein Fingerbreit Whisky im Glas ist nämlich die perfekte Ergänzung zu einer guten Zigarre.

Holmes fand das offensichtlich auch. Wie von der Feder geschnellt sprang er auf. »Warten Sie, ich helfe Ihnen bei Ihrem Gepäck«, sagte er und griff nach der Reisetasche. In diesem Moment ruckte der Zug. Mein Freund kam ins Straucheln und prallte gegen den Gentleman aus Canterbury. Der wiederum verlor durch den plötzlichen Stoß sein Gleichgewicht und fiel rücklings auf die Bank links neben sich. Zu Glück war sie gut gepolstert. Holmes konnte sich gleichfalls nicht auf den Beinen halten. Er kam obenauf zu liegen. Die beiden ruderten eine Weile mit ihren Armen und Beinen. Schließlich entwirrte sich das Knäuel wieder.

Der Vorfall hatte mir die Schamesröte ins Gesicht getrieben. »Bitte entschuldigen Sie vielmals, Sir. Mein Freund hier ist nicht mehr der Jüngste. Aber Sie hätten ihn einmal in früheren Tagen erleben sollen. Da hat er selbst vor einem Kopfsprung in einen Wasserfall nicht zurückgeschreckt.«

Holmes hockte bereits wieder auf seinem Platz und tat so, als ob nicht das Geringste vorgefallen sei. Er hatte eine arrogante Miene aufgesetzt und dachte nicht im Traum daran, sich zu entschuldigen.

Der Kürschnermeister lächelte höflich und kratzte sich verlegen am Kopf. Er brachte seine derangierte Kleidung in Ordnung und hob die Tasche von der Sitzbank, um sie oben im Gepäcknetz zu verstauen. »Es ist nichts passiert, es ist nichts passiert.« Wilburt Dipper schabte sich in einer unbewussten Geste kreuzweise an beiden Ellenbogen. Schließlich fing er sich wieder und setzte fort: »Der Gentleman wollte doch nur helfen. Zum Glück ist die Flasche heil geblieben. Führt einer der Herren womöglich in seinem Reisegepäck ein Doppelpaar an passablen Trinkgefäßen mit sich?«

Bei mir war er mit dieser Frage an die richtige Adresse geraten. Ich kramte vier zinnerne Schnapsbecher hervor und reichte sie ihm. Mycroft war die ganze Zeit ruhig sitzen geblieben und hatte kein einziges Wort gesagt. Nur ein unmerkliches Lächeln umspielte seine Lippen.

Unser neuer Freund füllte die kleinen Kelche. Wir prosteten einander zu. Holmes versuchte offensichtlich einzulenken, denn er brachte eine Art von Trinkspruch an: »Es gibt Augenblicke, in denen gelingt uns alles. Kein Grund zu erschrecken: Das geht vorüber.«[4]

Eine anheimelnde Duftwolke stieg mir in die Nase. Bei dem Whisky schien es sich um einen guten Tropfen zu handeln. Ich wollte den Trunk gerade genüsslich hinunterkippen, da traf mich der Ellenbogen meines Freundes hart in den Rippen, und zwar genau an meiner empfindlichsten Stelle. Ich zuckte vor Schmerzen zusammen und verschüttete die Hälfte der bernsteinfarbenen Flüssigkeit am Boden. Als ich aufsah, bemerkte ich voller Erstaunen, dass bislang keiner von den anderen Herren getrunken hatte. Sie hielten die Zinnbecher lediglich an die Lippen und lächelten einander an.

»Der edle Spender zuerst«, forderte Mycroft den Kürschnermeister auf.

»Nein, Sie zuerst, Sie sind meine Gäste«, kam die Erwiderung.

»Nun, mir deucht, wir sollten dem guten Beispiel des braven Dr. Watson folgen«, beendete Holmes das mir völlig unverständliche Ritual. Er wandte sich zum Fenster um und kippte seinen Whisky hinaus in die vorbeifliegende Landschaft. Mycroft tat es ebenso. Mir blieb ob dieses flegelhaften Verhaltens, das eines Gentleman völlig unwürdig war, der Mund offen stehen. Ich kam so sehr aus dem Konzept, dass mir kein Wort der Entschuldigung über die Lippen kommen wollte. Ob das rüpelhafte Benehmen meines Freundes ein Zeichen beginnender Alterssenilität war? Ich würde ihn bei passender Gelegenheit gründlich untersuchen müssen.

Wilburt Dipper war leichenblass geworden. »Sie erwähnten soeben den Namen Dr. Watson«, stellte er fest, ohne auf das brüskierende Verhalten meiner Reisebegleiter einzugehen. »Ist damit eventuell der berühmte Arzt aus der Bakerstreet gemeint? Wenn es tatsächlich so sein sollte, dann müssten Sie Sherlock Holmes sein. Sagen Sie mir bitte, dass ich mich irre.«

Mein Freund nickte kaum merklich. »Nehmen Sie doch bitte Platz, mein Herr. Das wäre jedenfalls das Vernünftigste, denn bis zur nächsten Station dauert es noch eine Weile. Bis dahin wollen wir uns bemühen, Ihre wahre Identität zu enthüllen. Ihre Profession hingegen ist bereits klar. Sie sind mitnichten ein Kürschnermeister, sondern ein Taschendieb.«

»Was erlauben Sie sich? Ich darf doch sehr bitten«, versuchte der bleiche Mann zaghaft zu intervenieren.

Holmes winkte nur ab. »Einen Kürschner, Buntfutterer, Pelzer oder Grauwerker, der Sie sein wollen, erkennt man an seinen Händen, die von Mineralsalzen beim Gerben angegriffen und stark gerötet sind. Ihre Hände hingegen wirken so weich und feingliedrig, wie sie bei allen erfolgreichen Taschendieben sein müssen. Der verschliffene, kaum noch merkliche Londoner Akzent verrät mir, dass Sie keinesfalls aus Canterbury stammen. Unser Zusammenprall vorhin war deshalb kein Zufall, wie Sie sich gewiss denken können. Ich habe Ihre Reisetasche mit voller Absicht auf der Plüschbank deponiert. Als Sie sie nach oben gehoben haben, blieb im Stoff ein Abdruck zurück. Die äußeren Konturen verrieten mir, was ich bereits ahnte, dass es sich nämlich bei Ihrem Gepäckstück um eine Tricktasche handelt. Sie ist innen hohl und besitzt keinen Boden. Vorhin auf der Station *Gravesend* haben Sie sie über den Handkoffer der bedauernswerten Lady gestülpt, die ziemlich aufgeregt wirkte, nachdem sie den Diebstahl bemerkt hatte. Doch nun, ehrenwerter Wilburt Dipper, gehen wir in die Tiefe.« Bei diesem Worten zog er eine grüne Brieftasche hervor, die von einem goldenen Wappen geprägt war, und die ich noch nie bei ihm gesehen hatte.

Der falsche Kürschner sprang auf und schrie: »Wagen Sie es nicht, Sie verdammter ...«

Weiter kam er nicht, denn der Lauf eines Terzerols bohrte sich schmerzhaft in seine Wange. Die kleine Vorderladerpistole war wie von selbst in Mycrofts Hand erschienen.

Holmes klappte die Brieftasche auf. Er hatte sie dem Taschendieb ganz offensichtlich bei dem von ihm inszenierten Sturz entwendet. Mein Freund öffnete ein seitliches Fach und entnahm ihm ein blitzendes Ten-Pence-Stück. »Aha, scharf geschliffen wie eine Rasierklinge. Eignet sich hervorragend zum heimlichen Aufschneiden von Jackentaschen oder Geldgürteln. Weg damit.« Holmes warf die Münze aus dem Fenster. Nun zog er einen Stapel von Visitenkarten heraus. Er las laut vor: »George Barrington, John Dawson, John Larney. Sehr schön, Humor haben Sie also auch. Das sind nämlich die Namen der berühmtesten Langfinger vergangener Zeiten. Nun gut. Lassen wir es dabei bewenden. Der wackere Konstabler in *Gravesend* wird Ihre wahre Identität schon noch enthüllen.«

»Sie glauben doch wohl nicht im Ernst, dass ich freiwillig dorthin zurückkehre? Mit Ihrer Spielzeugpistole können Sie mich nicht schrecken. Wenn Sie meiner habhaft werden wollen, müssen Sie mich schon überwältigen und fesseln. Haben Sie Lust auf einen kleinen Ringkampf?«

»Aber nicht doch!« Holmes hob beschwichtigend die Hände. »Wir werden uns keinesfalls auf eine körperliche Auseinandersetzung mit Ihnen einlassen. Ich habe eine viel bessere Idee. Genießen Sie bis dahin doch Ihren guten Whisky.«

»Einen Teufel werde ich tun«, schrie der Taschendieb und schleuderte seinen Zinnbecher, ein Erbstück meines viel zu früh verstorbenen Herrn Vaters, durch das Fenster nach draußen.

»Das war äußerst unbedacht«, meinte Holmes betrübt, »weil Sie mich damit brüskieren. Außerdem völlig sinnlos, denn Ihre Flasche ist noch wohlgefüllt. Es gibt nun zwei Möglichkeiten. Entweder, Sie trinken freiwillig, oder Mycroft schießt Ihnen ein Loch ins Knie. Sie haben die Wahl.«

»Sie wagen es nicht ...«

»Doch. Mein guter Bruder, bitte tu, was getan werden muss.«

Mycroft spannte den Hahn und richtet den Lauf nach unten. »Bitte nicht zappeln. Sonst treffe ich versehentlich Ihren Testikel[5], und das wollen wir doch nach Möglichkeit vermeiden.«

»Nein, halt, warten Sie, ich trinke schon.«

»Bevor wir nun also voneinander scheiden, wird mein Freund Dr. Watson noch versuchen, Ihnen das Leben zu retten. Alter Knabe, bitte gewähre diesem Herren eine kurze, kostenlose ärztliche Audienz.«

Ich musste nicht lange herumrätseln, um zu begreifen, was Holmes meinte. Folglich sagte ich: »Leider weiß ich nicht, welche Berufsbezeichnung Sie bevorzugen, Langfinger, Beutelschneider oder Spitzbube. Aber mir sind drei Dinge an Ihnen aufgefallen. Erstens riecht Ihr Atem nach Ammoniak. Zweitens sind Ihre Augäpfel gelblich verfärbt. Und drittens leiden Sie unter unkontrolliertem Juckreiz, denn Sie kratzen sich andauernd. Diese drei Symptome weisen in ihrer Kombination darauf hin, dass Sie an einer schweren Form von *Ikterus*, volkstümlich auch Gelbsucht genannt, erkrankt sind. Ihre Leber steht kurz davor, sich für immer von Ihnen zu verabschieden. Falls Sie also weiterleben wollen, sollten Sie ab sofort nur noch fettarme, ballaststoffreiche Nahrung zu sich nehmen, viele feuchtwarme Leibwickel machen und Alkohol in jeglicher Form meiden.«

»Bis auf diesen einen letzten Schluck«, setzte Holmes hinzu.

Der Taschendieb zog seufzend die Whiskyflasche hervor, entkorkte sie und nahm einen tiefen Zug. Sekunden später verdrehten sich seine Augen, und er brach bewusstlos zusammen.

»Holmes«, fragte ich verdutzt, »was war das denn?«

»Unser Freund hatte den Whisky mit einem starken Narkotikum versetzt. Von dem leicht süßlich-fruchtigen Geruch nach Acetaldehyd her tippe ich auf Chloralhydrat.[6] Es entsteht bei der Reaktion von Chloral mit Wasser und gehört daher zur Stoffgruppe der Aldehydhydrate. Er wollte den Diebstahl auf dem Bahnhof und die geglückte Flucht mit einem kleinen Eisenbahnraub krönen und hatte dafür uns alte Griesgrame auserkoren. Zu seinem größten Pech ist er leider an die Falschen geraten.«

[1] Von Zar Alexander III. im Jahr 1881 gegründete Staatspolizei, der mehrere Geheimdienste unterstanden.

[2] Königin Kleopatra VII. Philopator (69 v. Chr.-30 v. Chr.), letzter weiblicher Pharao, war u. a. die Geliebte von Julius Cäsar und des Feldherren Marcus Antonius, mit dem sie gemeinsam Selbstmord beging.

[3] 0,568 Liter

[4] Das Zitat wird dem französischen Schriftsteller Jules Renard (1864-1910) zugeschrieben.

[5] Hoden, lat. *testiculus*

[6] Chloralhydrat wurde erstmals 1832 von Justus von Liebig hergestellt.

Der Fund

16.05.1913, Messingwerk bei Eberswalde

Aus der windschiefen Fachwerk-Kate am westlichen Ortsrand jener Brandenburger Gemeinde, die den ungewöhnlichen Namen *Messingwerk* trug, drang ein schwacher Lichtschimmer. In der schwarzen Küche, die gleichzeitig als Stube diente, brannte eine trübe Ölfunzel. Es war fünf Uhr am Morgen. Der Polier Albert Rhangow, ein fünfunddreißigjähriger, untersetzter Mann mit Händen hart wie Stein, einem zerfurchten Gesicht und einem breitem Kreuz, saß mit Holzpantinen und einem blauen Leinenkittel bekleidet am selbstgezimmerten Esstisch. Es gab Frühstück. Der Bauarbeiter löffelte Hafergrütze aus einer flachen Holzschüssel. Neben ihm stand eine zerbeulte Blechtasse mit dampfendem Muckefuck, aus der er ab und an einen kleinen Schluck nahm, um den faden Geschmack der mit bloßem Wasser und zu wenig Salz aufgekochten Getreidekörner herunterzuspülen. Den koffeinfreien Ersatzkaffee hatte ihm seine Frau Therese aus gerösteten und gemahlenen Löwenzahn- sowie Zichorienwurzeln[1] zusammengemischt. Der Arbeiter war mit der Mixtur zufrieden. In seinem gesamten bisherigen Leben hatte er noch nie eine Tasse von dem echten Bohnenkaffee getrunken, nach dem es manchmal aus dem Salon der Herrschaft bis hinaus auf die Straße roch.

»Weib«, rief er. »Schneide mir einen Kanten von dem Roggenbrot ab und bestreiche ihn dick mit gelber Butter. Ich habe heute einen harten Tag vor mir. Wir müssen die Fundamente ausschachten. Das wird bis in den späten Abend dauern.«

Seine Frau Therese war drei Jahre jünger als er. Aber sieben Kinder – zwei Buben und fünf Mädchen – hatten sie vor der Zeit altern lassen. »Mein lieber Mann«, antwortete sie, während sie mit einem Feudel am Spülstein herumfuhrwerkte, »das will ich gerne tun. Aber unser Mehlvorrat geht zu Ende. Ich musste ihn schon mit gemahlenen Eicheln strecken. Wenn wir weiter so viel Brot essen, werden wir bald hungern müssen.«

Albert schmunzelte. »Vorhin stand ich am Misthaufen und streckte beim Brünzen meine Nase in den Wind. Es roch nach nasser Erde. Der Wind weht vom Kanal herüber. Ganz gewiss wird es heute regnen. Vielleicht scheint außerdem die Sonne. Dann gibt es einen Regenbogen. Die Waldgeister haben an seinem Ende einen Topf voller Gold vergraben. Ich bin gewappnet und mit einer Schaufel bewaffnet. Ich muss nur auf die richtige Stelle stoßen. Dann hebe ich den Schatz, und wir sind aller unserer Sorgen ledig.«

»Ach mein Liebling«, sagte Therese, kam näher, umarmte ihren Mann und küsste ihn auf die Stirn. »Was soll nur aus uns werden? Die beiden Schlafzimmer und die Stube sind viel zu klein für uns. Die Kinder haben keinen Platz zum Spielen. Außerdem husten sie, denn die Grundmauern sind feucht und das Dach ist undicht.«

»Du darfst nicht verzagen«, antwortete Albert. »Seit fünf Monaten bin ich schon Polier. Ich verdiene jetzt hundert Mark im Monat. Wir konnten den größten Teil unserer Schulden bei deinen Eltern begleichen. Es wird uns bald besser gehen. Der Herr will eine komplette Siedlung von Arbeiterhäusern bauen. Wir werden zu den Ersten gehören, die dort einziehen. In den großen Wohnungen soll es fließendes Wasser und Elektrizität, helle Zimmer mit hohen Fenstern und richtige Öfen geben. Wir werden wie eine Fabrikantenfamilie leben. Unsere Kinder bekommen genug zu essen und tragen saubere Kleidung.«

Therese lächelte versonnen. »Das ist ein schöner Traum. Sprich weiter. Ich kann nicht genug davon hören.«

Ihr Mann sagte: »Der Herr hat es mehrfach versprochen. Bislang ist noch kein einziges falsches Wort aus seinem Mund gekommen. Er hat auf eigene Kosten die Schule, die beiden Lehrerwohnungen und das Spritzenhaus bauen lassen. Er wird uns auch diesmal nicht belügen.«

»Ich will dir gerne glauben. Du bist unser Ernährer. Du hast uns durch die schlechten Zeiten gebracht. Was soll ich dir zum Mittagessen einpacken?«

»Ich nehme den letzten Stockfisch, einen Hirsefladen und einen Krug Bier mit. Das muss bis zum Abend reichen.«

* * *

Im Herrenhaus am Park servierten die Dienstmädchen zwei Stunden später das Frühstück. An der mit edlem Porzellan, Kristallgläsern, Obstkörben und Blumengestecken reich gedeckten Tafel hatten der 55-jährige Aaron Hirsch, seine 48-jährige Frau Amalie sowie die beiden erwachsenen Kinder, der 28-jährige Siegmund und die 20-jährige Dora Platz genommen. Während der weißhaarige Seniorchef noch immer drahtig und agil wirkte, war der Junior bereits leicht aus der Form geraten. Seinen runden Kopf zierten nur noch wenige Haare. Siegmund stocherte lustlos in seinem Essen und meinte verärgert: »Vater, es ist ein schwerer Fehler, was du tust. Wir leben hier äußerst beengt. Unsere Reputation in der Nachbarschaft leidet darunter, weil wir keine standesgemäßen Empfänge veranstalten können.« Er trank einen Schluck Kaffee aus einer hauchzarten Porzellantasse. »Wir hätten erst unsere Villa bauen lassen müssen. Für die Arbeiterhäuser wäre später immer noch genügend Zeit gewesen.«

»Mein Sohn, ich muss dir leider widersprechen. Du hast die Zeichen der Zeit noch immer nicht erkannt. Mein Onkel Gustav Hirsch hat die Messingwerke vor fünfzig Jahren dem Königlichen Berg- und Hüttenamt in Berlin für hunderttausend preußische Taler abgekauft. Das war damals unvorstellbar viel Geld. In jener Zeit wurden zweihundert Arbeiter beschäftigt. Ich bin 1877 in die Firma eingetreten. Dein Onkel war klug genug, auf meine Ratschläge zu hören. Schritt für Schritt haben wir das Firmenimperium ausgebaut. Vor 14 Jahren konnte ich den Betrieb ganz und gar übernehmen. Ich habe keine Angst vor der eigenen Courage bekommen, sondern die *Hirsch Kupfer- und Messingwerke AG* gegründet.«

Sein Sohn verdrehte die Augen. Diesen Vortrag hatte er schon über ein Dutzend Mal gehört. Aber sein Vater war noch nicht am Ende: »Die Zahl der Arbeiter hat sich in dem halben Jahrhundert fast verzehnfacht. Die *Hirsch Kupfer- und Messingwerke AG* hält Beteiligungen an Firmen in 40 Ländern. Ich sitze in diversen Aufsichtsräten, unter anderem in dem der Deutschen Bank. Unser Messingwerk produziert zwar noch immer in traditioneller Weise Bleche, Drähte, Kessel und Röhren. Aber der Verkaufserlös für diese Erzeugnisse ist zu einem Zubrot geworden. Das richtige Geld verdienen wir mit den Rüstungsaufträgen. Die *Hirsch Kupfer- und Messingwerke AG* gehört zu den bedeutendsten deutschen Produzenten von Munitionshülsen, Zündern und Granaten. Doch die Konkurrenz schläft nicht. Wir werden nur so lange im Geschäft bleiben, wie wir gute Qualität zu vernünftigen Preisen liefern.«

»Ja, Vater, das weiß ich alles. Und was hat das bitteschön mit unserer Villa zu tun?«

»Zum einen besitzen wir eine große Stadtwohnung in Berlin. Dort spielt sich das entscheidende Leben ab. Hier zu uns in die Provinz kommt sowieso kein Mensch, jedenfalls nicht freiwillig. Zum anderen geht es darum, die Arbeiter an die Firma zu binden. Das schaffen wir nur mit guten Arbeitsbedingungen, akzeptablen Löhnen und einem vernünftigen Umfeld. Nicht umsonst heißt unsere Gemeinde *Messingwerk*. Wir brauchen Fachkräfte, die ihr gesamtes Wissen und alle ihre Kräfte in die Firma einbringen. Und deshalb lasse ich ihnen jetzt moderne Wohnungen bauen und befreie sie aus ihren Bruchbuden. Du wirst sehen, mein Sohn, jede Mark, die wir in soziale Projekte investieren, bekommen wir doppelt und dreifach zurück. Irgendeinen Knecht einzustellen, ist einfach. Aber einen Spezialisten auf Dauer zu behalten, gelingt nicht jedem. Die Kapitalisten der alten Schule, die ihre Arbeiter bis auf das Blut quälen und ausbeuten, haben in unserer modernen Welt keine Chance. Der technische Fortschritt lässt sich nicht aufhalten. Wer die besten Fachkräfte hat, ist am Ende der Gewinner.«

Amalie Hirsch klopfte mit der flachen Hand auf den Tisch. »Genug jetzt mit dem Politisieren. Es gibt auch noch andere wichtige Themen. Zum Beispiel die baldige Hochzeit unserer Tochter.«

Dora Hirsch, die von allen nur Dodo genannt wurde, errötete folgsam. »Ich halte es noch für verfrüht, über eine Vermählung zu sprechen«, wandte sie ein und tastete nach dem Liebesbrief in ihrer Schürzentasche. »Ich bin dem Herrn Schwartz doch erst vor Kurzem vorgestellt worden. Ich weiß überhaupt nicht, ob er etwas für mich empfindet. Außerdem könnte er mein Vater sein.«

»Dein Herr Papa ist auch sieben Jahre älter als ich, und unserer Beziehung hat das nicht im Mindesten geschadet, ganz im Gegenteil. Für ein junges Mädchen wie dich ist es immer von Vorteil, wenn es von einem erfahrenen Mann geleitet wird, der keine Flausen mehr im Kopf hat«, entgegnete ihre Mutter.

Aaron Hirsch räusperte sich. »Julius Schwartz spielt eine bedeutende Rolle an der *Berliner Börse*. Seiner Protektion habe ich es zu verdanken, dass ich Mitglied im Vorstand werden konnte. Eine familiäre Verbindung zum Hause Schwartz wäre für uns alle förderlich, und deshalb ist sie für dich im höchsten Maße wünschenswert, mein liebes Kind.«

* * *

Auf der Baustelle gingen die Arbeiten nur langsam voran. Bereits bei dem ersten Aushub zeigte sich, dass auf den Humusboden eine dicke Lehmschicht folgte, die von zahlreichen Gesteinsbrocken durchsetzt war. Der Polier Albert Rhangow trieb die Arbeiter zur Eile an, aber mit ihren einfachen Werkzeugen konnten sie nur wenig ausrichten. Schon bald blieben sie weit hinter dem Zeitplan zurück. Ein permanenter Nieselregen machte die Sache nicht einfacher. An manchen Stellen versanken die Männer im Schlamm. Sie tasteten mit ihren bloßen Händen nach den glitschigen Steinen und versuchten, die dicksten Brocken mit Brechstangen aus der Erde zu wuchten. Alle Bauarbeiter waren bis auf die Haut durchnässt und über und über mit Dreck besudelt.

Mittags um 12 Uhr gab es die erste Pause. Die Proleten suchten unter einem Schuppendach Schutz. Albert Rhangow schnitt von seinem Stockfisch fingerbreite Streifen ab. Sie waren ähnlich zäh wie der Lehmboden und schmeckten nicht viel besser. Auch der fade Fladen machte nicht viel her. Das Bier hingegen war kühl und süffig.

Zehn Minuten später ging es weiter. Der Polier brüllte seine Kommandos. Schubkarren mit hölzernen Rädern rollten heran und wurden mit Modderpampe gefüllt. Im Erdreich krallten sich armdicke Wurzeln fest. Äxte blitzten in der Luft und fuhren nieder. Die Männer schwitzten. Die Schweißtropfen vermischten sich mit dem Regen zu kleinen Bächen und hinterließen bizarre Muster auf den beschmierten Gesichtern.

Albert Rhangow dachte voller Wehmut an den Stumpen in seiner Jackentasche. Er hätte ihn gerne geraucht. Zur Zeit ging das nicht. Aber am Abend würde das Wetter sicherlich besser werden. Die Sonne hielt sich noch hinter einer dicken Wolkendecke versteckt.

Nachmittags um drei kamen der Bauleiter und der Architekt vorbei. Beide trugen Gummigaloschen. Es regnete heftiger als zuvor. Albert Rhangow nahm Haltung an und erstattete Bericht. Ein Lob war nicht zu erwarten. Aber glücklicherweise blieb auch der Tadel aus. »Im Mai hatten wir schon seit Jahren kein solch schlechtes Wetter mehr«, stellte der Architekt fest.

»Ganz genau. Es ist viel zu nass und viel zu kühl«, pflichtete ihm der Bauleiter bei. Sein Regenumhang reichte bis über die Knie. Die Hosenbeine waren trotzdem kotbespritzt. Auch er würde zu Hause seine Kleidung wechseln müssen.

»Bald scheint wieder die Sonne«, versprach der Polier. »Spätestens in der Nacht werden sich die Wolken verziehen. Heute früh habe ich eine Fähe gesehen, die durch den Garten schnürte. Das ist ein gutes Zeichen. Bei anhaltend schlechtem Wetter bleibt Reineke Fuchs in seinem Bau. Durch den Regen sind wir im Rückstand. Aber nur leicht. Morgen holen wir alles wieder auf.«

»Sie sind unser bester Mann, Rhangow«, meinte der Bauleiter. »Ich zähle auf Sie. Ich würde Ihnen gerne eine Zigarre anbieten. Aber solange der Himmel weint, hätte das wenig Sinn.«

Der Polier wusste, dass der Bauleiter extrem geizig war. Er hatte noch nie eine Zigarre spendiert. Und dabei würde es bleiben. Bei Sonnenschein wäre dann eine andere Ausrede an der Reihe. Der Bauleiter und der Architekt staksten zurück zur Straße. Bevor sie in ihr Automobil einstiegen, streiften sie die Galoschen ab.

Albert Rhangow atmete tief durch. Er war noch einmal glimpflich davongekommen. Vielleicht, weil die Bauarbeiten gerade erst begonnen hatten. Noch mehr Verzug konnte er sich allerdings nicht leisten. Er spornte seine Männer an: »Nicht schlappmachen, Leute. Auf dem Bau gibt es kein gutes Wetter. Es ist immer zu warm oder zu kalt, zu nass oder zu trocken.«

Claas Schwilf, ein 14-jähriger Hilfsarbeiter mit Armen so dünn wie zwei Holzspäne, versuchte verzweifelt, seine Hacke aus dem Lehmboden zu ziehen. Sie hatte sich verklemmt. Das Gesicht des Jungen war puterrot. Er gab nicht auf und zerrte mit aller Kraft.

Der Polier stand am Rand der Grube und beobachtete ihn interessiert. Wer etwas leisten wollte, musste Einsatz zeigen.

Claas Schwilf ließ nicht nach. Aber er würde nicht mehr lange durchhalten, soviel war klar. In diesem Moment passierte es. Der Hackenstiel rutschte dem entkräfteten Jungen aus den Händen. Er stolperte nach hinten und platschte den Länge nach in den Matsch. Sein Kopf knallte gegen einen Stein. Es klang, als ob ein Ei aufgeschlagen worden wäre. Die Männer lachten.

Albert Rhangow hatte Mitleid. »Helft ihm auf. Er soll sich das Blut abwischen und eine Pause machen«, ordnete er an und stieg in die Grube hinunter. Er packte den Hackenstiel.

Er lag glatt in seinen beiden Händen. Trotzdem der Polier nur mittelgroß war, hatte er sehr viel Kraft. Wirtshausschlägereien gingen selten zu seinem Nachteil aus. Albert Rhangow zog die Hacke aus dem Erdreich wie ein Messer aus der Butter. Aber irgendetwas hakte. Wahrscheinlich ein großer Stein. Der Polier nahm eine Schaufel, um ihn freizulegen. Er hatte sich geirrt. Der Stein war gar kein Stein. Stattdessen kam ein meterlanges, bauchiges Tongefäß zum Vorschein. Albert Rhangow hielt inne und betrachtete verwundert seinen Fund. Mehrere Männer traten näher und schauten ihm über die Schulter.

Auch Claas Schwilf war wieder munter. Er lugte von oben über den Grubenrand. »Das ist eine Urne«, stellte er fest. »Meine Großmutter hat mir davon erzählt. In ihr wird die Asche von Toten aufbewahrt.«

Die Männer wichen zurück. Sie hatten Angst vor einem Fluch der Verstorbenen.

Der Polier überlegte, ob er die Urne zum Friedhof schaffen sollte. Doch dann siegte die Neugier. Er griff zur Hacke und ließ sie auf das Fundstück niederkrachen. Das Gefäß zerbrach. In seinem Inneren funkelte Metall. Albert Rhangow kniete sich nieder und räumte die Tonscherben zur Seite. »Da hat jemand einen Krug mit Messing eingebuddelt«, rief er verwundert. »Claas, lauf los und hole den Bauleiter her. Er soll sich das alte Zeug ansehen. Ganz bestimmt kann man es noch einschmelzen. Und ihr anderen passt auf beim Graben. Wahrscheinlich gibt es noch viel mehr davon.«

[1] Gemeine Wegwarte (Cichorium intybus), eine Pflanze aus der Familie der Korbblütler.

4. Kapitel

Ankunft

»Ja, Watson, wir sollten jetzt wirklich gehen.«

Arthur Conan Doyle, *Das Verschwinden der Lady Frances Carfax*

Hotel Adlon

Aus den Aufzeichnungen von Dr. Watson.

03.10.1913, Berlin

Unsere Bahnreise von Gravesend bis nach Dover, die sich daran anschließende Schiffspassage über den Kanal nach Frankreich und auch die lange Zugfahrt von Calais nach Berlin verliefen nun ohne jeden unangenehmen Zwischenfall. Wir wurden weder von weiteren Taschendieben, noch von anderen unliebsamen Zeitgenossen belästigt. Die Schaffner behandelten uns zuvorkommend, die Gepäckträger waren immer pünktlich zur Stelle, und die Lokomotivführer setzten ihren gesamten Ehrgeiz daran, die Fahrpläne bis auf die Minute genau einzuhalten.

In Brüssel, der Haupt- und Residenzstadt des Königreichs Belgien, hatten wir planmäßig mehrere Stunden Aufenthalt, ehe unser Anschlusszug vom *Gare du Nord* nach Köln in Deutschland abfuhr. Trotzdem wir von der anstrengenden Reise ziemlich ausgelaugt und übermüdet waren, ließen wir es uns nicht nehmen, einen ausgedehnten Stadtbummel zu absolvieren. Wir besichtigten im Vorübergehen die Kirche *St. Jacques-sur-Caudenberg*, das *Palais des Académies* sowie das sogenannte *Königs- oder Brothaus*, in dem der unglückselige Graf von Egmond zunächst gefangen gehalten und später enthauptet worden war. Selbstverständlich machten wir auch dem weltberühmten *Manneken Pis* unsere Aufwartung. Wir kamen genau zur rechten Zeit zwischen zwei Gedenk- und Feiertagen. Die kindischen Belgier pflegten die Brunnenfigur nämlich ständig zu verkleiden, so als ob das ganze Jahr über Karneval wäre. Wir hatten aber Glück und konnten die kleine Bronzestatue in ihrer ganzen Schönheit bewundern.

Meine gute Laune verflog jedoch sehr bald. Kaum war ich des urinierenden Knaben ansichtig geworden, verspürte ich einen mächtigen Druck auf meiner altersschwachen Blase. Mit eingeknickten Knien und einem versteinerten Gesichtsausdruck entfernte ich mich von dem anregend plätschernden Wasserstrahl. Nur noch wenige Augenblicke trennten mich von der drohenden Katastrophe. Ich musste mich blitzartig auf die Suche nach dem nächsten stillen Örtchen machen. Glücklicherweise war der Platz von mehreren Restaurants und Caféhäusern umgeben. Ich wählte die Bar *Petit Julien* aus, weil sie am nächsten lag. Der Wirt erkannte meine allerhöchste Not und wies mir ohne zu zögern den rechten Weg, sodass ich mich noch im letzten Moment wasserfallartig erleichtern konnte.

Aber ein Problem zog das nächste nach sich. Logischerweise konnte ich das Lokal nicht einfach so ohne jeden Verzehr verlassen. Das wäre eines britischen Gentleman unwürdig gewesen. Meine beiden Begleiter standen mir bei. Wir ließen das ohnehin sehr karge Imbissangebot unbeachtet und entschieden uns stattdessen für geistige Getränke. Auf die Empfehlung des Patrons bestellten wir drei Humpen einer süffigen, belgischen Bierspezialität, die *Geuze* genannt wurde. Dazu kippten wir jeder einen kleinen, hochprozentigen, französischen Apfelbrand namens *Calvados*, der seinen Namen nach einer Region in der Normandie trägt. Der *Calvados*, eine in England völlig unbekannte Spirituose, brannte auf der Zunge und lief scharf den Rachen hinunter, besaß aber einen angenehm fruchtigen Nachgeschmack. Die erste Runde ging selbstverständlich auf meine Rechnung. Doch Sherlock Holmes wollte sich auch nicht lumpen lassen. Sein Bruder machte die Runde schließlich komplett. Er war außerordentlich gesprächig und gab einige Histörchen aus dem Ministerium zum Besten. Sie handelten von schlechten Menschen, die aus Geldgier dumme Dinge taten und am Ende draufzahlten.

Zur Feier des Tages ging ich zu einem Glaskasten mit geschliffenen Scheiben, der mich von der Theke aus einladend anlächelte. Ich suchte drei pechschwarze Virginias von jener Sorte aus, die krumm und schief gewickelt waren und einen dünnen Strohhalm als Mundstück besaßen. Mycroft kannte einen famosen Trick: Wir tauchten die Zigarillos vorsichtig mit ihren Enden in den Branntwein ein, um sie leicht zu netzen. Das Ergebnis war mehr als zufriedenstellend. Der Tabakrauch bekam eine angenehm würzige Note.

Beschwingt und vergnügt verließen wir das Lokal. Auf dem Weg zum Bahnhof quer durch die Brüsseler Innenstadt klärte mich das wandelnde Lexikon Sherlock Holmes darüber auf, dass das *Geuze-Bier* eine fulminante harntreibende Wirkung besaß, die wesentlich stärker als bei jedem anderen alkoholischen Getränk sein sollte. Er hatte die Worte kaum ausgesprochen, als mir schon wieder kalter Schweiß auf die Stirn trat. Erneut stakste ich mit hölzernen Schritten daher. Aber die belgische Biertrinker-Nation hatte für derartige Problemfälle bestens vorgesorgt. Bereits im nächsten kleinen Park, von denen es in Brüssel etliche gab, entdeckte ich ein öffentliches Pissoir. Den restlichen Weg zum Bahnhof *Gare du*

Nord legte ich völlig unbeschwert und ohne die Besuche weiterer Senkgruben zurück.

In den frühen Morgenstunden des dritten Oktober trafen wir in Berlin am Anhalter Bahnhof ein, einem Kopfbahnhof mit einer riesigen, korbbogenförmigen Hallenkonstruktion aus Fachwerk-Eisenbindern. Direkt am Ausgang befand sich ein Droschkenhalteplatz. Wir fuhren ein kurzes Stück bis in die Straße Unter den Linden zu unserem Hotel. Bei diesem Etablissement handelte es sich, so wurde erzählt, um das erste Haus am Platze, das aus diesem Grund sogar den deutschen Kaiser zu seinen Stammgästen zählte. Es trug den seltsamen Namen *Adlon*. Weder Sherlock Holmes noch sein Bruder konnten den Begriff übersetzen. Unser Kutscher, welcher in überraschender Weise der englischen Sprache mächtig war und offensichtlich unsere Unterhaltung belauscht hatte, verriet uns ungefragt, dass es sich dabei um den Nachnamen des Hotelgründers Lorenz Adlon handelte.

Von außen machte der riesige, viergeschossige Kasten mit seinem ausgebauten Dachgeschoss nicht viel her, auch wenn er sich sehr gut in die Umgebungsbebauung einfügte: Das Hotel nahm die Architektur des Brandenburger Tores auf, das schräg gegenüber am Pariser Platz stand, und zeigte außerdem klare klassizistische Linien, die von vereinzelten Jugendstilelementen unterbrochen wurden.

Der Luxus im Inneren des Hauses war allerdings überwältigend und erschlug uns fast. Die riesige Lobby hatte halbrunde, mit Wandgemälden versehene Gewölbedecken, die auf viereckigen, kunstvoll verzierten Marmorsäulen ruhten. Die Wände waren holzgetäfelt. Überall brannten gewaltige Leuchter, und den Boden bedeckte ein edler Teppich.

Am Empfang gab es die erste Überraschung. Der Firmengründer und Patriarch Lorenz Adlon begrüßte uns persönlich.

Er war ein schmächtiger Mann von Mitte sechzig, der sich offensichtlich durch regelmäßige Leibesübungen sportlich stählte. Von seiner Physiognomie her ähnelte er dem Schriftsteller Karl May. Wie dieser hatte er volles, aus der Stirn gekämmtes, graues Haar und einen gestutzten Schnauzbart. Er trug einen eleganten Cutaway mit dazu passendem Stehkragen und Plastron.[1] Im Mittelpunkt seines Interesses stand allerdings ausschließlich mein Freund Sherlock Holmes, dessen rechte Hand er umschloss und nicht wieder loslassen wollte.

Mycroft und ich blieben schmückendes Beiwerk. Aber ganz genau das war ja das wesentliche Element des Plans gewesen: Der Detektiv sollte die geschickte Tarnung des im Hintergrund agierenden Geheimagenten darstellen.

»Welch eine ungeheure Ehre für mein bescheidenes Haus, dass Sie und Ihre beiden Begleiter uns Ihre Aufwartung machen«, begann der Hoteldirektor in fließendem Englisch und wechselte dann ins Deutsche: »Ich habe schon viel von Ihren Erfolgen als beratender Detektiv gehört und gelesen. Inspektor Lestrade von Scotland Yard hat uns erst kürzlich besucht und sich äußerst lobend über Sie geäußert.«

Letzteres war natürlich eine glatte Doppel-Lüge, denn der inspirationslose Lestrade schob die Erfolge meines Freundes immer nur dem Zufall zu. Darüber hinaus hätte er sich mit seinem bescheidenen Salär nie und nimmer das *Adlon* leisten können. Außerdem nahm ich an, dass der wackere Hüter des Gesetzes inzwischen längst pensioniert sein musste und nicht mehr im aktiven Dienst tätig war. Seit rund elf Jahren – ich glaube, es war bei dem Fall *Die drei Garridebs*[2] gewesen – hatten wir nichts mehr von dem guten Inspektor gehört oder gesehen. Aber egal. Meinem Freund gingen diese Elogen runter wie Öl, wie ich an seinem entrückten Gesichtsausdruck erkennen konnte.

Mycroft grinste verschmitzt, und mir wurde plötzlich klar, dass er den Hoteldirektor in irgendeiner subtilen Weise präpariert haben musste. Aber in der Politik ist bekanntlich alles erlaubt, sofern es nur einem guten Zweck dient.

»Eine Frage sei mir allerdings erlaubt, falls ich nicht zu aufdringlich wirke«, wechselte Lorenz Adlon das Thema. »Sind Sie dienstlich unterwegs, oder beehren Sie uns privatim?«

»Exzellenz, ich befinde mich seit Jahren im Ruhestand und beschäftige mich ausschließlich mit der Bienenzucht sowie dem Verfassen meiner Memoiren. Um aus diesem alltäglichen Trott herauszukommen, unternehme ich manchmal eine kurze, aber inhaltsreiche Bildungsreise, so wie jetzt nach Berlin. Ich werde mich ausschließlich in den Berliner Theatern und Museen aufhalten«, erwiderte Sherlock Holmes.

Wie sich nur kurze Zeit später sehr eindrucksvoll herausstellen sollte, verfügte er offensichtlich über keine ausgeprägte hellseherische Gabe.

Der Hoteldirektor glaubte meinem Freund kein einziges Wort. Lorenz Adlon kniff das linke Auge zu und meinte mit konspirativer Miene: »Meine Lippen sind versiegelt. Ich schweige wie ein Grab. Von mir erfährt niemand etwas. Aber wenn Sie einen Wunsch haben, zögern Sie nicht, ihn frank und frei zu äußern. Hier in meinem Hause haben wir einen eigenen Hoteldetektiv beschäftigt, den ich für einen äußerst fähigen Mann halte. Er heißt Ernst Balcke, ist ein ehemaliger Kriminalbeamter und erkennt Hochstapler, Trickdiebe und professionelle Witwentröster auf den ersten Blick. Er hat beispielsweise den Heiratsschwindler Willy Rieger enttarnt, der sich als ein Halbbruder des deutschen Kaisers ausgab und sich *Baron Heinrich Leopold von Gondo-Haulenberg* nannte. Dem Betrüger gelang zwar im letzten Moment die Flucht in die Neue Welt, aber das war nicht die Schuld von Ernst Balcke gewesen, sondern lag ausschließlich am völligen Versagen seiner ehemaligen Kollegen. Doch Ernst Balcke ließ sich nicht entmutigen. Wenn er eine Sache angefangen hat, bringt er sie auch zu Ende. Ein Ozean kann ihn nicht schrecken. Er nahm per Kabel Kontakt zum *Bureau of Investigation* auf und lieferte den amerikanischen Kollegen eine detaillierte Personenbeschreibung des Witwentrösters. Im vergangenen Dezember wurde Willy Rieger alias *Baron Heinrich Leopold von Gondo-Haulenberg* in Buffalo verhaftet. Für Ernst Balcke blieb das nicht folgenlos. Er wurde zum Ehrenmitglied des *Bureau of Investigation* ernannt. Ich musste meinem Hausdetektiv seinen Lohn erhöhen, damit er nicht stiften ging und in New York als Ermittler anheuerte. – Doch wo war ich gerade stehen geblieben? Ach, ja, bei Ihrer Tätigkeit. Was ich noch sagen wollte: Ich verfüge über die besten Verbindungen zum Ministerium des Innern, das sich nur wenige Blocks weit entfernt in unserer Straße befindet, und zum Polizeipräsidium am Alexanderplatz. Die Jungs dort wollen keinen Ärger, und ich sorge dafür, dass sie keinen bekommen. Das ist ein Geschäft auf Gegenseitigkeit.«

Mein Freund gab jeden Widerstand auf. Er blinzelte verschwörerisch zurück und flüsterte hinter vorgehaltener Hand: »Vielen Dank für Ihr großzügiges Angebot. Zu gegebener Zeit will ich gerne darauf zurückkommen.«

Lorenz Adlon verneigte sich und wechselte das Thema: »So viel ich weiß, hatten Sie drei einzelne Suiten bestellt. Nun hat sich justament in diesem Augenblick eine Umbuchung ergeben. Der russische Zar Nikolaus II., der zuletzt im Mai unser Gast war, hat seine Pläne geändert und die feste Buchung wieder storniert. Die Fürstensuite in der ersten Etage steht nun zur freien Verfügung. Ich würde sie Ihnen gerne anbieten, weil die Fürstensuite über drei getrennte Schlafzimmer verfügt. Sie, hochverehrter Mr. Holmes und Ihre beiden Begleiter wären dann zusammen untergebracht und hätten es auf diese Weise viel bequemer. Für mich besteht der Vorteil darin, dass sich drei kleinere Suiten viel leichter vermieten lassen als eine große. Die Mehrkosten gehen selbstverständlich aufs Haus.«

Wir nahmen das Angebot dankend an. Der Hoteldirektor unternahm mit uns zum Abschluss einen kleinen Rundgang durch das Erdgeschoss. Er führte uns durch ein exzellentes Restaurant, ein hübsches Café, eine gemütliche Lounge, einen bequemen Rauchsalon, eine gut bestückte Bibliothek und einen weitläufigen Wintergarten. Die bombastischen Interieurs waren zumeist im Stile des Louis-seize oder des Neobarock gehalten.

Die Köpfe brummten uns von der vielen Pracht, als wir uns verabschiedeten, um auf unsere Zimmer zu gehen. Ein Page in Phantasieuniform führte uns hinauf, zwei livrierte Kofferträger folgten mit einem vergoldeten Gepäckwagen. Wir verteilten üppige Trinkgelder und bestaunten dann unser Reich. Vom Flur aus ging es in ein nüchtern gehaltenes Vorzimmer, das als Warteraum für Besucher gedacht war, und von dort aus in den Salon, der von seiner Größe her die Grundfläche meines Londoner Hauses bei Weitem übertraf. Gewaltige, viktorianische Ledersessel gruppierten sich um einen offenen Kamin. Auf dem flachen Tisch standen ein großer Obstkorb mit allerlei Südfrüchten und eine Flasche Champagner der Marke *Château de Bligny*. Überall dominierten Blautöne: Auf den Vorhängen, im Teppichmuster, auf dem Federhalter und auf den Wandbezügen. An den eindrucksvollen Salon schloss sich ein kleinerer, holzgetäfelter Korridor an, der zu unseren Schlafgemächern führte.

Zu jedem der drei Räume gehörte ein Schrankzimmer, ein Kofferverschlag sowie eine eigene Badestube mit Wanne,

Wasserklosett und einem extra Bidet. In jedem der Betten hätte eine komplette Familie übernachten können, ohne sich in die Quere zu kommen. In allen Zimmern brannte elektrisches Licht. Die Wärme der Dampfheizung ließ sich von Hand regulieren, und im Salon stand ein hochmoderner Telefonapparat. Die Benutzung des Fernsprechers war ganz einfach, da das Hotel seine eigene Vermittlung besaß. Sie meldete sich, sobald man den Hörer abnahm, und stellte die Verbindung zu dem jeweiligen Amt her. In Berlin gab es mehrere Dutzend dieser Art. Von dort aus erfolgte dann die Weiterleitung zu dem gewünschten Teilnehmeranschluss.

Ich fühlte mich von der langen Reise reichlich schmutzig und erschöpft. Ich ließ mir ein Wannenbad ein und entspannte eine gute halbe Stunde im warmen, duftenden Wasser. Anschließend legte ich mich für einige Minuten auf mein Bett und versank in den seidenen Laken.

Als ich wieder erwachte, war es bereits Nachmittag. Mein Magen knurrte. Ich ging in den Salon und bestellte mir telefonisch ein englisches Frühstück. Der Service nahm den Auftrag dankend an und versprach, das Gewünschte in einer Viertelstunde auf das Zimmer zu liefern.

Mycroft war längst verschwunden und ging seinen geheimen Geschäften nach. Wir sollten ihn in den kommenden Tagen nur noch selten zu Gesicht bekommen.

Sherlock Holmes saß in seinem seidenen Morgenmantel in einem der Ledersessel am Fenster und blätterte in der *BZ am Mittag*. Wie ich an den großen Überschriften und den kurzen Texten leicht erkennen konnte, handelte es sich bei dieser Gazette um ein Boulevardblatt von jener Sorte, welches Klatsch, Tratsch, Lügen und Halbwahrheiten zu einem zuckersüßen Brei vermengte. Vor meinem Freund lag zur Linken ein großer Stapel deutscher Zeitungen aller möglichen Couleur. Durch einen ebenso hohen Berg zur Rechten hatte er sich bereits hindurchgewühlt.

»Holmes, was zum Teufel treibst du da?«, fragte ich ihn. »Wir haben Urlaub und müssen keine Verbrecher fangen. Oder interessierst du dich inzwischen für Sport, Lokalpolitik und Landwirtschaft?«

Holmes ließ die Seite sinken und lächelte versonnen. Er sprach weniger zu mir denn mehr zu sich selbst, als er sagte: »Meine große Gabe ist gleichzeitig mein Fluch. Ich muss ständig Informationen aufnehmen und verarbeiten. Ich sehe alles und ich vergesse nichts. Den Vorteil wirst du heute wieder schätzen lernen, wenn wir gemeinsam durch die uns unbekannten Straßen einer fremden Metropole wandern. Ich habe mir wesentliche Teile des Stadtplans eingeprägt und kann dich deshalb sicher geleiten. Dank meiner Lektüre kenne ich inzwischen eine Vielzahl der hiesigen Gepflogenheiten, was uns beispielsweise bei der Wahl der schnellsten und preisgünstigsten Verkehrsmittel von unschätzbarem Nutzen sein wird. Ich weiß, in welchen Gegenden es völlig ungefährlich ist, auf einer Parkbank einzuschlafen. Ich kenne jene Viertel, in die sich nach Anbruch der Dunkelheit niemand ohne einen schussbereiten Revolver wagen sollte. Außerdem kann ich dir mehrere sogenannte Apachenhäuser zeigen, in die zu gehen sich noch nicht einmal die deutsche Polizei traut.«

Mitten in unserer Unterhaltung klingelte der Fernsprechapparat. Ich nahm ab. Ein Mitarbeiter der britischen Botschaft meldete sich von einem Hausanschluss aus und bat darum, empfangen zu werden. Kurz darauf läutete er an unserer Tür. Ich öffnete. Ein gut gekleideter junger Mann von Ende zwanzig verbeugte sich förmlich. Ich bat ihn herein.

Er lief leicht vornüber gebeugt. Er hatte seine Schultern eingezogen und versuchte mühsam, eine Schmerzgrimasse zu unterdrücken. Unser Besucher stellte sich als Brennan Kelsey vor, seines Zeichens zweiter Botschaftssekretär. Er hielt sich nicht mit Allgemeinplätzen auf, sondern kam sogleich zur Sache: »Ich bin vom Außenministerium gebeten worden, für Sie zwei Logenplätze für die morgige Uraufführung von *Wie einst im Mai* im Berliner Theater zu besorgen. Da ich sehr gut in der Szene bekannt bin, stellte die Lösung dieses Problems keine schwere Aufgabe für mich dar. Hier sind die Karten, mit den besten Empfehlungen des Herrn Botschafters Sir Arthur McLeod. Sofern es seine begrenzte Zeit erlaubt, wird er morgen ebenfalls erscheinen und Ihnen seine Aufwartung machen. Die Billetts gelten auch für die anschließende Premierenfeier in der Beletage des Theaters. Sie sind herzlich eingeladen, sofern Sie Freude an dergleichen Vergnügungen empfinden sollten. Ich muss Sie allerdings warnen, denn in den deutschen Künstlerkreisen werden mitunter Umgangsformen gepflegt, die für einen Gentleman gewöhnungsbedürftig sind. Die komplette Gästeliste ist beigefügt. Für Herren gilt Smoking-Zwang. Falls Sie gerade keinen dabei haben, können Sie sich hier im Hotel einen ausleihen. Ich will gerne für Sie das Nötige veranlassen.«

Wir bedankten uns recht herzlich. Ich nahm den Briefumschlag entgegen und fragte unseren Besucher: »Ist Ihnen nicht wohl? Sie scheinen unter Schmerzen zu leiden?«

Brennan Kelsey antwortete: »Ach was, es ist nur eine Kleinigkeit. Das Zipperlein kommt und geht periodisch. Heute habe ich offensichtlich einen besonders schlechten Tag erwischt. Morgen wird es mir wieder blendend gehen. Dann kann ich springen wie ein junges Reh.«

»Mit Verlaub«, sagte ich, »Sie werden entschuldigen. Ich bin Arzt.« Mit diesen Worten drückte ich ihm mit meiner rechten flachen Hand auf sein Sternum.[3]

Wie erwartet zuckte unser Besucher schmerzerfüllt zusammen. Er wich mit leicht verzerrter Miene vor mir zurück.

»Bitte nehmen Sie dort in dem Sessel Platz«, forderte ich mit Nachdruck. »Noch ein zweiter Test, und ich kann die vorläufige Diagnose stellen.«

Der zweite Botschaftssekretär machte einen leicht verwirrten Eindruck, setzte sich aber folgsam. Nun berührte ich seine linke Schienenbeinkante. Wiederum verzog er das Gesicht.

»Die Sache scheint klar zu sein«, konstatierte ich. »Sie leiden an einem Gebrechen, das üblicherweise nur bei Kindern auftritt. Es wird *Morbus Anglorum,* die englische Krankheit genannt und resultiert aus einem Mangel an Mineralien, insbesondere an Calcium. Die Folge davon ist, dass sich im Anfangsstadium die Knochenhäute schmerzhaft entzünden. Später weichen die Knochen regelrecht auf, verformen sich und brechen von ganz allein. Deshalb sollten Sie die Sache nicht auf die leichte Schulter nehmen. Glücklicherweise ist die Krankheit in vielen Fällen mit relativ einfachen Mitteln heilbar. Als sehr hilfreich hat sich beispielsweise der regelmäßige Verzehr von Mohn- und Sesamkörnern, von Käse sowie von Brennnesseln erwiesen. Außerdem sollten Sie täglich ein bis zwei Esslöffel Lebertran einnehmen und sich so lange und so oft wie möglich an der frischen Luft aufhalten. Probieren Sie zunächst einige Wochen lang diese einfachen Rezepturen. Sollte sich wider Erwarten auf Dauer trotzdem keine Linderung einstellen, empfehle ich Ihnen einen Besuch bei Prof. John Hensley, der am Londoner Hospital St. Bartholomew´s tätig ist und als die international größte Kapazität auf diesem Gebiet gilt. Wenn Sie sich auf eine Empfehlung von mir berufen, wird er Sie gern empfangen.«

Brennan Kelsey sah mich irritiert an. »Brennnesseln sind ein Unkraut. Das fressen vielleicht Ziegen, aber von Menschen wird es nicht verspeist. Ich nehme deshalb an, Sie wollen mich verspotten. Oder Sie machen einen dieser banalen irischen Scherze, die ich als Waliser nicht verstehe?«

Nun mischte sich Holmes ein. »Da befinden Sie sich im Irrtum, mein Freund. Brennnesseln sind besser als ihr Ruf und sehr bekömmlich, wie ich von meiner Haushälterin Mrs. Hudson weiß. Sie werden gerne als Salat, als eine Art Spinat oder als Nesselsuppe zubereitet. Sicherlich haben Sie in Ihrer Jugend daheim bereits einmal verarbeitete Brennnesseln gekostet, ohne es geahnt zu haben. Die Blätter können nämlich auch getrocknet und als Tee gekocht werden.«

»Sie kennen bestimmt das Sprichwort ›Gegen Böses hilft nur Böses‹«, übernahm ich wieder das Wort. »Am besten wirkt natürlich Salat. Wenn Sie ihn ganz kurz blanchieren, verlieren die Nesselhaare an den Unterseiten der Blätter ihr brennende Wirkung.«

Der zweite Botschaftssekretär hatte es plötzlich sehr eilig, uns zu verlassen. Nachdem die Tür hinter ihm ins Schloss gefallen war, meinte ich betrübt: »Unser Freund scheint kein großes Vertrauen in meine medizinischen Kenntnisse zu haben.«

»Papperlapapp«, erwiderte Holmes, »der gute Mann war nur völlig überfordert. Er braucht Zeit zum Nachdenken. Aber sobald die Schmerzen schlimmer werden, wird er deine Ratschläge befolgen, glaub mir. In einer solchen Lage greift ein jeder nach dem erstbesten Strohhalm. Und wenn sich dann die versprochene Linderung einstellt und dauerhaft bleibt – wovon wir nach deiner treffenden Diagnose ausgehen können –, wird er dir bald darauf einen Dankesbrief schreiben.«

So kam es tatsächlich. Das Schreiben traf allerdings erst ein halbes Jahr später bei mir in London ein, nachdem ich die Sache fast schon wieder vergessen hatte.

Kaum nachdem der zweite Botschaftssekretär verschwunden war, traf der Zimmerservice mit einem Schiebewägelchen ein. Unter einer silbernen Abdeckhaube kam das größte englische Frühstück zum Vorschein, das ich jemals gesehen hatte. Ich musste mir große Mühe geben, es restlos zu verputzen. Sobald ich drei Tassen pechschwarzen und kochend heißen Kaffee getrunken hatte, ging es mir allmählich wieder besser.

»Holmes, was machen wir heute Abend?«, fragte ich unternehmungslustig.

»Wir besuchen ein Kinotheater, und zwar die Kammerlichtspiele am Potsdamer Platz. Warte, ich lese dir vor, wie dieses Etablissement in der Zeitung beschrieben wird: *Der Theaterraum ist mit allen Mitteln der modernen Innenarchitektur ausgestattet. Weiche Sessel sorgen dafür, dass der Zuschauer bequem der Vorstellung folgen kann.*«

»Hört sich gut an. Was wird gegeben?«

»Eine Produktion der *Deutschen Bioscop*. Der Film heißt *Der Student von Prag*. Er läuft 85 Minuten, dazu gibt es Musik am Pianola.«

»Das kinematografische Stück hat eine beachtliche Länge. Was für eine sonderbare Geschichte ist es, die zu erzählen so viel Zeit benötigt?«

»Es geht um einen armen Burschen, der sein Spiegelbild an einen Scharlatan verkauft und damit quasi einen Pakt mit dem Teufel schließt.«

»Solange es nicht von zwei alten Knastern handelt, die ohne Sinn und Verstand einem englischen Spion im feindlichen Ausland den Rücken decken, habe ich nichts dagegen einzuwenden«, beendete ich das Gespräch und kehrte in mein Schlafzimmer zurück, um ein kleines Nickerchen zu machen.

[1] Breite, weiße Krawatte, einer der Vorläufer der heutigen Langbinderkrawatte
[2] *The Adventure of the Three Garridebs*, The Strand Magazine, Januar 1925; The Case Book of Sherlock Holmes
(Sherlock Holmes Buch der Fälle), London 1927
[3] Brustbein

Wie einst im Mai

Aus den Aufzeichnungen von Dr. Watson.

04.10.1913, Berlin

Am nächsten Tag war es bereits soweit. Der Besuch der Operetten-Uraufführung von *Wie einst im Mai* stand auf dem Programm. Da dies der offizielle Anlass für unsere Berlin-Reise gewesen war, kam es uns erst gar nicht in den Sinn, uns davor drücken zu wollen. Ich hatte natürlich ein Handikap. Meine Deutschkenntnisse waren bei Weitem nicht so gut wie die von Holmes. Einer Aufführung im Sprechtheater hätte ich sicherlich nur mit großen Schwierigkeiten folgen können. Bei einer Operette lag das etwas anders und war ähnlich wie in der Oper: Der Schwerpunkt ruhte auf der Musik. Das Libretto diente mehr oder weniger als schmückendes Beiwerk. Mit Hilfe eines Programmzettels würde ich der sicherlich simplen Handlung problemlos folgen können.

Nach dem Mittagsschlaf nahmen wir den Kaffee im Salon und lasen jeder ein wenig. Holmes hatte seine Begeisterung für die deutschen Journale noch nicht verloren. Ich hingegen widmete mich einem Roman. Er hieß *Nils Holgersson*[1] und stammte aus der Feder der schwedischen Schriftstellerin

Selma Lagerlöf, die 1909 den Literatur-Nobelpreis erhalten hatte. In dem Buch ging es um einen 14-jährigen, bösartigen Jungen, der einem Wichtelmännchen einen Streich gespielt hatte. Zur Strafe wurde der Bursche in einen Däumling verwandelt, der mit den Wildgänsen auf Reisen ging. Die Lektüre war unterhaltsam und der Inhalt leicht verständlich. Letzteres lag vor allem daran, dass es sich bei *Nils Holgersson* um ein Kinderbuch handelte. Ansonsten waren, jedenfalls nach meiner Erfahrung, die meisten der von Literatur-Nobelpreisträgern verfassten Werke schwerverdaulich. Sie wurden von den Kritikern hochgelobt, mussten aber für einen einfachen Rezipienten meiner Provenienz völlig unverständlich bleiben.

Kurz nach sechs Uhr abends begannen wir uns umzukleiden. Meinen Frack ließ ich im Schrank hängen. Wir waren der Empfehlung des zweiten Botschaftssekretärs gefolgt und hatten unsere Abendgarderobe im Hotelfundus ausgeliehen. Mein Smoking war eine halbe Nummer zu klein und kniff unter den Achselhöhlen. Der von Holmes saß jedoch perfekt. Wer ihn so sah, würde in ihm keinesfalls jenes Landei vermuten, welches er nun schon seit geraumer Zeit war.

Das *Berliner Theater* in der Charlottenstraße lag nur einige Minuten von unserem Hotel entfernt. Da schönes Wetter war, verzichteten wir für die wenigen Schritte auf eine Droschke. Wir machten uns in der Dunkelheit auf den Weg. Das stellte kein Problem dar, weil die Straßen durch zahlreiche Gaslaternen beleuchtet wurden und das Viertel als völlig sicher galt. Wir kamen am Königlichen Schauspielhaus und am Deutschen Dom vorbei.

Ganz am Ende der Straße, vis-à-vis der Königlichen Sternwarte, stand das dreigeschossige Theater. Das Gebäude war im griechischen Baustil errichtet worden. Ins Auge sprangen vor allem ein gewaltiges Säulenportal, welches von einem dreieckigen, mit einem antiken Fries verzierten Giebel gekrönt wurde, und allerlei mythologische Skulpturen auf dem Dach. Mehrere Meter hohe Kandelaber beleuchteten die Auffahrt. Der Andrang war groß. Die Kutschen und Automobile rückten nur schrittweise voran.

Livrierte Diener geleiteten ihre hochwohlgeborenen Herrschaften in die marmorne Empfangshalle. Drinnen herrschte ein Getöse wie in einem Londoner Bahnhof. Offensichtlich hatte sich die gesamte Berliner Hautevolee versammelt. Ich hielt Ausschau nach dem Deutschen Kaiser, konnte ihn jedoch nirgendwo erspähen. Dafür wimmelte es nur so vor ordensgeschmückten Uniformträgern, die mit geschwellter Brust an uns vorbeistolzierten.

Holmes lächelte auf eine hintergründige Art und Weise. Mir wurde blitzartig klar, dass er gleich einen Teil seines neu erworbenen Wissens über mir unwissendem Tropf ausschütten würde. Und so kam es dann auch.

Mein Freund klärte mich ungefragt auf: »Das Berliner Theater hat bereits eine bewegte Geschichte hinter sich. Es ist im Jahr 1850 als *Zirkus Renz* entstanden. Zwei Jahre später wurde es in das *Neue Königstädtische Theater* umbenannt, anschließend in das *Walhalla-Volks-Theater*, kurz darauf in das *Walhalla-Theater* und dann auch noch in das *Walhalla-Operetten-Theater*. Seinen jetzigen Namen trägt es seit dem Jahr 1888.«

Ich blickte ihn verdutzt an. Aus welchem Grund hatte er sich dieses völlig überflüssige Wissen eingeprägt? Vielleicht deshalb, weil er einst als junger Schauspieler brilliert hatte und seiner Affinität zu den Brettern, die die Welt bedeuteten, nie verlustig gegangen war?

Holmes entpuppte sich wieder einmal als Gedankenleser: »Diese Informationen scheinen dir höchst überflüssig zu sein. Aber in Kürze wirst du ihre Bedeutung verstehen. An diesem

Ort fließen wichtige Energielinien zusammen. Einige Weltpremieren von inzwischen berühmt gewordenen Operetten haben hier stattgefunden. Seit drei Jahren wird im Berliner Theater regelmäßig das neueste Werk von Walter Kollo uraufgeführt. Hier wird Geschichte geschrieben. Und wir, zwei unbedeutende und unbedarfte britische Ruheständler dürfen dabei sein.«

Ich argwöhnte, Holmes habe heimlich aus seiner Kokaindose geschnupft und hielt deshalb lieber den Mund.

Ein junger Bursche kam vorbeigeschlendert und streckte uns seine rechte Hand entgegen. An seinen Wangen glänzten Spuren von fettiger, schwarzer Wagenschmiere. Er hatte Holzpantinen an den Füßen und steckte in einer Art Schlosseranzug. Ich suchte vergeblich nach einer Münze. Die Taschen von meinem geliehenen Smoking waren leer.

Holmes hingegen holte unsere Billetts hervor und zeigte sie dem schmuddeligen Bengel. Der nickte erfreut, wies uns den Weg zu unserer Loge und gab mir die Einladungen zurück.

Holmes klärte mich auf: »Das war ein Kartenabreißer, der sich passend zum Stück verkleidet hat. Damit will uns offensichtlich die Direktion auf den kommenden Kunstgenuss einstimmen.«

Nun erst fiel mir auf, dass ein gutes Dutzend ähnlicher Arbeiter-Gestalten im Vestibül umherschwärmte.

Unsere Sechser-Loge befand sich auf der rechten Seite im ersten Rang. Wir waren die Ersten und setzten uns vorn an die Balustrade, von wo aus wir einen wunderbaren Blick auf den Theatersaal und auf die Bühne hatten. Das Parkett begann sich allmählich zu füllen. Im Orchestergraben stimmten die Musiker ihre Instrumente. Es lag eine freudige Erwartung in der Luft.

In der Loge räusperte sich jemand laut und vernehmlich. Ich drehte mich um. Ein rotgesichtiger, älterer Mann mit

Knollennase und breiten Bartkoteletten stand hinter uns. Er befand sich in Begleitung einer walzenförmigen Matrone mit borstigem Kinn, die eine Art tüllverhangenes Wagenrad auf dem Kopf trug. »Gestatten die Herren, dass ich mich vorstelle. Ich bin Sir Arthur McLeod, der britische Botschafter in Deutschland. Und Sie müssen, wenn ich mich nicht irre, der famose Sherlock Holmes und sein treuer Begleiter Dr. Watson sein.« Völlig unpassend zu dieser kurzen Rede sonderte er gurgelnde Geräusche ab, die ich als eine Art Kichern interpretierte, obwohl es in diesem Moment reineweg gar nichts zu lachen gab.

Holmes und ich gaben die Komplimente zurück. Nach einer guten Viertelstunde war die Höflichkeitszeremonie beendet. Mir brannten die Lippen von einem aggressiven Hautpuder, weil ich der Etikette entsprechend Lady McLeod die Hand geküsst hatte. Es läutete zum dritten Mal. Der elektrische Kronleuchter erlosch, der Vorhang ging auf. Auf der Bühne erschien ein schmuddeliger Bengel. Auf seinen Wangen trug er Spuren von Wagenschmiere. Er hatte Holzpantinen an den Füßen und steckte in einer Art Schlosseranzug. Es war aber nicht unser Kartenabreißer, denn er begann sogleich in hoher Stimmlage loszutröten. Zwei Flöten, zwei Klarinetten, zwei Fagotte, vier Hörner, zwei Trompeten, drei Posaunen, eine Harfe und eine Handvoll Streicher versuchten dagegen anzukämpfen, blieben aber unterlegen.

In dem Stück ging es, soviel konnte ich dem Programmzettel entnehmen, um eben jenen Schlosserlehrling, der sich in eine adlige Schickse verliebt hat, sie aber infolge der Standesdünkel nicht heiraten darf. Der Bursche wandert aus nach Amerika, kommt als reicher Mann zurück und wird geadelt, aber seine Jugendliebe ist perdu. 75 Jahre später verlieben sich die Enkelkinder der beiden ineinander. Nun, in der modernen Zeit, ist niemand mehr da, der es wagt, sich ihrem Glück in den Weg zu stellen.

Insgesamt gab es vier Bilder, die immer irgendwelche Salons oder Ballsäle zeigten. Nach dem zweiten Bild war Pause. Ich kippte an der Bar einen doppelten Whisky. Der Botschafter wich nicht von unserer Seite. Er hielt den linken Oberarm von Sherlock Holmes wie mit einem Schraubstock umklammert und erklärte immer wieder, dass er in Wirklichkeit kein Diplomat, sondern ein verkappter Detektiv sei. Dank seinem Scharfsinn und seiner ungeheuren Auffassungsgabe sei es ihm gelungen, eine diebische Bürogehilfin zu entlarven, die in der Schreibstube mehrere wertvolle Briefmarken für den Privatgebrauch zweckentfremdet habe. Außerdem wäre er ein guter Pistolenschütze. Im Jahr 1908 habe er den Herzog Karl Borwin zu Mecklenburg bei einem Duell im Berliner Tiergarten getötet.

Holmes machte gute Miene zu diesem bösen Spiel. In einem Moment der Unachtsamkeit entwand er sich dem Griff von Sir Arthur McLeod und flüchtete zu einem betagten, hinfällig wirkenden Saaldiener hinüber, der in einem erbarmungswürdigen Frack steckte und hinter einer Säule Schutz vor den Menschenmassen gesucht hatte. Kurz darauf waren die beiden in ein angeregtes Gespräch vertieft.

Nun kam ich an die Reihe. Der Botschafter begann, meine Schulter zu zermalmen und erklärte mir dabei, dass er in seinem Herzen schon immer ein Mediziner gewesen sei. Er würde unter einem halben Dutzend Krankheiten leiden und pflegte sich selbst zu verarzten. Nun wolle er von einem Kollegen, also von mir, eine Zweitmeinung einholen. Das Ende der Pause stoppte glücklicherweise den Redefluss des Diplomaten. Ich lehnte meine Arme auf die Brüstung und wartete auf den nächsten Akt. Holmes rückte für einen Moment an meine Seite und flüsterte mir zu, dass der Herzog in Wahrheit von seinem Schwager, dem Grafen Georg Maurice Jametel, getötet worden sei. Karl Borwin zu Mecklenburg hätte von dem Grafen Satisfaktion gefordert, weil dieser eine ehebrecherische Beziehung zu der Prinzessin Maria Eulalia de Bourbon-Montpensier unterhalten habe. Das Duell wäre am 24. August 1908, mehrere hundert Kilometer weit von Berlin entfernt in der Nähe von Metz ausgetragen worden.

Diese Neuigkeit kam für mich wenig überraschend. Ich nickte zustimmend. Der Vorhang hob sich. Ich versuchte mich auf den weiteren Fortgang der Operette zu konzentrieren.

Holmes förderte aus den Tiefen seiner Taschen ein Opernglas zu Tag und begann die Reihen der gegenüberliegenden Logen abzusuchen, so als ob er plötzlich unter voyeuristischen Neigungen leiden würde. Ich sah mich um und stellte fest, dass er bei Weitem nicht der Einzige war, der mit einem Fernrohr die Zuschauerreihen absuchte. Überall sah ich Gläser aufblitzen, aber nur die wenigsten waren nach vorn auf die Bühne gerichtet.

Irgendwann ging das Stück zu Ende. Ein Titel hatte sich mir besonders eingeprägt. Walter Kollo schien ihn zu Ehren von Sherlock Holmes komponiert zu haben, denn er hieß: *Die Männer sind alle Verbrecher*. Im Parkett erhob sich das Publikum von den Sitzen. Von den Rängen wurden Blumensträuße auf die Bühne geschleudert. Das Orchester stand auf. Der Kapellmeister verbeugte sich. Plötzlich brandete Jubel auf. Der große Meister, Walter Kollo höchstpersönlich, trat an die Rampe und verteilte Kusshände. Er war ein jugendlich und schneidig wirkender Mann von Mitte dreißig mit pomadisiertem Scheitel, Menjou-Bärtchen und Zwicker. Er trug einen eleganten Frack und schien sich im Scheinwerferlicht pudelwohl zu fühlen. Nach einer Weile winkte er die Librettisten Rudolf Bernauer und Rudolph Schanzer aus der Seitenbühne hervor. Im Gegensatz zum Komponisten machten sie einen verklemmten Eindruck. Sie wirkten wie bestellt und nicht abgeholt. Aber das tat der guten Stimmung keinen Abbruch. Hinter den drei Schöpfern führte das gesamte Ensemble Freudentänze auf. Korken von Champagnerflaschen knallten. Sektgläser schäumten über. Mir schossen vor Ergriffenheit die Tränen in die Augen. Ich erhob mich und begann frenetisch Beifall zu spenden.

[1] Das Original erschien im Jahr 1906 unter dem Titel *Nils Holgerssons underbara resa genom Sverige* (Nils Holgerssons wunderbare Reise durch Schweden). In der deutschen Übersetzung heißt es *Die wunderbare Reise des kleinen Nils Holgersson mit den Wildgänsen*.

5. Kapitel

Dieb in der Nacht

»Ein Gehirn, das nicht genügend Material zu verarbeiten bekommt, ist wie eine Maschine, die leerläuft.«

Arthur Conan Doyle, *Der Teufelsfuß*

Premierenfeier

Aus den Aufzeichnungen von Dr. Watson.

04.10.1913, Berlin

Als sich der Zuschauerraum des Berliner Theaters zu leeren begann und die Künstler die Bühne verließen, erhoben auch wir uns von unseren Plätzen. Sir Arthur McLeod schien hier Stammgast zu sein, denn er geleitete uns auf dem direkten Weg eine Vielzahl von Korridoren und Treppenhäusern entlang zur Beletage, wo die Premierenfeier stattfinden sollte. Die walzenförmige Matrone hechelte schnaufend hinter uns her. Wenn sich ihr Abstand zu uns zu sehr vergrößerte, hielten wir inne und warteten einen Moment.

Die Beletage befand sich in einem Anbau an der Rückfront des Theaters. Vor der Tür standen links und rechts gleich vier grimmig wirkende Schlossergesellen und bildeten eine unüberwindbare Barriere gegen die unzähligen Schnorrer, Autogrammjäger, Beutelschneider und jene bedauernswerten Operettenliebhaber, die nicht in den Genuss einer Einladungskarte gekommen waren. Die Massen fluteten wie die Wellen in der Brandung hin und her.

Wir kämpften uns durch das Menschengewirr. Die beiden Billetts steckten in meiner Tasche. Ich wollte sie gerade hervorholen, als Holmes ebenfalls in seinen Smoking griff und eine weiße Pappkarte hervorzog. Er hielt die Einladung hoch in die Luft und passierte vor mir den Eingang. Ich folgte ihm verwundert.

Der Festsaal, den wir betraten, war achteckig, hatte einen glänzenden Parkettfußboden und stuckverzierte Wände, an denen ringsum riesige Spiegel hingen. Mehrere Kronleuchter und zahllose elektrische Kerzenhalter erhellten das große Gemach beinah taghell. In der Mitte des Raums thronte ein ausladendes Büfett. Es hatte die Form eines überdimensionalen Notenschlüssels und war mit rotem Samt überzogen. Darauf standen allerlei silberne Platten voller Kanapees und exotischer Leckereien sowie ganze Batterien von Champagnerflaschen. In den Ecken gab es auch einige Polsterbänke, aber für die Vielzahl der anwesenden Gäste waren es bei Weitem zu wenig. Mehrere junge Frauen, die in Kostümen von Blumenmädchen steckten, drückten jedem eintretenden Gast einen gefüllten Champagnerkelch in die Hand. Der Botschafter und seine Gattin verlustierten sich in der Menge.

Ich schaute mich prüfend um und fragte meinen Freund leise: »Wo hast du deine Einladungskarte her? Die beiden Billetts, die uns der Botschaftssekretär gebracht hatte, befinden sich noch immer in meiner Verwahrung.«

Holmes lächelte. »Hier, sieh selbst«, sagte er und reichte mir ein viereckiges Stück weißer Pappe.

Ich betrachtete den Karton von vorne und von hinten. Beide Seiten waren unbedruckt. »Du hast mir die falsche Karte gegeben. Da steht nichts drauf.«

»Darin besteht ja gerade der Trick. Ein leeres Blatt war mein Türöffner. Wie du dich vielleicht erinnern kannst, bin ich genau in der Mitte zwischen den Kontrolleuren durchgegangen. Ich habe das Stück Pappe in die Luft gehalten. Der Aufpasser links von mir dachte, die Schrift würde auf der rechten Seite der Karte stehen, und der Torhüter rechts von mir meinte, sie wäre links zu finden.«

»Ich verstehe«, entgegnete ich mit vor Sarkasmus triefender Stimme. »Du hast dich heimlich in eine Räumlichkeit geschlichen, zu der du offiziell Zutritt hattest. Das war äußerst mutig. Aber welchen Sinn hatte diese Aktion?«

Holmes zuckte mit den Achseln. »Keinen. Es war ein Test. Nicht mehr, und nicht weniger. Außerdem bestand nicht das geringste Risiko. Die Sache konnte gar nicht schiefgehen. Du kamst schließlich hinter mir und hättest den Irrtum sofort aufklären können.«

Ich verdrehte die Augen. Mein Freund zählte schon längst zum alten Eisen und war ungeachtet dessen noch immer zu kindlichen Streichen aufgelegt. Ich schaute mich um. Außer Holmes, dem Botschafter und seiner Frau Gemahlin kannte ich hier keine Menschenseele. Die übrigen Gäste pulsierten wie Wasserflöhe in einer Regentonne. Wir taten es ihnen gleich, flanierten auf und ab und zwängten uns durch das Gewühl. Der Lärmpegel stieg stetig an.

Schließlich ertönte ein Gong. Walter Kollo betrat mit seinem Gefolge von Librettisten und Musikern den Festsaal. Jubel brandete auf. Der Komponist hielt eine kurze Ansprache, in der er sich bei einigen Kunstmäzenen für ihre finanzielle und moralische Unterstützung bedankte. Immer wieder gab es Zwischenapplaus.

Mir taten inzwischen die Füße weh. Mein Sektglas war leer. Niemand kam vorbei, um es nachzufüllen. Ich hätte mich gerne auf eine jener Polsterbänke gesetzt, aber sie waren inzwischen alle von dicken, alten Frauen belegt. Die meisten von ihnen waren wie Weihnachtsbäume mit glitzerndem Schmuck behängt.

In dem Moment, als ich gerade im Stehen einzuschlafen drohte, war plötzlich alles vorbei. Walter Kollo und seine Eskorte waren mit einem *Wusch* zur Tür hinaus. Die Gäste ließen alle Zurückhaltung fallen. Die Schlacht am kalten Büfett begann. Als ich mich schließlich bis zu dem stilisierten Notenschlüssel durchgekämpft hatte, waren sämtliche silberne Platten restlos leergefegt. Von den vielen, kleinen Häppchen, die mich vorhin so verlockend angeblinzelt hatten, waren nur noch einige vereinzelte Petersilienstängel übrig geblieben. Weit von mir entfernt wurde Champagner ausgeschenkt. Sobald ich mich in die entsprechende Richtung auf den Weg machte, war die Flasche leer.

»Watson«, rief Holmes, »hierher.« Er saß auf einer Polsterbank weitab vom Trubel und hielt einen Porzellanteller in den Händen, der randvoll mit allerlei bunten Köstlichkeiten gefüllt war. Zu seinen Füßen standen zwei randvolle Sektflöten, in denen die Champagnerbläschen perlend nach oben stiegen.

Ich stopfte mir gerade dankbar ein halbes Schinkenbrötchen in den Mund, als mir jemand mit der flachen Hand auf den Rücken schlug. Ein Krümel geriet in meine Luftröhre, und ich musste fürchterlich husten.

»Meine Herren, was treiben Sie noch hier?«, fragte der Botschafter. »Die eigentliche Party findet doch drüben im Kaminzimmer statt. Wenn Sie mir nun bitte folgen würden. Ich möchte Sie gerne einigen wichtigen Persönlichkeiten vorstellen.«

Widerstrebend erhoben wir uns. Die halbvollen Gläser und den Teller mit den restlichen Kanapees ließen wir zurück. Im Nachbarraum hatten sich rund zwanzig Männer eingefunden. Wohin die Frauen entschwunden waren konnte ich nicht erkennen. Die meisten Herren schmückten sich mit Geheimratsecken und waren wohlbeleibt. Jüngere Personen waren in der Minderheit. Fast alle rauchten. Dicke Schwaden zogen in die Richtung des Kamins, umspielten die Flammenzungen und verschwanden im Schornstein. Die Sektflöten waren durch respektable Schnapsgläser ersetzt worden. Walter Kollo saß auf einem Sofa und sprach zu seinen Jüngern. In der Ecke dudelte ein Grammophon Operettenmelodien des großen Meisters.

Der britische Botschafter klatschte in die Hände und rief: »Meine Herrschaften, ich bitte um Ihre Aufmerksamkeit. Ich habe die außerordentliche Ehre, Ihnen einen prominenten Landsmann von mir vorstellen zu dürfen. Begrüßen Sie bitte mit einem kräftigen Applaus den berühmten Meisterdetektiv Sherlock Holmes und seinen treuen Begleiter, Mister Dr. Watson.«

Offensichtlich kamen hier ständig irgendwelche Prominente hereingeschneit, denn sämtliche Anwesenden waren mit dem Prozedere vertraut. Sie erhoben sich brav von ihren Plätzen und klatschten enthusiastisch in die Hände. Irgendjemand drückte mir einen reich verzierten Zinnbecher in die Hand, in dem eine ölige Flüssigkeit hin und her schwappte. Ich nahm einen tiefen Zug und musste erneut husten. Es war kein Whisky gewesen, wie ich vermutet hatte, sondern ein ekelhaft süßer Kräuterschnaps. Der Abend würde mit einem heftigen Sodbrennen enden, soviel war gewiss.

Die zehn, zwölf ältesten Herren umringten uns und redeten alle gleichzeitig auf uns ein. Ich verstand kein einziges Wort. Trotzdem nickte ich freundlich und lächelte unentwegt. Diese Praxis hatte mir im Afghanistan-Krieg und im Londoner East End mehrfach das Leben gerettet und bewährte sich erneut. Schließlich legte sich das Getöse, weil Sir Arthur McLeod mit einem Buttermesser auf einem Glas herumklimperte.

Nachdem Ruhe eingekehrt war, ergriff er erneut das Wort: »Leider hatte ich keine Gelegenheit, mit dem guten Mister Holmes eine entsprechende Absprache zu treffen. Aber ich bin mir sicher, dass uns der berühmte Meisterdetektiv in den nächsten Minuten mit einigen Proben seines Könnens verblüffen wird.«

Ich sah mich nach einer geeigneten Fluchtmöglichkeit um, aber Holmes blieb völlig gelassen. »Sehr geehrter Herr Botschafter«, erwiderte er freundlich. »Selbstverständlich will ich gerne Ihrer Bitte nachkommen. Dr. Watson, reichen Sie mir doch freundlicherweise das Whistspiel, welches Sie in der linken Innentasche von Ihrer Smokingjacke für den Fall aller Fälle bei sich tragen.«

Ich war mir völlig sicher, dass sich in dem geliehenen Smoking nichts dergleichen befinden würde, doch als ich in die Tasche fasste, förderte ich tatsächlich ein Kartenspiel zutage. Völlig verblüfft reichte ich es Holmes. Der fächerte es so elegant und so spielend auf, wie es eine chinesische Tempeltänzerin nicht besser gekonnt hätte, und hielt es in die Luft. Anschließend sonderte er einen geringen Teil der Karten aus, mischte gründlich durch und ließ zweimal vom Stapel abheben.

»Gentlemen«, erklärte er dann, »von den anwesenden Personen sind mir nur drei bekannt. Dr. Watson, Sir McLeod und Walter Kollo, der Gastgeber des heutigen Abends, den ich vorhin auf der Bühne erleben durfte. Den übrigen Herrschaften bin ich weder begegnet, geschweige denn vorgestellt worden. Sollte ich mich irren, so bitte ich die betreffende Person um ein Handzeichen.«

Niemand meldete sich.

Holmes fuhr fort: »Ich werde nun durch die Reihen gehen und jeden Anwesenden eine Karte ziehen lassen. Aber keine Angst. Ich will Ihnen keine primitiven Kartenkunststücke vorführen und Sie auch nicht mit billigen Taschenspielertricks langweilen. Es geht lediglich darum, vier willkürliche Kandidaten auszuwählen. Wer von den Herrschaften einen Buben zieht, hält ihn bitte hoch und kommt anschließend zu mir nach vorn.«

Die Masse begann zu raunen. Holmes erhob die Hand. Sofort kehrte wieder absolute Ruhe ein. Selbst das Grammophon schwieg gespannt. »Meine wichtigste Methode als Detektiv ist sicherlich jedem bekannt. Mein Freund Dr. Watson war so liebenswürdig, sie in seinen Geschichten populär zu machen. Diese Methode lautet: ›Sehen heißt beobachten, beobachten heißt analysieren.‹«

»Det macht meine Alte jeden Abend mit mir, wenn ick besoffen nach Hause komme«, rief irgendein feister Witzbold von ganz hinten. »Die weeß denn janz jenau, in welche Kneipe ick war und wat ick jepichelt habe.« Sein Vordermann rammte ihm kurzentschlossen den Ellenbogen in den Magen und beendete auf diese Weise das Intermezzo.

Holmes fuhr fort: »Heute Abend werde ich dieses System erweitern, indem ich jedem Probanden drei Fragen stelle, die entweder mit Ja oder mit Nein zu beantworten sind. Die Antworten müssen nicht der Wahrheit entsprechen. Sie können also auch gelogen sein. So lauten die einfachen Regeln. Haben Sie noch Fragen dazu?«

Der rundköpfige Witzbold hatte sich wieder erholt. Er rief: »Det Spiel kenn ick. Det nennt sich *Reise nach Jerusalem.*« Diesmal fing er eine Kopfnuss. Der Botschaftssekretär hatte recht gehabt. Hier herrschten raue Sitten.

Holmes blieb die Ruhe selbst und erklärte den Sinn des Ganzen: »Im Anschluss an die Fragen will ich dem Publikum intime Details aus dem Leben jeder dieser vier Testpersonen verraten. Die Kenntnis darüber werde ich durch die exakte Anwendung meiner streng wissenschaftlichen Methoden erlangen. Vorab muss ich deshalb eine Warnung aussprechen. Mir wird vieles offenbar, von dem andere nichts wissen. Wenn jemand von den Anwesenden Angst davor hat, durch eine meiner schonungslosen Darlegungen brüskiert zu werden, so möge er bitte keine Karte ziehen. Dies bedeutet im Umkehrschluss: Wenn jemand erst einmal einen Buben in der Hand hält, so gibt es kein Zurück mehr. Der Betreffende muss sich dann der Wahrheit stellen, so bitter sie auch für ihn sein mag. Einverstanden?«

»Gentleman«, tönte der Botschafter von links. »Diese einfachen Regeln halte ich für sportlich fair.«

Aus den Reihen war zustimmendes Gemurmel zu hören. Der von der Kopfnuss ereilte Witzbold schaufelte Eis in ein Taschentuch und presste es an seine Schläfe, bevor er den Raum verließ. Von den übrigen Anwesenden sonderte sich niemand ab. Holmes ging von einem zum anderen Herren und ließ jeden eine Spielkarte ziehen. Lediglich Walter Kollo, den Botschafter und mich ließ er aus. Das Blatt ging ganz genau auf. Keine einzige Karte blieb übrig. »Und jetzt bitte ich die vier Buben, nach vorne zu kommen und sich seitlich von mir aufzustellen.«

Die vier Kandidaten hielten ihre Karten hoch in die Luft und traten vor.

Der Karo-Bube war knapp vierzig Jahre alt und von leicht fülliger Statur. Er hatte ein volles Gesicht mit dicker Knollennase, auf der eine rund Brille thronte.

Der Herz-Bube schien etwas jünger zu sein. Das kurz geschnittene, dunkle Haar fiel ihm mit einer kessen Stirnlocke in das ovale Antlitz. Sein dreieckiger Schnäuzer reichte nur knapp über die Mundwinkel hinaus.

Der Pik-Bube ging mit riesigen Schritten auf die Fünfzig zu. Sein volles, welliges Haar trug er nach hinten gekämmt. Durch einen Kaiser-Wilhelm-Schnurrbart mit hochgezwirbelten Enden erinnerte er an einen ungarischen Steh-Geiger. Der Kreuz-Bube hatte die Fünfzig bereits überschritten. Sein Haaransatz war von der hohen Stirn sehr weit in Richtung des Nackens gewandert. Ein fusseliger Vollbart ließ den Kreuz-Buben wie einen verkappten russischen Narodniki[1] oder Tolstojaner[2] erscheinen.

Holmes wandte sich dem Karo-Buben zu. Er fragte ihn: »Sind Sie verheiratet?«

Der Karo-Bube schüttelte den Kopf.

»Sind Sie Brillenträger?«

Der Karo-Bube verneinte.

»Fahren Sie beruflich einen Lastkraftwagen?«

Der Karo-Bube stutzte. Er dachte einen Augenblick nach, dann nickte er.

Nun kam der Herz-Bube an die Reihe. Die erste Frage lautete: »Ist Rot Ihre Lieblingsfarbe?«

Der Herz-Bube nickte.

»Kochen Sie gern?«

Der Herz-Bube nickte erneut.

»Sind Sie ein Restaurantbesitzer?«

Der Herz-Bube verdrehte ablehnend die Augen.

Der Pik-Bube trat vor. Von ihm wollte Holmes wissen: »Können Sie mir verraten, welches Datum wir heute haben?«

Der Pik-Bube antwortete: »Heute ist der...« Er wurde von dem Johlen und Pfeifen der Menge unterbrochen. Walter Kollo rief: »Sie dürfen nur mit Ja oder mit Nein antworten!«

Folgsam antwortete der Pik-Bube »Ja.«

»Fühlen Sie sich beleidigt, wenn ich Sie einen Czárdas-Fürsten nenne?«

Der Pik-Bube lächelte und schüttelte den Kopf.

»Besitzen Sie ein Ruderboot?«

Der Pik-Bube runzelte die Stirn, sagte: »Nein.«

Nun stellte sich der Kreuz-Bube den Fragen.

»Führen Sie einen Doktortitel?«

Der Kreuz-Bube sagte: »Seit über dreißig Jahren.«

Durch die Menge ging ein Stöhnen. »Das dürfen Sie ihm doch nicht verraten«, schrie jemand empört.

Holmes winkte ab. »Kein Problem, meine Herrschaften. Jetzt kommt eine ganz andere Frage. Stammen Sie ursprünglich aus dem Königreich Hannover?«

Der Kreuz-Bube wirkte verblüfft und bejahte.

»Sind Sie im Flugwesen tätig?«

Der Kreuz-Bube schüttelte lächelnd den Kopf.

Sherlock Holmes lief auf und ab, wobei er sich erfreut die Hände rieb. Schließlich blieb er stehen und sagte: »Auf Grund meiner jahrzehntelangen Berufserfahrung erkenne ich jeden Lügner auf Anhieb. Eine Lüge auszusprechen ist ganz einfach. Aber überzeugend zu lügen gehört mit zu den schwersten Sachen der Welt. Das hat etwas mit der Größe der Pupillen zu tun. Wenn die betreffende Person an etwas Negatives denkt – und eine Lüge ist negativ – dann verengen sich die Pupillen ganz unbewusst. Der Wille hat darauf keinen Einfluss. Der Karo-Bube hat deshalb – ich vermute intuitiv – eine Gegenstrategie entwickelt, indem er beschloss, immer zu lügen. Doch bei meiner letzten Frage nach dem Lastkraftwagen ist er ins Stocken geraten. Er wusste für den Bruchteil einer Sekunde nicht, ob er mit Ja oder mit Nein antworten sollte. Ich nehme an, dass dieser leichte Aussetzer des Karo-Buben jeder Person hier im Raum aufgefallen ist.«

Ringsum wurde zustimmend gemurmelt.

Holmes hob die Hand. »Doch nun genug der Vorrede. Kommen wir zu den Tatsachen. Beginnen wir also mit dem Wesen des Karo-Buben. Wir wissen, dass er bei allen seinen Antworten gelogen hat. Ist er deshalb ein Schwindler? Keinesfalls. Er stammt aus Österreich-Ungarn, was für ihn spricht, denn der Wiener Humor kommt im zackigen Preußen sehr gut an. Der Karo-Bube ist in einer musikalischen Familie aufgewachsen. Mehrere seiner engsten Verwandten sind Komponisten. Er hat für das Berliner Kabarett *Böse Buben* gearbeitet und ist seit einigen Jahren als Operettenkomponist erfolgreich.«

Durch den Saal zog ein lautes Raunen. Die meisten Anwesenden schienen mit dem Karo-Buben gut bekannt zu sein. Offensichtlich hatte mein Freund mit allen seinen Schlussfolgerungen direkt ins Schwarze getroffen.

Holmes verzog keine Miene. Er wirkte sehr selbstsicher. »Sprechen wir nun vom Herz-Buben. Er ist von Geburt her ein Deutscher, hat sich aber einen wohlklingenden, ausländischen Künstlernamen zugelegt. Er wollte mit diesem klugen Schachzug seine Karriere befördern. Und er hat ganz genau das Richtige getan. Der Herz-Bube war viel im Ausland unterwegs und ist in mehreren Berufen erfolgreich gewesen. Seit nunmehr drei Jahren hat er seinen festen Wohnsitz in Berlin.«

Pfiffe ertönten und tosender Beifall setzte ein. Der Herz-Bube wirkte leicht verstört.

Holmes legte dem Pik-Buben die Hand auf die Schulter. »Mein Freund hier wollte gerne zum Militär. Er wurde ausgemustert, weil er damals noch zu schmächtig war. Beides hat sich grundlegend geändert. Der Pik-Bube will nur noch sein eigener Herr und kein Befehlsempfänger sein. Von der

Statur her ist er inzwischen stattlich zu nennen. Er geht in einem der schönsten Berliner Häuser ein und aus. Er ist mit einer der attraktivsten Berliner Frauen befreundet, aber nicht verheiratet. Sie schenkte ihm zum Dank ein Kind.«

»Das ist eine infame Unterstellung, die Sie sofort zurücknehmen, mein Herr!«, empörte sich der Pik-Bube. »Sonst fordere ich Satisfaktion!«

Walter Kollo rief ihm lachend zu: »Mensch Paule, das weiß doch nun wirklich jeder, dass du die fesche Ellen Sousa angebufft hast.« Der Pik-Bube zog sich schmollend in eine Ecke zurück.

»Meine Herrschaften, ich hatte Sie gewarnt«, äußerte sich Holmes. »Die Wahrheit liegt meistens auf der Hand. Jeder, der Augen hat zum Sehen kann, kann sie erkennen. Aber längst nicht jeder will sie wissen.«

Der Kreuz-Bube erwiderte: »Mich können Sie mit solchen Enthüllungen nicht schrecken. Ich bin nämlich mit meiner Arbeit verheiratet und pflege nicht fremdzugehen.«

Gelächter brandete auf.

»Sie sind kein Musiker wie die drei anderen Buben«, stellte Holmes fest. »Das erkenne ich an Ihren Händen. Sie können fest damit zupacken und halten öfter einen Schaufelstiel umklammert, als andere Menschen Löffel und Gabel. Trotzdem Sie ein Mann der Praxis sind, haben Sie auch als ein Mann der Theorie große Anerkennung erworben. Nicht zuletzt deshalb wurde Ihnen ein großes Haus anvertraut.«

Jetzt wollte der Applaus kein Ende nehmen. Als er endlich abflaute, reichte der britische Botschafter Holmes einen Humpen Bier. »Auf Ihr Wohl, mein Freund. Das hätte selbst ich nicht besser gekonnt. Nun müssen Sie uns aber Ihre Tricks verraten.«

Holmes winkte ab. »Das Wesen von einigen meiner analytischen Schlussfolgerungen hatte ich Ihnen bereits erläutert.

Mehr kann und will ich jetzt nicht sagen. Es würde Sie nur unnötig langweilen. Im schlimmsten Fall könnte es uns den gelungenen Abend verderben.«

Die Zuschauer riefen laut »Oh« und »Ah« ließen es aber dabei bewenden. Mehrere Herren stellten sich in einer Reihe an und schüttelte Holmes nacheinander die Hand. Mein Freund machte ein leicht schmerzverzerrtes Gesicht. Das Grammophon wurde wieder angeworfen. Bekannte Melodien von Jacques Offenbach erklangen. Eine Seitentür sprang auf, und eine ganze Schar von kichernden Ballettmädchen in Cancan-Kostümen kam hereingehüpft. Auch dies schien hier so Sitte zu sein, denn ohne große Förmlichkeiten fanden sich sofort etliche Tanzpaare zusammen. Vergnügt begannen sie sich im Takt zu wiegen und zu drehen.

Holmes zog mich am Ärmel. »Lass uns hier verschwinden. Wir sind schon zu alt für solcherlei Vergnügungen. Die jungen Damen würden uns alten Haudegen nur einen Korb geben, und wir müssten den Kummer über unser Dasein als Mauerblümchen im Alkohol ertränken.«

Eine andere Verhaltensweise hätte ich von meinem Freund auch nicht erwartet. In seinem Leben war er mit Irene Adler nur ein einziges Mal der großen Liebe begegnet, und ihr war er auch über den Tod hinaus treu geblieben. Manche Leute meinten deshalb, Sherlock Holmes sei ein Frauenhasser. Aber das stimmte nicht. Er stellte nur extrem hohe Ansprüche, und flüchtige Abenteuer interessierten ihn nicht.

Ein Theaterdiener brachte uns unsere Mäntel und geleitete uns über die verschlungenen Korridore hinaus auf die Straße. Ich platzte förmlich vor Neugierde. Aber Holmes ließ sich davon nicht beeindrucken. Er parlierte ausschweifend über die verschiedenen Spielarten der modernen Operette.

Nachdem wir eine hübsche Wegstrecke in Richtung auf unser Hotel zurückgelegt hatten, hielt ich es nicht mehr aus und unterbrach ihn in seinem Redeschwall: »Holmes, wir beide kennen uns nun schon so viele Jahre. Du hast in dieser Zeit Rätsel gelöst, die außer dir kein anderer Mensch hätte lösen können. Aber dein bühnenreifer Auftritt heute Abend in der Beletage war dein unübertroffenes Meisterstück. Wie hast du das nur gemacht? Manchmal glaube ich wirklich, dein Gerede über deduktive Methoden und die Macht der Wissenschaft dient nur der Ablenkung von der Tatsache, dass du in Wahrheit über geheime magische Kräfte verfügst.«

»Vielen Dank, mein lieber Watson. Wenn das die Wirkung war, die ich erzielen konnte, dann hat sich der gewaltige Aufwand gelohnt.«

»Welcher Aufwand?«

»Nun, mein Freund, ich habe ein Zauberkunststück vorgeführt, eine Illusion erzeugt, wie der geniale Houdini im Zirkus. Magie kann auf der großen Bühne nur funktionieren, wenn der Zuschauer von Nebensächlichkeiten abgelenkt wird und nicht errät, worin der eigentliche Trick besteht.«

»Ich verstehe nicht, was du meinst«, erwiderte ich irritiert.

»Nun, dann will ich dir auf die Sprünge helfen. Mycroft hatte mich vor dem Botschafter gewarnt und ihn als einen hinterlistigen Bastard bezeichnet. Das größte Vergnügen von Sir Arthur McLeod besteht darin, andere Leute zu brüskieren. Wie kann man einen Detektiv am besten bloßstellen? Ganz einfach: Indem man ihn der Lächerlichkeit preisgibt. Ich war also vorgewarnt. Ich habe mich gegen sämtliche Eventualitäten gewappnet. Dazu war mein intensives Zeitungsstudium notwendig. Ich habe sämtliche Artikel der letzten Tage über die Berliner Operettenszene gelesen. Daher weiß ich, dass sie aus einem festen Kreis besteht. Zu ihm gehören Walter Kollo, Leo Fall, Jean Gilbert und Paul Lincke. Um diese vier Genies dreht sich in Berlin zur Zeit alles. Die Herren Fall, Gilbert und Lincke habe ich mir als den Karo-, den Herz- und den Pik-Bube rekrutiert. Vorab hatte ich mir ihre Gesichter und ihre Lebensläufe genauestens eingeprägt. Während der Vorstellung konnte ich sie ausgiebig durch mein Opernglas betrachten, und der alte Saaldiener verriet mir einige weitere Einzelheiten.«

»Wer war der Kreuz-Bube, der Mann mit den Schaufelhänden?«

»Er heißt Dr. Carl Schuchhardt. Er ist der Direktor des Völkerkunde-Museums in Berlin – und außerdem ein begeisterter Operettenliebhaber. In der Beletage geht er ständig ein und aus. Er ist mit sehr vielen Künstlern befreundet.«

»Aber wie konntest du dir sicher sein, dass ausgerechnet diese drei Komponisten und der Doktor die entsprechenden Karten ziehen würden?«, wollte ich wissen.

»Ganz einfach, weil das Kartenspiel präpariert ist. Ich habe jedem Kandidaten ganz genau diejenige Karte in die Hand gespielt, die für ihn gedacht war. Das hört sich komplizierter an, als es tatsächlich ist. Übung macht den Meister. Die Kunst des Palmierens beherrsche ich schon seit geraumer Zeit, wie du wohl weißt. Ich kann in einem präzise zusammengesteckten Kartenspiel die einzelnen Blätter hin und her schieben, ganz wie es mir beliebt.«

»Nun gut«, meinte ich. »Nehmen wir an, du hast den Kreuz-Buben an der ihm zugedachten Stelle im Kartenblatt platziert. Wie kannst du mich bewegen, ausgerechnet diese eine Karte zu ziehen, wenn ich die Wahl zwischen so vielen anderen habe?«

»Ganz einfach, weil du nur glaubst, du hättest die Wahl. Tatsächlich hast du sie nicht, weil ich vorab alle Karten bis auf eine festklemme. Sie sitzt locker in der Mitte und steht zwei, drei Millimeter vor. Sie soll gezogen werden und wird es auch. Das klappt immer.«

»Aber wenn jemand zu einer Karte vom Rand greifen möchte?«

»Das kann nicht passieren, weil ich ihn ablenke. Ich zwinge ihn, mir in die Augen zu schauen. Dann greift er instinktiv zu. Und ich schiebe ihm die passende Karte direkt in die Hand.«

»Aber beispielsweise Leo Fall hätte sagen können, dass er nicht mitspielen will.«

»Das wäre nicht weiter schlimm gewesen. Insgesamt hatte ich acht Kandidaten ausgewählt. Vier davon waren erste Wahl, die vier weiteren bildeten die Reserve.«

»Ich verstehe. Du wusstest schon, was du enthüllen würdest, bevor du überhaupt eine einzige Frage gestellt hast.«

»Sehr richtig. Diese albernen und nichtssagenden Fragen dienten lediglich dazu, den Zaubertrick zu verschleiern.«

»Aber wozu war der ganze Aufwand gut? Du hättest doch dem Botschafter ganz einfach seine Bitte abschlagen können?«

»Das ging leider nicht. Dann wäre ich der Spielverderber gewesen, und er hätte andauernd auf uns herumgehackt. Außerdem ist es nie schädlich, für ein Genie gehalten zu werden.«

Wie recht Holmes mit dieser Bemerkung hatte, sollte sich bereits am nächsten Morgen herausstellen.

[1] russ. Volkstümler, sozialrevolutionäre Bewegung im Zarenreich in der zweiten Hälfte des 19. Jahrhunderts

[2] von Werken des russischen Schriftstellers Leo Tolstoi inspirierte Anhänger des christlichen Anarchismus und Pazifismus

Finstere Gestalten

04.10.1913, Berlin

Die Königgrätzer Straße in Berlin war eine breite Allee, die vom Brandenburger Tor aus in südlicher Richtung bis zum Potsdamer Platz verlief. Dort knickte sie leicht nach Südosten ab, bis sie unweit vom Belle Alliance Platz und der Friedenssäule in den Blücherplatz mündete. Die Magistrale wurde zu ihren beiden Seiten von zahlreichen Prachtbauten gesäumt. In der zweiten Hälfte, direkt an der Kreuzung Prinz-Albrecht-Straße, erhob sich ein gewaltiger Gebäudekomplex. In seinem Zentrum stach eine pompöse Rotunde ins Auge, die von sechs Doppelsäulen getragen wurde. Dort, am Ende einer halbrunden Granittreppe, befand sich der Haupteingang.

Der monumentale Palast diente einem profanen Zweck: Er beherbergte das *Königliche Museum für Völkerkunde*. Der Grundstein war im Jahr 1880 gelegt worden. Der Erfolg hatte viele Väter. Beispielsweise konnte der bekannte Arzt und Archäologe Rudolf Virchow schon frühzeitig Kaiser Wilhelm I.[1] dafür begeistern, als Schirmherr zu fungieren. Auch die *Berliner Gesellschaft für Anthropologie, Ethnologie und Urgeschichte* mit ihren vielen prominenten Mitgliedern hatte am

Entstehen, Wachsen und weiteren Werden des Museums einen wesentlichen Anteil.

Die ersten Vorplanungen für das gewaltige und millionenschwere Vorhaben hatten bereits im Jahr 1873 begonnen. Allerlei Unwägbarkeiten verzögerten das Projekt. Allein die Bauarbeiten - vom ersten Spatenstich bis zur feierlichen Einweihung im Jahr 1886 – dauerten sechs Jahre. Doch damit nicht genug. Gleich bei der Eröffnung zeigte sich, dass sich die Architekten gründlich verkalkuliert hatten. Das Museum für Völkerkunde war trotz seiner exorbitanten Größe immer noch viel zu klein geraten. Es konnte nur einen Teil der bereits vorhandenen Einzelsammlungen aufnehmen - und noch viel weniger davon der Öffentlichkeit präsentieren. Der Rest und der stetige Fluss hereinströmender Neuerwerbungen mussten behelfsmäßig in einem Gewirr von Schuppen auf dem Gelände der Domäne Dahlem gelagert werden.

Am 4. Oktober bog kurz vor Mitternacht ein viereckiger Audi-Lastkraftwagen in die Prinz-Albrecht-Straße ein und hielt in der Nähe vom Hintereingang des Museums an. Der schlichte 1,5 Tonner war dunkelgrün gestrichen, trug in schwarzen Buchstaben die Aufschrift *August Stukenbrok Nr. 4556 Hygienisches Universal Rasiermittel* und hatte Vollgummiräder mit rot lackierten Speichen.[2] Die Plane über dem Spriegel war rundum geschlossen.

Die Lichter erloschen. Der Motor lief rasselnd eine Weile nach und kam zum Stillstand. Ein mittelgroßer Chauffeur und sein etwas kleinerer Beifahrer stiegen aus. Die zwei Männer wirkten wie uniformiert: Sie trugen Ledergamaschen, schwarze, doppelreihige Wolljoppen und dunkelblaue Stoffmützen mit Lackschirmen. Die beiden sprachen nicht miteinander. Offensichtlich wussten sie ganz genau, was zu tun war. Schweigend öffneten sie die hintere Ladebordwand vom Lkw und klappten sie herunter. Eine Sackkarre kam zum Vorschein. Der Beifahrer zog sie heraus und stellte sie seitlich an der Bordsteinkante ab. Der Chauffeur war unterdessen auf die Ladefläche geklettert. Er schob eine etwa zwei Meter lange Holzkiste nach vorne zum Rand und sprang vom Wagen. Die beiden Männer packten links und rechts an. Der Beifahrer begann leise zu zählen. Bei »drei« wuchteten sie das Transportbehältnis behutsam nach unten. Sein Inhalt schien sehr zerbrechlich und ziemlich schwer zu sein. Der Beifahrer richtete die Kiste auf und kippte sie an. Der Chauffeur schob die Sackkarre darunter und rollte die Fuhre zum Hintereingang. Die Metallräder klapperten leise auf dem Pflaster, aber sie quietschten nicht. Sie waren offensichtlich kurz zuvor gut geschmiert worden.

In dieser windigen und nasskalten Oktobernacht versah der kriegsversehrte Invalide Fritz Wummer seinen Dienst im Pförtnerhäuschen. Der 40-Jährige war in der Kolonie Deutsch-Südwestafrika beim Sturm deutscher Truppen auf die Festung der Nama[3] am 2. Januar 1905 von rasiermesserscharfen Feuersteinen, die den Eingeborenen traditionell als Speerspitzen dienten, schwer verwundet worden. Mehrere tiefe Fleischwunden in der Brust waren gut verheilt. Aber der Kolonialsoldat hatte die rechte Hand und den linken Fuß verloren. Er konnte noch dankbar dafür sein, dass er nicht seinem Schicksal überlassen worden war. Ein Feldscher hatte die Blutungen gestillt, sich auch im Feldlazarett um ihn gekümmert und ihm eine gute Woche später einen Platz auf einem Truppentransporter verschafft. An Bord des Dampfers war Fritz Wummer zurück in eine kalte Heimat gekehrt, die wenig Anteil an seinem schweren Schicksal nahm.

Der Nachtwächterdienst wurde zwar sehr schlecht bezahlt, doch er sicherte ihm das Überleben. Mehrere andere seiner kriegsversehrten Kameraden hatten weniger Glück im Unglück gehabt. Sie lebten auf der Straße und mussten sich als Bettler durchschlagen.

Die Arbeit war einfach und wenig anspruchsvoll. Fritz Wummer musste die ganze Nacht über in seinem Häuschen sitzen, jede Stunde einen Rundgang über den Hof machen und anschließend einen Bericht in das Kontrollbuch schreiben. Bei Strafe war es verboten, zu schlafen oder Alkohol zu trinken.

In der gesamten bisherigen Tätigkeit des ehemaligen Kolonialsoldaten in den vergangenen sechs Jahren hatte es noch kein einziges Vorkommnis gegeben. Das lag weniger an seiner Dienstbeflissenheit, sondern mehr daran, dass der Hof von einer drei Meter hohen Mauer umschlossen wurde. Es gab nur einen einzigen Zugang, und der führte durch ein massives, mit kleinen Rädern auf Eisenbahnschienen laufendes Eisentor. Es war nachts immer fest verriegelt und so solide konstruiert, dass es selbst dem Aufprall eines Panzerwagens standgehalten hätte. In diesem großen Schiebetor existierte noch eine kleine Tür, die tagsüber offen stand und als der Angestellteneingang fungierte. Mit Einbruch der Dunkelheit wurde sie abgeschlossen. Dann glich das Museum einer uneinnehmbaren Festung.

Der rückwärtige Teil war für Einbrecher ohnehin völlig uninteressant. In dem Trakt rund um den Hof befanden sich im Parterre die Werkstätten und darüber die Büros der Verwaltung. Dort gab es nichts zu holen, was nicht anderswo einfacher zu stehlen gewesen wäre. Die tatsächlich wertvollen Objekte lagerten allesamt im vorderen Museumsflügel. Dort patrouillierten mehrere Wachen rund um die Uhr.

Der Chauffeur klopfte an die Scheibe vom Pförtnerhäuschen. Fritz Wummer öffnete eine kleine Luke und fragte nach dem Begehr.

»Ich bringe noch eine Lieferung vom *Hilfscomité für die Vermehrung der Ethnologischen Sammlungen*. Sie ist für Professor Berger bestimmt.«

Der Pförtner knallte die Klappe zu und erhob sich seufzend. Professor Berger war ein Chaot. Aus der ganzen Welt trafen für ihn ständig Exponate ein. Manchmal kamen sie auch nachts an. Was wollte der Mann nur mit diesem Kram? Fritz Wummer schlurfte auf den Hof hinaus und schloss die kleine Tür auf. Ihre Scharniere quietschten. Die beiden Männer mussten sich ziemlich anstrengen, um die Sackkarre über die Torschwelle zu wuchten.

»Was ist da drin?«, wollte der Pförtner wissen.

»Keine Ahnung«, antwortete der Beifahrer. »Wir sind lediglich die Boten. Wir haben die Holzkiste vorhin am Nordhafen abgeholt und sollen sie nun hier abliefern. Mehr interessiert uns nicht. Aber vom Gewicht her können nur Steine drin sein. Hier sind die Frachtpapiere. Bitte unterschreiben.«

Die Männer stellten die Kiste zu mehreren Fässern, Paletten und anderen sperrigen Transportbehältnissen, die bereits in der hinteren Hofhälfte lagerten. Danach verabschiedeten sie sich, indem sie wortlos an ihre Mützenschirme tippten. Sie gingen geradewegs hinaus auf die Straße. Der Pförtner drehte hinter ihnen den Schlüssel zweimal im Schloss. So machte er es immer, wenn er die Tür verschloss.

Der Motor des Audi-Lastkraftwagen sprang stotternd an. Eine Fehlzündung knallte. Schwarzer Qualm stieg auf. Es roch nach verbranntem Öl. Der Beifahrer verankerte die Kurbel in einer seitlichen Halterung und stieg ein. Der 1,5-Tonner rumpelte langsam los. Aber er fuhr nicht weit. Nach etwa fünfzig Metern hielt er an. Die Motorengeräusche erstarben. In der Dunkelheit verschmolz das Fahrzeug fast mit seiner

Umgebung. Nur ab und an sah man einen glühenden Punkt aufleuchten, wenn der Chauffeur an seiner Zigarette zog.

Fritz Wummer in seinem Pförtnerhäuschen legte Holz im Kanonenofen nach und stellte einen Topf mit Wasser oben auf die Platte. Er wollte sich einen Kamilletee aufbrühen. Es war nicht so, dass er dieses Getränk besonders mochte oder an dessen gesundheitliche Vorzüge glaubte. Aber er konnte Kamille trotz seiner geringen botanischen Kenntnisse identifizieren. Er sammelte und trocknete die Blüten der Heilpflanze selbst. Bei seinem geringen Einkommen konnte er sich keinen Schwarztee, geschweige denn Bohnenkaffee leisten.

Manche seiner Kollegen tranken heimlich Schnaps. Aber das war ihm zu gefährlich. Er wollte auf keinen Fall seine Arbeit verlieren. Deshalb machte er auch die gesamte Nacht über kein einziges Auge zu.

Kurz nach Mitternacht klopfte es erneut. Ein völlig derangiert wirkender Bonvivant mit wallendem Cape und schwarzem Zylinder stand schwankend auf der Straße. Der Mann war Mitte vierzig und hatte ein puterrotes, von Pockennarben übersätes Gesicht. Er konnte nur noch lallen. Ein schwerer Alkoholbrodem lag in der Luft. Der Pförtner spitzte die Ohren, doch durch die Klappe hindurch verstand er kein einziges Wort. Fritz Wummer verließ deshalb seinen Posten für einen Moment. Es gab keine dienstliche Anweisung, die ihm das verboten hätte. Durch die Pforte trat er hinaus auf die Straße.

Der Betrunkene umarmte ihn und küsste ihn auf beide Wangen. »Du bissd mein Redder!«, lallte er.

Der Pförtner konnte ihn nun besser verstehen.

»Halleluja, Bruder«, sprach der Betrunkene. Dann erkundigte er sich nach dem kürzesten Weg zum Spittelmarkt.

Fritz Wummer kannte sich in diesem Teil der Stadt gut aus. Er deutete nach rechts und erklärte: »Mein Herr, Sie gehen immer der Nase nach bis zur Friedrichstraße. Hinter der Kreuzung wird die Prinz-Albrecht-Straße zur Zimmerstraße. Der Zimmerstraße folgen Sie bis zu ihrem Ende und biegen nach links in die Lindenstraße ein. Nach wenigen Schritten wenden Sie sich nach rechts in die Kommandantenstraße. Dann sind Sie schon fast da: Nach etwa hundert Metern zweigt links die Beuthstraße ab. Die Beuthstraße wiederum mündete direkt auf den Spittelmarkt.«

»Perfekt, mein Freund, du hascht mir dasch Leben gereddet«, nuschelte der Angetrunkene. »Nach lings in die Schtraße Unter den Linden, nach rechts in die Beutelstraße, und schon bin isch da!«

»Sie haben mich missverstanden, mein Herr«, erwiderte der Pförtner. Da er jedoch wenig Lust verspürte, alles noch einmal zu erklären, setzte er fort: »Am besten ist, Sie gehen ein Stück nach links. Dort treffen Sie bald auf einen Droschkenplatz, der die ganze Nacht über besetzt ist. Ein Kutscher wird Sie für wenig Geld wohlbehalten zu Hause absetzen.«

Der Lebemann drückte dem Invaliden begeistert einen feuchten Schmatz auf die Backe und torkelte davon. Mehrfach drohte er hinzustürzen.

Fritz Wummer wischte sich mit einem Schnupftuch das Gesicht trocken und humpelte zurück in sein Pförtnerhäuschen.

Ruhe kehrte ein. Alles schien in bester Ordnung zu sein. Aber das war es ganz und gar nicht. In der Zeit des kurzen Intermezzos mit dem angetrunkenen Herren hatte sich der Boden jener Kiste, die angeblich vom *Hilfscomité für die Vermehrung der Ethnologischen Sammlungen* stammen sollte, geöffnet. Eine von Kopf bis Fuß schwarz gekleidete, schlanke Gestalt war herausgeschlüpft. Sie hatte sich prüfend umgeschaut und einen Rucksack umgeschnallt. Dann war sie an die Rückwand des Museumsgebäudes geschlichen und mit katzenhafter Geschicklichkeit an den Mauervorsprüngen nach oben geturnt. In der zweiten Etage sprang sie auf ein Fensterbrett, zog ein mit Teer getränktes Stück Stoff hervor und drückte es fest an die Scheibe über dem Fenstergriff. Ein kurzer, heftiger Schlag erfolgte. Die Scheibe zerbrach fast ohne zu klirren. Die meisten Scherben blieben an dem klebrigen Lappen haften. Er flog achtlos beiseite.

Der Einbrecher fasste vorsichtig durch das gezackte Loch und öffnete das Fenster. Im Inneren des Gebäudes folgte er bei fast völliger Dunkelheit etlichen verschlungenen Korridoren. An einer reich verzierten, doppelflügeligen Mahagonitür blieb er stehen.

Erst jetzt entzündete der Eindringling eine kleine Blendlaterne. Er musste sich nicht lange orientieren. Mit einem kurzen Stemmeisen brach er die Tür auf. Holz splitterte. Der Knall klang laut wie ein Pistolenschuss. Aber im gesamten Gebäudekomplex befand sich keine weitere Person, die den Lärm hätte vernehmen können.

In dem Raum hinter der Tür standen ein Schreibtisch und mehrere Rollschränke. Der nächtliche Dieb interessierte sich nicht dafür. Er ging auf eine zweite Tür zu, die dem Eingang genau gegenüberlag. Wieder kam das Stemmeisen zum Einsatz. Ein größeres Büro tat sich auf. Es war mit besseren und bequemeren Möbeln als das Vorzimmer eingerichtet. Außer einem Schreibsekretär gab es noch jede Menge mit allerlei Kuriositäten gefüllte Schauvitrinen und einen riesigen, mit diversen Papierstapeln bedeckten Esstisch nebst vier dazugehörigen Stühlen. Am anderen Ende standen eine Chaiselongue und drei passende Fauteuils, die sich rund um einen niedrigen Messingtisch gruppierten. Ringsum an den Wänden hingen großformatige Ölgemälde, die zumeist exotische

Landschaftsszenen darstellten, sowie afrikanische Masken, Speere und ausgestopfte Tierköpfe.

Der Eindringling ließ sich von alldem nicht eine Sekunde lang beeindrucken. Ohne zu zögern ging er zum Kamin und drückte auf ein Stück Holz in der Wandtäfelung daneben. Eine Geheimtür sprang auf. Dahinter kam ein kleiner Raum in der Größe eines Schrankzimmers zum Vorschein, der von einem mannshohen Tresor völlig ausgefüllt wurde. Der Geldschrank war mit einem dunkelbraunen Anstrich versehen worden, der die Maserung von Holz imitieren sollte. Auf einer Messingplatte am oberen Rand stand als Hersteller die Firma *Johannes Hurmann & Söhne* vermerkt. Es gab kein Schlüsselloch. Der Tresor konnte nur mit Hilfe eines sechsstelligen Zahlencodes geöffnet werden, der an drei vernickelten Drehscheiben eingestellt werden musste.

Der Einbrecher kannte die Kombination auswendig. Gleich beim ersten Versuch gab er die richtige Zahlenfolge ein und legte einen großen Hebel um, der gleichzeitig als Griff diente. Die Tresortür tat sich auf. Der Ganove ließ die oberen Fächer völlig unbeachtet. Er bückte sich und zog zielgerichtet mehrere Samtbeutel hervor. Ohne den Inhalt zu kontrollieren, stopfte er die Beute in einen Sack. Anschließend verwüstete er das Zimmer. Hierbei ging er fast systematisch vor: Er fegte Papierstapel vom Tisch, kippte Schauvitrinen um und riss mehrere Bilder von den Wänden.

Im Vorzimmer löschte er das Licht seiner Blendlaterne. Er folgte den verschlungenen Abzweigungen der Treppenhäuser und dunklen Korridore, ohne auch nur einmal innezuhalten.

Nachdem er an dem offenen Fenster angekommen war, befestigte er den Sack an einer dünnen, aber festen Leine und seilte seine Beute nach unten ab. Anschließend kletterte er genauso behände abwärts, wie er wenige Minuten zuvor emporgestiegen war.

Unten auf dem Hof zog er die leere Transportkiste nach vorn zur Mauer. Dies war problemlos möglich und geschah fast völlig geräuschlos, weil sich an ihrem einen Ende zwei leichtläufige Gummirollen befanden. Der Dieb schulterte den Sack, zog sich an der Kiste empor und kletterte von dort aus auf den Mauerkranz. Er warf die Beute nach unten auf den Rasen, hielt sich an einem Vorsprung fest und rutschte an der Außenseite der Mauer so weit nach unten, wie es seine ausgestreckten Arme zuließen. Dann ließ er sich fallen. Er rannte zu dem parkenden Lastkraftwagen, schlug die Plane beiseite und verschwand auf der Ladefläche. Der Beifahrer kurbelte den Motor an. Langsam und bedächtig nahm der Audi allmählich Fahrt auf und verschwand in östlicher Richtung.

[1] Kaiser Wilhelm I. (1797–1888) war mit seiner Glatze, den bis weit über das Kinn reichenden Bartkoteletten und einem gezwirbelten Schnauzbart eine markante Erscheinung gewesen. Auf ihn wurden vier politisch motivierte Attentate verübt, die er allesamt überlebte. Trotz der Anschläge war er im Volk beliebt. Nach seinem Tod wurde der *Fehrbelliner Reitermarsch* mit der neu gedichteten Textzeile *Wir wollen unseren alten Kaiser Wilhelm wieder haben* zum Gassenhauer.

[2] August Stukenbrok in Einbeck war der Gründer und Inhaber des größten deutschen Versandhauses der damaligen Zeit. Am 1. Juni 1890 hatte der junge Kaufmann eine Fahrradhandlung eröffnet und im Laufe der Jahre ständig das Sortiment erweitert. Er ließ aufwändige, mehrere hundert Seiten dicke Kataloge drucken, die in den Jahren vor dem Ersten Weltkrieg in millionenfacher Auflage im gesamten Reichsgebiet vertrieben wurden.

[3] Zu den Khoi Khoi zählendes Volk, das in Südafrika und Namibia beheimatet ist. In der Kolonialliteratur werden die Nama häufig mit dem holländischen Spottnamen *Hottentotten* benannt.

6. Kapitel

Hilferuf

»Sie müssen zugeben, dass es sich wenigstens
in diesem Fall nicht um etwas
Übernatürliches handelt.«

Arthur Conan Doyle, *Der Hund von Baskerville*

Die Katastrophe

Aus den Aufzeichnungen von Dr. Watson.

05.10.1913, Berlin

Am nächsten Morgen nach der (für mich jedenfalls) aufregenden Premierenfeier saßen Holmes und ich beim Frühstück in unserem gemütlichen Salon im Hotel *Adlon*. Es ging auf elf Uhr. Das ist die beste Zeit für einen Gentleman. Wir hatten es uns in unseren seidenen Schlafröcken bequem gemacht und fühlten uns prächtig. Die milde Herbstsonne schien zum geöffneten Fenster herein und tauchte das riesige Zimmer in einen goldenen Schimmer. Flirrende Staubpartikel tanzten einen Elfenreigen im Gegenlicht, und in der Luft lag ein leichter Hauch nach Frühling. Ich nahm eine bizarre deutsche Spezialität zu mir, die sich *Gekochte Eier* nannte.

Ich hatte diese seltsame Speise schon einmal in meiner frühesten Jugendzeit bei einer entfernten Tante kosten müssen. Seither war sie mir nicht wieder untergekommen. Ich hatte allerdings davon in Büchern gelesen, beispielsweise in Jonathan Swifts Satire *Gullivers Reisen* oder in Charles Dickens *Oliver Twist*. Aber beide spielten bekanntlich an exotischen Orten jenseits unserer Vorstellungskraft, auch wenn Dickens'

Protagonisten nicht in fernen Ländern, sondern hauptsächlich in Londons Gossen unterwegs waren.

Doch zurück zu unserer Morgenmahlzeit. Selbst der größte Kostverächter weiß, dass Frühstückseier in der Pfanne als Spiegeleier gebraten oder zu leckerem Rührei verarbeitet werden sollten. Sofern die Köchin ein regelmäßiges Auge darauf hat, gelingen diese einfachen Gerichte auch vorzüglich. Mit Wasser sollten Eier besser nicht in Verbindung gebracht werden. Sogar Eierstich wird nur im Wasserbad gesotten und nicht darin ertränkt. Die seltsamen Deutschen aber (die wenigen Briten, die dies auch tun, zählen nicht!) werfen die Eier mitsamt ihren Schalen in einen Topf mit siedendem Wasser. Damit ist der Fall für sie erledigt. Sie verwenden noch nicht einmal einen *Egg Coddler*[1] dazu.

Diese sogenannten gekochten Eier müssen von den Frühstücksgästen mühsam aus ihren Schalen gepult werden. Sie werden ohne jegliche Zutaten serviert, schmecken ziemlich fad und lassen sich nur höchst unvollkommen mit rohem, gekochtem oder gebratenem Schinken mischen. Aber im Ausland nehme ich gerne einheimische Speisen zu mir, um meinen engen Horizont zu erweitern.

Ich zerschnitt also beherzt die von mir zuvor aus ihren Schalen gelösten Eier. Mein silbernes Messer verfärbte sich schwarz[2], und mein Teller bedeckte sich mit einer weißgelben Pampe. Auf diese formlose Masse streute ich reichlich Salz sowie Pfeffer und würzte - da ein gutes Hotel wie das *Adlon* selbstverständlich auch englische Spezereien führt - mit etwas *Blue Label Tomato Ketchup* der Firma *Curtice Brothers Co.* sowie einem Schuss *Lea & Perrins Worcestershire Sauce* nach. Das Ergebnis konnte nicht überzeugen. Diese Eierspeise schmeckte grauenvoll, und ich bin nun wahrlich kein Gourmet! Das Thema *gekochte Eier* war damit für mich erledigt.

Holmes hatte sich nicht dieser Mühe unterzogen. Die Essgewohnheiten der Einheimischen interessierten ihn nicht sonderlich. Er säbelte in einer gehörigen Portion von beidseitig gebratenen Spiegeleiern, krossem Speck und gebuttertem, goldgelbem Toast herum. Ein vernünftiges Gespräch wollte nicht recht in Gang kommen, denn mein Freund war neben der Nahrungsaufnahme noch mit anderen Dingen beschäftigt. Wie bei ihm allgemein üblich, knisterte und raschelte er noch fleißig mit seinen Zeitungsseiten.

Mitten in diesem Idyll klingelte das Telefon. Der Signalton war laut und gebieterisch. Ich hielt das schwarze Hörrohr an mein linkes Ohr. Der Hotelportier meldete sich vom Einlass. Er entschuldigte sich für die Störung am frühen Morgen und wusste zu berichten, dass ein Herr Prof. Carl Schuchardt vom Königlichen Völkerkundemuseum dringend darum bitten würde, uns seine Aufwartung machen zu dürfen. Ich stimmte selbstverständlich zu, ohne im Mindesten den Grund für diesen überraschenden Besuch erraten zu können.

»Der Kreuz-Bube von gestern Abend verspürt ein gesteigertes Bedürfnis, uns sehen zu können. Hoffentlich will er dich nicht wegen übler Nachrede verklagen oder zum Duell fordern.«

»Nein, da kommt reichlich Arbeit auf uns zu«, meinte Holmes erfreut und faltete die Zeitung in einem Tempo zusammen, als ob er nur auf diesen Anruf gewartet hätte. »Offensichtlich ist dem braven Burschen heute Nacht etwas höchst Unangenehmes widerfahren.«

Drei Minuten später klopfte es an der Tür, und Prof. Schuchhardt stürzte herein. Auf Grund seines plumpen, bäuerlichen Aussehens war er schon in der Beletage keine sonderlich elegante Erscheinung gewesen, aber in der Zwischenzeit hatte er sich noch weiter zu seinem Nachteil verändert. Ich musterte ihn verwundert von unten bis oben. Er trug einen abgetragenen, braunen Anzug, welchen er mit völlig unpassenden, klobigen Wanderstiefeln kombiniert hatte. Der gute Mann war unrasiert. Sein borstiges Kinn glänzte silbern. Das spärliche Haupthaar war an diesem Morgen noch keinem Kamm begegnet: Es stand in alle Himmelsrichtungen ab. Entgegen aller Etikette trug unser Besucher keine Krawatte. Das konnte er auch gar nicht, denn er hatte völlig vergessen, an sein zerknittertes Hemd einen Kragen zu knöpfen. Alles in allem glich er eher einem proletarischen Kofferträger vom Anhalter Bahnhof als einer leuchtenden Zierde der Wissenschaft. Es grenzte nahezu an ein Wunder, dass ihn der Türsteher eingelassen hatte.

»Mein sehr verehrter Herr Professor, nehmen Sie doch bitte Platz und leisten Sie uns Gesellschaft. Haben Sie schon gefrühstückt? Darf ich Ihnen wenigstens eine Tasse Kaffee oder doch lieber etwas Stärkeres anbieten?«, fragte Holmes. »Sie müssen dringend Ihr Nervenkostüm in Ordnung bringen. Sie schlottern ja am ganzen Leibe.«

Der Museumsdirektor war völlig außer Atem. Er deutete mit zitterndem Zeigefinger auf die bläulich schimmernde Wasserkaraffe. Ich goss ihm einen gehörigen Schluck ein. Er stürzte ihn hinunter, so als ob er zu verdursten drohte.

»Ich fasse zusammen«, begann Holmes. »Sie lagen heute früh noch im Bett, als Sie einen überraschenden Anruf aus dem Museum erhielten. In der Nacht ist dort eingebrochen worden. Exponate von unschätzbarem Wert sind verschwunden, höchstwahrscheinlich aus Ihrem Büro.«

»Woher wissen Sie davon?«, krächzte der Professor. »Hatten Sie bereits Kontakt mit der Kriminalpolizei?«

»Keineswegs. Ich ziehe lediglich Schlussfolgerungen, die ganz klar auf der Hand liegen: Ihnen fehlte die Zeit für eine ordentliche Morgentoilette. Weshalb? Weil die Sache keinen Aufschub duldete. Sie mussten sofort los. Was könnte so wichtig sein und Sie derartig aus dem Konzept bringen? Nun, ganz einfach, erinnern Sie sich an Ihre eigenen Worte: Sie sagten gestern, Sie seien mit Ihrer Arbeit verheiratet. Also musste etwas im Museum passiert sein. Ein Brand war es nicht, denn den hätten wir von unserem Fenster aus bemerken müssen. Von Haus zu Haus sind es kaum tausend Yards, und das Museum liegt in unserer Blickrichtung. Demzufolge wurde eingebrochen. In den Ausstellungsräumen kann es kaum gewesen sein, weil dort sicherlich die Wächter die ganze Nacht über ihre Kontrollgänge absolvieren. Sie hätten die Tat sofort bemerkt und viel früher Alarm geschlagen. Folglich kommt nur das Verwaltungsgebäude infrage. Ein Raub der Portokasse hätte sie wohl kaum in solch große Aufregung versetzt. Sie müssen daher persönlich betroffen sein. Etwas Furchtbares hat Sie bis in das Mark erschüttert.«

Der Professor nickte nur.

Holmes fuhr fort: »Der Einbruch wurde in den frühen Morgenstunden von einem Angestellten entdeckt. Die Nachricht war so alarmierend und derartig niederschmetternd, dass Sie Hals über Kopf losgestürzt sind. Und Ihre Wahrnehmungen vor Ort haben Sie vollends in Panik versetzt. Der deutschen Polizei trauen Sie nicht über den Weg. Deshalb sind Sie ohne zu zögern zu mir geeilt, nachdem Sie sich am Tatort für entbehrlich hielten.«

»Verblüffend. Ganz genau so war es.«

»Nun denn, berichten Sie der Reihe nach. Aber fassen Sie sich bitte kurz - und zwar nicht im akademischen, sondern im detektivischen Sinne.«

Professor Schuchhardt trank noch einen Schluck Wasser und sagte dann: »Ich will versuchen, mich auf das Wesentliche zu konzentrieren. Sie sollen nur das erfahren, was zu Ihrem Verständnis unbedingt notwendig ist. Trotzdem muss ich etwas weiter ausholen, um Ihnen die Sache plausibel machen zu können.« Er räusperte sich und begann zu erzählen: »Nordöstlich von Berlin liegt eine unbedeutende Kleinstadt mit dem Namen Eberswalde. Sie spielt in der Geschichte keine weitere Rolle, sondern dient lediglich als geographischer Bezugspunkt. In ihrer unmittelbaren Nähe befindet sich ein Ort mit dem merkwürdigen Namen *Messingwerk*. Die seltsame Bezeichnung rührt daher, dass dort am Ufer des Finowkanals im Jahr 1698 ein Messingwerk gegründet wurde. Die Fabrik besteht heute immer noch. Sie hat im Laufe der Jahrhunderte kräftig expandiert. Der jetzige Eigentümer heißt Aaron Hirsch. Er ist ein guter Bekannter von mir. Außerdem gehört er als förderndes Mitglied der *Berliner Gesellschaft für Anthropologie, Ethnologie und Urgeschichte* an, der ich als Vizepräsident vorstehe. Aber das nur am Rande. Der Fabrikant Aaron Hirsch ist in vielen Dingen seiner Zeit voraus. Unter anderem besitzt er eine wohltätige Ader, die sich nicht in der Förderung der Anthropologie erschöpft. Er glaubt fest daran, dass die Herrschaft einen Teil ihres Reichtums mit jenen Leuten teilen muss, die für sie den Gewinn erwirtschaftet haben. Diese Meinung wird in den höheren Kreisen nur selten vertreten. Ungeachtet dessen hat Herr Hirsch beschlossen, für seine Stammbelegschaft menschenwürdige Behausungen errichten zu lassen. Doch damit nicht genug. Nach der Fertigstellung will er die Werkswohnungen zum Selbstkostenpreis vermieten.«

»Alle Achtung. Das nenne ich ein noble Geste«, entfuhr es mir.

»Bei den Bauarbeiten zu diesem sozialen Projekt wurde am 16. Mai dieses Jahres ein sensationeller Fund gemacht. Der Polier Albert Rhangow, ein beschränkter und einfacher Mensch von geringer Bildung, entdeckte unter der Erde einen bauchigen Tonkrug mit Deckel. In ihm befanden sich acht dünnwandige, goldene Schalen mit zahlreichen Ornamentverzierungen sowie 73 weitere Einzelstücke. Dazu zählen Halsringe, Armbänder, Spangen und Spiralen. In dem Gefäß lagen außerdem ein Goldbarren und ein Schmelztiegel. Alles in allem handelte es sich um den wichtigsten Goldfund, der jemals auf deutschem Boden gemacht wurde. Er ist einerseits der wertvollste Schatz und andererseits von größter Bedeutung für die Wissenschaft. Der Polier mag durchaus ein guter Arbeiter sein, aber er ahnte selbstverständlich nicht im Entferntesten die Bedeutung seiner Entdeckung. Er glaubte doch tatsächlich, er sei auf alte Messingreste gestoßen. Aber dieser Albert Rhangow ist ein korrekter und pflichtbewusster Angestellter. Er ließ sofort nach seinem Herren schicken. Aaron Hirsch konnte selbstverständlich auf den ersten Blick Gold von Messing unterscheiden. Als Mitglied der *Berliner Gesellschaft für Anthropologie, Ethnologie und Urgeschichte* erfasste er darüber hinaus die Relevanz dieses einzigartigen Bodenfundes. Der Fabrikant hat mich verständigt, weil er mich seit Jahren schätzt und kennt. Ich habe den Schatz mit meinen eigenen Händen geborgen, Stück für Stück, mit der allergrößten Sorgfalt. Sein Wert wurde auf zwanzigtausend Mark taxiert. Das ist der reine Goldpreis. Der ideelle Wert geht in die Millionen. Auch in diesem Fall verhielt sich Aaron Hirsch äußerst anständig. Er zahlte an den Vorarbeiter ohne mit der Wimper zu zucken zehntausend Mark Finderlohn.«

»Was geschah dann? Haben Sie den Schatz beschlagnahmen lassen?«

»Gott bewahre! Es gelang mir, zwanzigtausend Mark aufzutreiben. Der Schatz war auf dem Gelände der *Hirsch Kupfer- und Messingwerke AG* gefunden worden. Daran gab es nichts zu deuteln. Die Firma als Grundstücksbesitzerin war die rechtmäßige Eigentümerin der Kostbarkeiten. Ich habe ein Kaufangebot abgegeben. Es wurde angenommen. Seitdem gehört der Schatz von Eberswalde dem Völkerkundemuseum. Ich habe ihn mit allen mir zur Verfügung stehenden wissenschaftlichen Methoden untersucht.«

»Aha«, meinte Holmes, »und was haben Sie dabei herausgefunden?«

»Ich konnte die Goldarbeiten auf das zehnte Jahrhundert vor Christus datieren. Zu dieser Zeit befand sich Mitteleuropa in der Periode der Spätbronzezeit. Es gibt Hypothesen von ernstzunehmenden Altertumsforschern, wonach bereits damals Handelswege von Griechenland aus bis hoch zum Baltischen Meer führten. Der Fund hat diese Theorien untermauert. Die Pretiosen gehörten ganz unzweifelhaft einem griechischen Kaufmann, der das Gold gegen Waren tauschen wollte, die es nur in den Nordländern gab.«

»Was soll das gewesen sein?«, fragte ich belustigt. »Donnerkeile und Heringsschwänze?«

»Nein, Bernstein. Der Baltische Bernstein wird *Succinit* genannt. Er entstand aus dem Harz einer Koniferenart. Lange Zeit wurde er als der einzig echte Bernstein bezeichnet. In Sparta stand er in vorchristlicher Zeit hoch im Kurs. Er war äußerst selten und viel wertvoller als Gold.«

»Das mag alles äußerst interessant sein, führt uns aber heute leider zu weit weg. Professor, kehren Sie bitte zum eigentlichen Thema zurück.«

»Sehr wohl. Nur so viel sei noch gesagt: Der Händler ist fernab seiner Heimat in einem fremden Land gestorben. Aber kurz vor seinem Tod hat er es noch fertiggebracht, den Schatz so gut zu verstecken, dass er rund dreitausend Jahre lang nicht gefunden wurde. Nach seiner Entdeckung gab es die erste Ortsveränderung. Seit dem Mai lagerten die Kleinodien in meinem Büro im Tresor. Ich habe der Reklame der Panzerschrankfirma geglaubt. Ich dachte, hinter Schloss und Riegel wären sie in völliger Sicherheit. Ich habe mich geirrt. Heute Nacht ist ein Einbrecher eingedrungen und hat den gesamten Goldschatz von Eberswalde geraubt.«

»Ich verstehe, dies ist ein äußerst herber Verlust. Aber er bedeutet nicht das Ende der Welt. Für den Schaden wird sicherlich eine Assekuranz aufkommen, wenn vielleicht auch zähneknirschend. Museen gibt es schon seit vorchristlicher Zeit, und ebenso lange wurden regelmäßig wertvolle Kunstobjekte gestohlen. Das erklärt jedoch nicht Ihre Aufregung und offenkundige Verzweiflung«, unterbrach ihn Holmes.

»Ich erwähnte doch bereits die überragende wissenschaftliche Bedeutung des Bodenfundes. Er ist unersetzlich. Darüber hinaus habe ich den Goldschatz in mühevoller Kleinarbeit restauriert, katalogisiert, eine umfangreiche Monographie dazu verfasst und zahlreiche Vorträge im Rahmen von Veranstaltungen der *Berliner Gesellschaft für Anthropologie, Ethnologie und Urgeschichte* gehalten. Die Wertstücke sind mir ans Herz gewachsen. Die Gesamtheit aus Präsentation und Reflexion stellt die vorläufige Krönung meines Lebenswerkes dar. Aber damit nicht genug. Für den 20. Oktober ist die Eröffnung einer Sonderausstellung im Völkerkundemuseum geplant. Zu diesem Zeitpunkt sollen die Kostbarkeiten zum ersten Mal der breiten Öffentlichkeit zugänglich gemacht werden. Die gesamte Berliner Prominenz will erscheinen. Sogar seine Majestät der Kaiser hat sein Kommen zugesagt. Es soll ein gesellschaftliches Großereignis ersten Ranges werden. Sofern nicht ein Wunder geschieht, muss ich alles abblasen. Wenn die Sache ins Wasser fällt, steht mehr als nur meine Reputation als Wissenschaftler auf dem Spiel. Ein Museumsdirektor, der sich seine wertvollsten Exponate aus dem eigenen Tresor stehlen lässt, kann einpacken.«

»Heute haben wir den 5. Oktober. Ich nehme an, dass die Ausstellung bereits fix und fertig ist?«, wollte Holmes noch wissen.

»Nicht ganz, aber so gut wie. Wissen Sie, an einer Exposition von dieser Bedeutung wird quasi bis zur letzten Sekunde gearbeitet.«

»Was liegt derzeit in den Vitrinen?«

»Ich habe von allen Originalen Plastilin-Abdrücke nehmen und in unserer hauseigenen Kunst-Modelliertonwerkstatt vergoldete Duplikate aus Gips anfertigen lassen. Es war geplant, die echten Stücke ab dem 20. Oktober tagsüber unter strengster Bewachung in den Schaukästen zu präsentieren und sie des nachts wieder sicher in meinem Panzerschrank zu verwahren.«

»Wodurch unterscheiden sich die Originale von den Nachbildungen?«

»Auf den ersten Blick kaum, jedenfalls aus einem Abstand von einigen Zentimetern betrachtet. Das ändert sich natürlich sofort, sobald sie jemand in die Hand nimmt. Mein Plan bestand darin, später einmal die echten Stücke durch Repliken aus purem Gold ersetzen zu lassen, um das Risiko zu mindern. Dazu war es leider noch nicht gekommen.«

»Wer wusste davon, wo sich der Goldschatz tatsächlich befunden hat?«

»Sämtliche Mitarbeiter, die an der Ausstellungsvorbereitung beteiligt waren. Dazu kommen sicherlich die meisten Angestellten und natürlich auch fast alle Mitglieder der *Berliner Gesellschaft für Anthropologie, Ethnologie und Urgeschichte*. Es war also ein offenen Geheimnis, wenn es auch in einem fest umrissenen Kreis kursierte. Nach außen ist noch nichts gedrungen. Das kann ich mit Bestimmtheit sagen, weil es in der Berliner Presse noch keine Veröffentlichung dazu gegeben hat.«

»Aber wer einen Mund hatte zu fragen, konnte es leicht herausbekommen?«

»Gewiss.«

»Steht der Panzerschrank mitten im Raum?«

»Nein, er ist hinter einer Geheimtür neben dem Kamin versteckt.«

»Wer hatte davon Kenntnis?«

»Nur ganz wenige Vertraute. Der Tresor befand sich von Anfang an dort. Mein Vorgänger hatte ihn einbauen lassen. Soweit ich mich erinnern kann, habe ich jemals weder den Geldschrank, noch die Geheimtür geöffnet, solange sich einer meiner Untergebenen im Raum befand.«

Holmes sprang auf. »Gut, wenn das so ist, dann sollten wir aufhören zu reden, und uns an den Schauplatz des Verbrechens begeben. Die Spur ist noch frisch. Wir haben keine Zeit zu verlieren. Befindet sich die Polizei vor Ort?«

»Sie ist nahezu zeitgleich mit mir eingetroffen.«

»Watson, begleitest du uns ins Museum?«

»Nichts lieber als das«, entgegnete ich voller Sarkasmus. »Ähnlich wie du kann ich es nämlich nicht länger als 24 Stunden ohne zünftigen Kriminalfall aushalten. Aber ich bin ein durchweg altmodischer Kauz. Deshalb bestehe ich mit Nachdruck darauf, mich vor unserem Aufbruch vollständig ankleiden zu dürfen.« Im nächsten Moment schämte ich mich bereits über diese ruppige Bemerkung, denn ich bemerkte sehr wohl, wie sich der Professor unbeholfen über seinen schäbigen Rock streifte.

[1] Ein Gefäß aus der traditionellen britischen Küche zum Erhitzen von rohen Eiern im Wasserbad, denen zuvor Wurst oder Schinken und Gewürze beigefügt wurden.
[2] Wenn gekochte Eier mit einem Silberbesteck verzehrt werden, kommt es zu einer chemischen Reaktion. Schwefel und Silber bilden ein Salz, das Silbersufid genannt wird. Dieses Salz haftet dem Besteck als schwarze Deckschicht an und beeinträchtigt den Geschmack.

Am Tatort

Aus den Aufzeichnungen von Dr. Watson.

05.10.1913, Berlin

Der Hintereingang vom Museum wurde von zwei uniformierten Polizisten abgesperrt, aber mit Professor Schuchhardt an unserer Seite konnten wir ungehindert passieren. Wir stiegen einige Treppen hinauf und liefen dann kreuz und quer. Bereits nach kurzer Zeit verlor ich völlig die Orientierung. Aus eigener Kraft hätte ich nie den Rückweg gefunden.

In dem großen Gebäude summte es wie in einem Bienenstock. Mehrfach kamen wir an kleinen Menschengruppen vorbei, die diskutierend auf den Fluren standen. Die Stimmung war äußerst bedrückend. Vor einer Tür in einem breiten, hellen Korridor gab es eine größere Ansammlung älterer Herren. In ihren steifen, schwarzen Anzügen wirkten sie wie die Sozietät der Leichenbestatter bei einem Ausflug.

»Das sind allesamt Mitglieder der *Berliner Gesellschaft für Anthropologie, Ethnologie und Urgeschichte*«, flüsterte uns der Professor zu.

Kaum hatte er diese Worte ausgesprochen, da packte ihn schon ein korpulenter Mittsechziger am Ärmel. »Ich bin Consul Theobras Brinckmann aus Konstanz. Ich soll heute einen Gastvortrag halten. Ich bin erschüttert. Falls Sie Hilfe brauchen sollten, lassen Sie es mich bitte wissen. Ab und an betätige ich mich nämlich als Medium und kann auf große Erfahrungen im Bereich Telepathie verweisen. Sie sollten mir den Tatort zeigen. Dann kann ich auf dem Wege der Gedankenübertragung Kontakt zu dem Täter aufnehmen.«

»Das nehme ich gerne zur Kenntnis, sehr verehrter Consul Brinckmann. Ich habe bereits viel von Ihnen gehört. Ich werde gewiss auf das Angebot zurückkommen. Zunächst müssen wir aber der Polizei das Feld überlassen.«

Ein dünner, großgewachsener Mann von Anfang fünfzig mit schmalem Gesicht kam als Nächster auf uns zugestürzt. Seine grauen Augen sprühten vor Intelligenz, und er besaß ein energisches Kinn, das auf große Willensstärke schließen ließ. Sein meliertes, volles Haupthaar war sorgfältig geschnitten und der Vollbart korrekt gestutzt. Von seinem gesamten Habitus her schien er eine gesellschaftliche Stufe über Professor Schuchhardt zu stehen. »Mein lieber Herr Kollege«, begann er mit leidender Stimme, die vor Anteilnahme und Mitgefühl nur so bebte. »Das sind ja furchtbare Nachrichten. Ich bin mehr als entsetzt. Wenn ich irgendetwas für Sie tun kann, lassen Sie es mich bitte wissen.«

»Das ist sehr freundlich von Ihnen, sehr verehrter Herr Professor. Ich fürchte, ich werde auf Ihr Angebot bald zurückkommen müssen«, antwortete Professor Schuchhardt überaus förmlich.

Sobald wir außer Sichtweite waren, fragte ihn Holmes: »Wer war das eben? Sie scheinen ihn nicht sonderlich zu mögen, denn Ihr Stimmungsbarometer ist spürbar gefallen.«

»Das war der bekannte Philologe Gustaf Kossinna, seines Zeichens Archäologie-Professor an der Universität Berlin und

Mitglied der *Anthropologischen Gesellschaft*. Eigentlich müssten wir Freunde sein. Doch das sind wir nicht. Er ist mein schärfster Konkurrent. Beispielsweise gilt er als der Schöpfer der sogenannten siedlungsarchäologischen Methode. Er schreibt den Goldschatz von Eberswalde nicht einem griechischen Händler, sondern den alten Germanen zu. Deshalb stellen für ihn die ziselierten Schalen keine profanen Handelsgüter dar, sondern es sind magische Kultgefäße, mit denen die Götter angerufen wurden. Die aufgefundenen Objekte nimmt er als einen weiteren Beweis für die Überlegenheit der germanischen Rasse gegenüber anderen Völkerscharen.«

»Nun gut, jeder mag glauben, was er will«, wandte ich ein. »Immerhin ist keiner von uns damals dabei gewesen, als der Schatz vergraben wurde.«

»Nein, das sicherlich nicht. Aber es geht nicht an, ungeniert Tatsachen zu verbiegen, nur um abstruse Theorien zu stützen. Nach Kossinnas Meinung ging der gesamte Fortschritt der Menschheit ausschließlich von den Germanen aus, und zwar seit dem Anbeginn der Zeiten. Er behauptet, nicht die Israeliten, sondern die Germanen wären das auserwählte Volk Gottes. Das Dumme an dieser Theorie ist nur, dass die Römer in vorchristlicher Zeit bereits über befestigte Straßen, Speiseeis im Sommer und warmwasserbeheizte Wohnungen im Winter verfügten, währenddessen unsere Vorfahren noch stinkende Felle trugen und auf den Bäumen lebten. Der Sage nach wurde Rom 753 vor Christus gegründet. Die erste verbriefte urkundliche Erwähnung der Bezeichnung Germanen datiert aus dem Jahr 222 vor Christi Geburt – mehr als fünfhundert Jahre danach!«

»Vielleicht waren die alten Germanen verschwiegene Menschen, die lieber unter sich blieben und ihre Geheimnisse keinem Fremden anvertrauten?«, gab ich zu bedenken.

Der Professor seufzte. »Offenkundig sind Sie ein intimer Kenner der Schriften des Herrn Kossinna.«

Ich klopfte ihm beschwichtigend auf die Schulter. »Bitte nehmen Sie es mir nicht krumm. Manchmal geraten meine Scherze daneben. Es war nicht so gemeint.«

Im Vorzimmer und im Büro von Professor Schuchhardt wimmelte es von Polizisten in Uniform und in Zivil. Auf der Stirn meines Freundes erschienen Zornesfalten. So wie es aussah, hatten die Beamten bereits jede Spur gründlich zertrampelt.

Ein vierschrötiger, blonder Mann von Mitte vierzig im einfachen, grauen Zweireiher und mit Händen so groß wie Kohlenschaufeln trat auf uns zu. »Gestatten Sie, dass ich mich Ihnen vorstelle. Ich bin Kriminalkommissar Herrmann Rausert vom Einbruchsdezernat. Den Herrn Professor kenne ich bereits von unserer Begegnung heute früh. Er hat mir von Ihnen erzählt. Sie müssen meine berühmten Kollegen Sherlock Holmes und Dr. Watson sein. Ich freue mich aufrichtig, Ihre Bekanntschaft machen zu dürfen.«

Ich war ehrlich verblüfft. Die Ansprache schien ernst gemeint zu sein. In meiner Heimat war ein solcher Ton nicht üblich.

»Die Freude ist ganz auf meiner Seite«, erwiderte Holmes. »Der Herr Professor hat mich um Unterstützung gebeten. Ich will der deutschen Polizei gerne als beratender Detektiv zur Seite stehen, sofern ich Ihre gütige Erlaubnis dazu bekomme. Vier Augen sehen mehr als zwei, und ich kann auf eine langjährige Berufserfahrung zurückblicken.«

»Es wird mir eine Ehre sein«, meinte der Kommissar. Auch dies klang aufrichtig. »Inwieweit sind Sie mit dem Fall vertraut?«

»So gut wie noch gar nicht. Ich weiß vom Herrn Professor Schuchhardt lediglich, dass der Goldschatz letzte Nacht aus seinem als absolut sicher geltenden Geldschrank gestohlen wurde. Nähere Einzelheiten sind mir nicht bekannt.«

»Erlauben Sie mir bitte, dass ich rekapituliere. Der Raub ereignete sich zwischen Mitternacht und heute früh kurz vor sieben Uhr. Wir können die Tatzeit insofern eingrenzen, weil der Täter in einer Trickkiste steckte, die gestern Nacht gegen 12 Uhr angeliefert wurde. Die Putzfrau Nele Blaschke war heute früh die Erste, die den Einbruch bemerkte. Das war um sieben Uhr gewesen. Die Blaschken ist entweder eine sehr mutige, eine sehr dumme oder eine sehr neugierige Person. Wahrscheinlich sind alle diese drei Charaktereigenschaften in ihrem Wesen fest verankerte. Jedenfalls bemerkte sie die aufgesprengten Türen. Jeder kluge Mensch hätte sofort um Hilfe gerufen. Doch die Blaschken ist nicht klug. Sie durchquerte das Sekretariat und betrat das Büro des Professors. Dort sah sie die Unordnung und den offenstehenden Tresor. Erst jetzt setzte ihr Verstand ein. Sie rannte hinunter zum Tor. Der Pförtner wiederum, ein alter, erfahrener Soldat, handelte sofort und tat genau das Richtige: Er alarmierte zuerst die Polizei und benachrichtigte anschließend den Herrn Professor. Die Putzfrau schwört, unterwegs keiner Menschenseele begegnet zu sein und auch nichts angefasst zu haben. Sie ahnt nicht, in welcher Gefahr sie geschwebt hat. Wenn sie dem Einbrecher auf frischer Tat begegnet wäre, hätte das unangenehme Folgen für sie haben können, wie ich aus meiner beruflichen Praxis sehr wohl weiß.«

»Trotz dieses offenkundigen Wirrwarrs machen Sie einen äußerst gefassten Eindruck«, ließ sich Holmes vernehmen.

Mir war das ebenfalls aufgefallen. Auch in diesem Punkt glich Herrmann Rausert nicht im Mindesten seinem britischen Kollegen Inspektor Lestrade, der immer wie ein aufgeregtes Wiesel hin und her zu huschen pflegte.

Der Kommissar lächelte. »Das liegt daran, dass wir bereits zu wissen glauben, wer die Täter waren.«

»Ist das wirklich wahr?«, schrie der Professor wie von Sinnen. »Dann besteht vielleicht noch eine Chance, das Diebesgut unversehrt zurückzubekommen?«

»Das kann ich zum jetzigen Zeitpunkt nicht einschätzen. Man soll den Tag nicht vor dem Abend loben, aber auch nicht alle Hoffnung fahren lassen.«

»Ich hatte über die schnelle Arbeitsweise der deutschen Polizei schon viel Gutes gehört, aber diese Nachricht setzt selbst mich in Erstaunen«, äußerte sich Holmes verblüfft. »Erzählen Sie weiter.«

»Nun, in Berlin treibt seit einigen Wochen eine skrupellose Einbrecherbande ihr Unwesen, die immer den höchsten Einsatz wagt und sich nicht mit kleinen Fischen zufrieden gibt. Die Ganoven sind in mehrere Schlösser und Villen eingestiegen. Auch der überaus spektakuläre Einbruch im *Kaufhaus Wertheim* in der Leipziger Straße vor ein paar Wochen geht wahrscheinlich auf ihr Konto. Diese Missetaten weisen mehrere Besonderheiten auf, die sie von anderen Einbrüchen unterscheiden. Eine Gemeinsamkeit ist, dass die Beutezüge immer extrem gut vorbereitet sind. Die Verbrecher besitzen eine erstaunliche Ortskenntnis und nehmen nur die wertvollsten Sachen mit. Selbst die dicksten Stahltüren halten sie nicht auf. Außerdem vollführen diese Kreaturen jedes Mal akrobatische Kunststücke, zu denen ein gewöhnlicher Dieb außerstande wäre. Im *Kaufhaus Wertheim* beispielsweise sind sie außen am Stahlgerüst der Kuppel hoch bis zu einer Dachluke geturnt und haben sich von dort aus nach unten abgeseilt.«

»Wie viele Spitzbuben sind es? Wie sind Sie Ihnen auf die Schliche gekommen?«, wollte ich wissen.

»Bislang stützen wir uns nur auf Vermutungen. Uns fehlen handfeste Beweise.«

»Reden Sie nicht wie die Katze um den heißen Brei herum. Nun endlich raus mit der Sprache!«, forderte der Professor mit Nachdruck.

»Im *Circus Albert Schumann*, der seinen festen Standort in der Friedrichstraße hat, gastierte eine Zeitlang eine Artistengruppe, die sich die *Drei Beldonis* nannte. Wie sich bereits aus dem Namen schlussfolgern lässt, bestand das Ensemble aus drei Mitgliedern, und zwar aus den beiden männlichen Zwillingen Albert und Hartmann Belmicke und ihrer Schwester Gudrun Belmicke. Sie haben luftakrobatische Darbietungen an Seilen und Trapezen vorgeführt. Die *Drei Beldonis* waren beim Berliner Publikum sehr beliebt. Im Laufe der Zeit konnten sie einen großen Freundeskreis um sich scharen, zum dem unter anderem Walter Kollo und Paul Lincke gehörten. Bei allen wichtigen Empfängen der Stadt sind die Geschwister ein und aus gegangen. Sie verkehrten in den höchsten gesellschaftlichen Schichten und hätten eine große Zukunft vor sich gehabt. Aber das Schicksal ist nur selten fair. Es wollte es anders mit ihnen. In der Silvestergala 1911 kam es zu einem folgenschweren Unfall. Der Bühnenmeister Fred Runge hatte schlampig gearbeitet und einen Strick nicht ordnungsgemäß vertäut. Das Seil löste sich bei einem doppelten Überschlag. Vor rund fünftausend Zuschauern stürzte Albert Belmicke ab. Er zog sich mehrere schwere Knochenbrüche zu und verbrachte eine Woche in tiefster Bewusstlosigkeit. Die Geschwister verbrauchten ihre gesamten Ersparnisse für die Begleichung der Arztrechnungen. Gudrun Belmicke veranstaltete eine wohltätige Sammlung unter ihren Freunden und den Zirkus-Stammgästen, aber es kamen nur wenige hundert Mark zusammen. Auch der Direktor zeigte sich äußerst knauserig. Und bei dem Bühnenmeister war nicht viel zu holen. Er wurde in Unehren entlassen. Inzwischen ist Fred Runge dem Trunk verfallen. Albert Belmicke wurde im Juni 1912 als geheilt aus dem Krankenhaus entlassen. Rein äußerlich machte er einen gesunden Eindruck, aber mit seiner Karriere als Akrobat war es für immer vorbei. Der Prinzipal hatte an den *Zwei Beldonis* kein Interesse. Die Geschwister saßen plötzlich auf der Straße. Sämtliche Türen blieben ihnen versperrt, auch die von Walter Kollo und Paul Lincke. Die moderne Gesellschaft liebt Helden und keine Verlierer. Daraufhin - so wird jedenfalls erzählt - schworen die Beldonis bittere Rache. Sie wollten es den reichen Gaffern und den sogenannten Freunden heimzahlen, die ihnen oftmals zugejubelt, sie in ihrer Not jedoch allein gelassen hatten. Seitdem verliert sich die Spur der Geschwister Belmicke. Wir vermuten zwar, dass sie sich noch in Berlin aufhalten, wissen aber nicht, wo sie sich genau befinden. Wie ich bereits erwähnte, wurden mehrere Einbrüche begangen, bei denen die Täter über ganz genau solche Fähigkeiten und Fertigkeiten verfügten, wie sie die Geschwister Belmicke haben. In den meisten Häusern, in die eingebrochen wurde, waren sie einmal zu Gast gewesen. Außerdem hatte Albert Belmicke vor seiner akrobatischen Laufbahn eine Schlosserlehre absolviert, und Hartmann Belmicke ist eine Weile als Zauberer und als Entfesselungskünstler aufgetreten. Die beiden öffnen einen Geldschrank schneller als Sie und ich die Korsagen unserer Ehefrauen.«

»Darf ich den Herrschaften eine Erfrischung anbieten?«, fragte von hinten eine Frauenstimme im hellsten Sopran. Eine ältere Dame in einem eng taillierten, dunkelblauen Seidenkleid musterte uns durch ein Lorgnon. Ihre Haare waren zu einem monströsen Gebilde aufgetürmt, in dem Aberdutzende Nadeln steckten, um die Pracht zusammenzuhalten.

»Das ist meine persönliche Mitarbeiterin, Fräulein Marlene Stange. Sie sorgt in meinem Vorzimmer für Ordnung«, erläuterte der Professor. »Nein, meine Gute, wir benötigen nichts. Aber halten Sie sich bitte zu meiner Verfügung. Sobald die Herren von der Kriminalpolizei fertig sind, müssen wir mit den Aufräumungsarbeiten beginnen.«

»Wo war ich gerade stehen geblieben?«, fragte der Kriminalkommissar.

»Bei den besonderen Fertigkeiten der Artistenfamilie«, assistierte Holmes.

»Ganz genau. Bei dem Einbruch letzte Nacht ins Museum haben zwei Männer ein Kiste geliefert. In ihr steckte der dritte Täter. Wir nehmen an, dass es sich um Gudrun Belmicke handelte.«

Diese Schlussfolgerung war elementar, wie Holmes sagen würde. Wenn eine Verbrecherbande aus zwei männlichen und einem weiblichen Mitglied besteht, und sich die beiden Herren vom Acker machen, dann bleiben für das Geschlecht der zurückgebliebenen Person kaum sehr viele Möglichkeiten offen. Aber diese Weisheit behielt ich selbstverständlich für mich.

Der Kommissar fuhr fort. »Der dritte Einbrecher kletterte mit katzenhafter Geschmeidigkeit an der Außenfassade des Gebäudes nach oben. Soweit erkennbar, benutzte er dabei keinerlei Hilfsmittel. In der zweiten Etage schlug er ein Fenster ein und drang in das Haus ein.«

»Welchen Sinn hatte das? Weshalb ist er so hoch geklettert?«, hakte Holmes nach.

»Parterre sind die Fenster vergittert. Darüber hinaus werden nachts die Stahltüren zu den Treppenhäusern abgeschlossen. So war es einfacher. Nach der Tat ist der Geldschrankknacker auf demselben Weg zurückgekehrt. Die Transportkiste diente ihm als Leiter über die Mauer.«

»Das klingt in sich schlüssig, obwohl noch viele Fragen offen bleiben. Wie geht es nun weiter?«, wollte Holmes wissen.

Der Kriminalkommissar lächelte auf eine Weise, die in keiner Verbindung zu seinem bisherigen Vortrag stehen konnte. »Das Beste kommt zum Schluss. Wir haben die Geschwister Belmicke auf die Fahndungsliste gesetzt und nach dem Einbruch bei *Wertheim* die Belohnung verdoppelt. Vorhin hat ein Polizeispitzel im Kommissariat angerufen und mitgeteilt, er könne uns das Versteck verraten. Einer meiner Männer trifft sich gerade mit dem Vigilanten.[1] Sobald das Geld übergeben wurde, erfahren wir die Anschrift. Ein Einsatzkommando steht schon bereit, um zuzuschlagen.«

»Das sind in der Tat höchst erfreuliche Nachrichten«, musste Holmes zugeben. »Aber bis dahin können wir uns ja die Zeit damit vertreiben, den Tatort etwas genauer in Augenschein zu nehmen.« Er ging in dem Vorzimmer auf und ab, strich mit der flachen Hand über die Wand und roch an den Fingerspitzen. Dabei brummelte er unentwegt in seiner altbekannten Art.

Der Professor beobachtete ihn verblüfft, der Kriminalkommissar lächelnd und ich wissend. Die beiden Herren setzten sich auf eine Bank am Fenster und schauten dem Detektiv bei seiner Arbeit zu, als ob sie einer Theateraufführung beiwohnten. Sie würden bald ihr blaues Wunder erleben, so viel war gewiss.

Holmes zog seine Lupe aus der Tasche und begann die Tür zum Büro des Professors gründlich zu untersuchen. Am Schloss, dort wo das Brecheisen gefasst hatte, hielt er sich nicht lange auf. Stattdessen überprüfte er die Türfüllung in ihrem oberen Drittel Inch um Inch.

»Sie suchen an der falschen Stelle, Herr Kollege«, rief der Kriminalkommissar belustigt. »Das Brecheisen wurde viel tiefer angesetzt. Wie Sie an den Einkerbungen sehen können, besitzt es einen sechskantigen Querschnitt. Die schmale, scharfe Klinge knickt in einem Winkel von 90 Grad ab und wurde wahrscheinlich mit einem Hammer eingeschlagen, um für die Hebelwirkung fest verankert zu sein.«

Holmes ließ sich nicht beirren. Schließlich lächelte er befriedigt, zog sein französisches Klappmesser aus der Tasche, öffnete es und begann am Furnier zu schaben. Dann maß er etwas mit seinem Bandmaß ab, ohne welches er nie aus dem Haus ging. »Wie groß ist Mrs. Belmicke? In deutschen Maßen ausgedrückt? Etwa 1,65 Meter?«

»Sie war noch nie inhaftiert und ist deshalb noch nicht nach dem Bertillon-System[2] vermessen worden. Aber von der Personenbeschreibung her ist Gudrun Belmicke mittelgroß. Das würde in der Tat rund 1,65 Metern entsprechen.«

Holmes wandte sich an den Professor. »Ihr Vorzimmer ist vor Kurzem renoviert worden«, stellte er fest. »Wer hatte das veranlasst? Sie waren es sicherlich nicht gewesen, obwohl sie der Direktor sind.«

»Nein, der Auftrag stammte von der Hausverwaltung. Ich habe das nicht überprüft, denn ich kann mich nicht um jede Kleinigkeit kümmern.«

»Herr Professor, wo hat sich Ihre persönliche Mitarbeiterin, Fräulein Stange, während der Malerarbeiten aufgehalten? Wurden die Anstreicher von ihr pausenlos überwacht?«

»Nein, weshalb hätte sie das tun sollen? Sämtliche Büroschränke waren abgesperrt und mit Tüchern abgedeckt. Ich habe die Tür zu meinem Zimmer persönlich aufgeschlossen und sie sorgsam hinter mir verriegelt, wenn ich gegangen bin.«

»Wenn Sie morgens kamen, waren dann die Maler bereits da?«

»Ja. Aber sie haben sich stets äußerst rücksichtsvoll verhalten.«

»Und wenn Sie gingen, waren die beiden immer noch beschäftigt?«

»Ja, es hat sich um sehr fleißige Leute gehandelt.«

»Fanden Sie es da nicht merkwürdig, dass die Arbeiten anfangs nicht so recht vom Fleck kommen wollten, aber dann plötzlich mit einem Ruck beendet wurden?«

Der Professor schlug sich mit der flachen Hand vor den Kopf. »Jetzt, wo Sie es sagen, fällt es mir wieder ein. So war es, in der Tat. Ich hatte es völlig verdrängt, weil die Vorbereitung der Exposition meine völlige Aufmerksamkeit erforderte.«

»Würden Sie die Anstreicher wiedererkennen?«

»Ich glaube kaum. Ich habe ihnen keine große Aufmerksamkeit geschenkt. Ich kann noch nicht einmal sagen, ob sie Bärte trugen oder glattrasiert waren. Sie steckten in bekleckston Kitteln und hatten Malerhüte auf den Köpfen. Es waren zwei Männer. So viel steht fest. Einer war groß. Der andere wirkte kleiner und schmächtiger. Ich nehme an, das war ein Lehrling gewesen. Nur der Geselle hat gesprochen, also ›Guten Morgen, Herr Professor‹ oder ›Auf Wiedersehen, Herr Professor‹ gesagt. Der Kleine hat nur gelächelt und genickt.«

»Noch eine letzte Frage in diesem Zusammenhang: Haben Sie während der Zeit der Renovierungsarbeiten häufig den Tresor geöffnet?«

»Nicht besonders oft, aber ab und zu schon. Doch mich konnte niemand beobachten. Das Fenster ist seitlich vom Kamin angebracht, und es gibt keine Spiegel. Die Tür zum Vorzimmer war immer zu.«

Holmes inspizierte nun das Büro des Professors. In ihm herrschte ein gewaltiges Chaos. »Was wurde sonst noch alles gestohlen?«

Der Professor hob hilflos die Hände. »Ich habe nicht die geringste Ahnung. Schauen Sie sich doch um. Erst wenn das alles wieder geordnet ist, bekomme ich einen Überblick.«

»Haben Sie schon gründlich in den Tresor geschaut? Der

Goldschatz fehlt, aber was ist mit dem Rest? Hatten Sie dort Geld oder Münzen aufbewahrt?«

»Nein, nichts dergleichen. Nur wichtige Vertragsunterlagen, wertvolle, alte Urkunden und eine etruskische Maske, die in vorchristlicher Zeit bei den Zeremonien im Heiligtum von Voltumna, dem *Fanum Voltumnae*, benutzt wurde. Diese Dinge sind noch alle da. Die Urkunden und die Maske besitzen zwar einen hohen ideellen Wert, sind aber praktisch unverkäuflich.«

Anschließend spazierte Holmes durch das gesamte Haus, inspizierte die zerbrochene Fensterscheibe, die Außenwand vom Haus und die Transportkiste. Der Professor, der Kriminalkommissar und ich folgten ihm auf dem Fuße. Der Museumsdirektor beobachtete die Ermittlungsarbeit meines Freundes nach wie vor mit höchstem Interesse, während der Kriminalkommissar immer gelangweilter wirkte.

Der Pförtner machte einen äußerst niedergeschlagenen Eindruck. Er beteuerte immer wieder, wie leid ihm das alles tue: »Ich bereue es bitter, diesen schlimmen Fehler gemacht zu haben. Ich hätte die Kiste nicht annehmen dürfen.«

»Guter Mann«, beruhigte ihn der Professor jovial. »Sie haben sich nichts vorzuwerfen. Sie sind genauso reingelegt worden wie wir alle.«

Ich steckte dem Krüppel ein Markstück zu, weil Geld in solchen Augenblicken ein Pflaster für die Seele ist. Zusätzlich hatte ich für ihn einen klugen Ratschlag parat: »Schaffen Sie sich einen Hund an, mein Freund. Ein Hund hätte diesen Betrug sofort gewittert.«

Wir traten durch das Tor hinaus auf die Straße. Holmes lief ein Stück nach links und anschließend nach rechts. Er suchte den Bordstein ab.

Der Kriminalkommissar kicherte. »Soll ich ihm Besen und Schaufel bringen lassen?«, fragte er mich leise.

Ich funkelte ihn wütend an. »Nichts ist so, wie es scheint. Meistens gibt es einen doppelten Boden. Das weiß ich aus Erfahrung.«

Holmes schien endlich etwas gefunden zu haben. Er kniete sich auf den Boden und zog wieder seine Lupe hervor. Als er sich erhob, war alle Anspannung von ihm abgefallen. Er wirkte nicht länger wie ein Windhund, der die Witterung aufgenommen hat. Ich wusste daher aus Erfahrung, dass er einen beachtlichen Erkenntnisgewinn zu verzeichnen hatte.

Herrmann Rausert schien einen ähnlichen Eindruck gewonnen zu haben. Der Spott war ihm vergangen. Leicht verunsichert fasste er zusammen: »Wir können, so denke ich, davon ausgehen, dass die *Drei Beldonis* den Einbruch begangen haben. Die beiden Brüder haben ihre in der Kiste versteckte Schwester auf den Hof geschmuggelt. Sie ist an der Fassade hochgeklettert, durch ein Fenster eingestiegen und hat zwei Türen aufgebrochen. Als Zirkusartistin verfügt sie über wesentlich mehr Kraft als andere Frauen. Ohnehin besitzt ein gutes Brecheisen in den richtigen Händen eine beachtliche Hebelwirkung. Gudrun Belmicke öffnete den Tresor, stahl den Goldschmuck und einige andere Wertsachen. Anschließend verschwand sie auf demselben Weg, auf dem sie gekommen war. Die vier großen *W*, nämlich Was, Wann, Wie und Warum sind damit beantwortet. Wir wissen nur noch nicht, a) woher sie wusste, wo sich der Tresor befindet, b) wie lange sie gebraucht hat, um die Zahlenkombination von dem Safe zu knacken, und c), wie sie das überhaupt angestellt hat, da es sicherlich Millionen von Möglichkeiten gibt.«

Holmes schüttelte den Kopf. »Irrtum, mein Lieber, Irrtum. Auf alle diese Fragen gibt es bereits schlüssige Antworten. Gehen wir der Reihe nach. Der Pförtner wusste zu berichten, dass die Kiste mit einem Audi-Lastkraftwagen geliefert wurde.

Dieser Lkw ist anschließend ein Stück die Straße hinaufgefahren und hat dort unter den Bäumen gehalten. Woher ich das weiß? Ganz einfach, auf dem Kopfsteinpflaster sind frische Ölspuren zurückgeblieben. Einer der beiden Männer, und zwar der Fahrer, hat geraucht. Er ist Kettenraucher. Ich nehme an, bei ihm handelt es sich um den verunglückten Artisten.«

»Woher wollen Sie das wissen?«, fragte der Kriminalkommissar.

»Links neben der Ölspur liegen ganz genau zehn Zigarettenstummel auf dem Fahrdamm. Es handelt sich um eine minderwertige Ware: Schlechter Tabak, kein Mundstück und billiges Papier. Die Zigaretten sind fast bis zum Ende aufgeraucht worden, und zwar so weit, dass der Name der Marke nicht mehr erkennbar ist. Ich habe jedoch nur ein einziges abgebranntes Streichholz gefunden. Der Raucher hat demzufolge die erste Zigarette mit dem Streichholz angezündet und anschließend einen Glimmstängel an dem nächsten. Der Fahrer war nervös. Er hatte allen Grund dazu. Ich habe vor einiger Zeit ausführliche Untersuchungen dazu angestellt, wie lange Zigaretten von welcher Marke brennen. Gute türkische Zigaretten brauchen etwa fünf Minuten. Die inferiore Sorte, die der verunglückte Akrobat rauchte, hat sich nach etwa drei Minuten vollständig in Rauch aufgelöst. Zehn mal drei macht eine halbe Stunde. Gudrun Belmicke benötigte etwa fünf Minuten bis nach oben, fünf Minuten bis zum Büro, zweimal zwei Minuten, um die beiden Türen aufzubrechen, eine Minute, um die Geheimtür neben dem Kamin zu öffnen, eine Minute, um den Tresor aufzumachen, eine Minute, um den Tresor auszuräumen, zwei Minuten, um das Büro zu verwüsten, fünf Minuten zurück zum Fenster, fünf Minuten nach unten, zwei Minuten, um über die Mauer zu hechten. Das war eine reife sportliche Leistung, alle Achtung. Insgesamt hat das gesamte

Unternehmen kaum länger als eine halbe Stunde gedauert.«

Dem Professor blieb der Mund offen stehen, aber dem Kriminalkommissar standen die Zweifel ins Gesicht geschrieben. »Wenn wir die Verdächtigen nachher vernehmen, werden wir erfahren, ob Ihre Theorie stimmt. Sie glauben, dass der Chauffeur der Raucher war, weil die Kippen auf der Fahrerseite liegen. So weit kann ich Ihnen noch folgen. Aber woher wollen Sie wissen, dass Albert Belmicke der Raucher und damit der Fahrer war?«

»Weil er sich während seiner Rekonvaleszenz das Rauchen angewöhnt hat, als er über sein schweres Schicksal nachgrübelte. Ein Trapezkünstler raucht nicht. Er benötigt gesunde Lungen, um nicht außer Atem zu kommen. Ein Hustenanfall hoch auf dem Seil kann tödlich sein.«

»Das klingt logisch. Aber wie soll Gudrun Belmicke in zwei Minuten den Code geknackt haben? Das ist völlig ausgeschlossen!«

»Sie musste die Zahlenkombination nicht herausfinden, sie kannte sie bereits. Gudrun Belmicke und ihr Bruder Hartmann Belmicke waren die beiden Anstreicher. Sie haben ein Loch durch die Tür gebohrt und ein zwei Inch langes Minifernrohr hineingesteckt. Ich habe es vorhin gefunden. Es war mit einem Stück Furnier getarnt. Ich kann es Ihnen oben zeigen. Das Fernglas besitzt eine fünffache Vergrößerung und war direkt auf die Geheimtür ausgerichtet, hinter der sich der Tresor befindet. Vermutlich stand die Akrobatin von morgens bis abends am Spion und hat den Herrn Professor ständig beobachtet. Irgendwann und mit viel Geduld gelang es ihr, die richtige Zahlenkombination auszuspionieren. Ihr Bruder musste unterdessen allein arbeiten. Deshalb hat es mit der Renovierung so lange gedauert.«

Der Professor wunderte sich. »Ich kann es kaum glauben, welchen Einfallsreichtum kriminelle Energien freisetzen.«

Holmes wirkte jetzt nachdenklich. »Soweit ist alles klar. Aber Fragen sind wie Katzen. Kaum hat man die eine beantwortet, schon wird die nächste geboren. Nun interessiert mich nämlich brennend, auf welch geheimnisvolle Weise Gudrun Belmicke durch die Wände schauen konnte, als sie noch kein Fernrohr benutzte.«

Herrmann Rausert schüttelte verwundert den Kopf und wollte gerade etwas sagen, als ein uniformierter Polizist herbeigeeilt kam. Er legte die Hand an den Mützenrand und meldete: »Herr Kriminalkommissar, Inspektor Lützendorf hat angerufen. Ich soll Ihnen ausrichten, dass der Vogel im Nest sitzt. Er befindet sich in einem verfallenen Schuppen auf dem Gelände der aufgegebenen Eiswerke am Mittelbuschweg in Rixdorf. Der Herr Inspektor ist mit mehreren Wagen unterwegs. Er wird in etwa fünf Minuten eintreffen, um sie mitzunehmen, wie Sie es angeordnet hatten.«

Der Kriminalkommissar dankte dem Boten und wandte sich zu uns um. »Meine Herren, sind Sie mit von der Partie?«

Ich lächelte über dieses völlig inakzeptable Ansinnen. Ich hätte es besser wissen müssen.

Holmes antwortete an meiner statt mit einem hocherfreuten: »Ja!«

Der Tag, der so gut angefangen hatte, war inzwischen gründlich verdorben. Aber es sollte noch viel schlimmer kommen.

[1] Vom lateinischen *vigilare* (wachen) leitet sich die Bezeichnung *Vigilien* ab. So hießen die Mitglieder der Polizeimannschaften im alten Rom. Nach und nach vollzog sich ein Bedeutungswandel, und die Polizeispitzel wurden als *Vigilanten* bezeichnet.

[2] Alphonse Bertillon (1853-1914), der Direktor des polizeilichen Identifizierungsdienstes in Frankreich, entwickelte ein Körpermesssystem, bei dem von den Inhaftierten elf Maße genommen wurden. Die Wahrscheinlichkeit, dass zwei Menschen in allen elf Maßen übereinstimmten, lag bei eins zu vier Millionen.

7. Kapitel

Eisfabrik

»Ihre Moral hat sich nicht gerade gebessert, Watson.
Zu Ihren übrigen Lastern kommt nun auch noch
das Flunkern hinzu.«

Arthur Conan Doyle, *Der Mazarin-Stein*

Loyalität

05.10.1913

Am 27. Januar 1912, das war jener frostige Wintertag gewesen, an dem Kaiser Wilhelm II. seinen 53. Geburtstag feierte, wurde die im Südosten Berlins gelegene Ortschaft Rixdorf in *Neukölln* umbenannt. Die Stadtväter folgten einem ausdrücklichen Wunsch des Potentaten, indem sie den Namenswechsel beschlossen. Der Grund für diesen mehr als ungewöhnlichen Geburtstagswunsch war delikater Natur: Die ehemals verschlafene Gemeinde Rixdorf im Kreis Teltow hatte zwar erst 1899 das Stadtrecht erhalten, sich jedoch nach der Jahrhundertwende sehr rasch zu einem Sündenbabel entwickelt. Zahlreiche Kaschemmen, frivole Tanzlokale und Bordelle öffneten auf engstem Raum. Das unternehmungslustige Publikum strömte in hellen Scharen herbei, wie in dem Gassenhauer *In Rixdorf ist Musike*[1] treffend besungen wurde.

Der neue Name sollte diese Schande vergessen machen und vor allem Seriosität ausstrahlen. Die hoffnungsvolle Bezeichnung Neukölln erinnerte an die alte Stadt Cölln, welche seit 1710 gemeinsam mit Friedrichswerder, Dorotheenstadt, Friedrichstadt und Berlin die königliche Haupt- und Residenzstadt von Groß-Berlin bildete.

Der Plan des Kaisers ging tatsächlich auf. Allerdings war weitere Nachhilfe nötig. An den nötigen juristischen Vorschriften herrschte kein Mangel. Auf der Grundlage von Paragraph 120e der Gewerbeordnung war eine Verordnung über die *Einrichtung der gewerblichen Küchen* erlassen worden. Es gab die *Schutzgesetzgebung für Kinder und junge Leute* und die Preußische Anordnung über die *Äußere Heilighaltung der Sonn- und Festtage*. Durch die verschärfte Anwendung dieser Bestimmungen und weiterer ordnungspolizeilicher Vorschriften mussten mehrere verruchte Etablissements schließen. Zahlreiche Razzien in den noch offenen Häusern sorgten dafür, dass allmählich die gut betuchte Klientel wegblieb.

Als unmittelbare Folge davon wurden zahlreiche Neuköllner Einwohner arbeitslos. Die Kaufkraft begann allmählich zu sinken. Dies führte dazu, dass in etlichen Ladengeschäften die Rollläden für immer unten blieben. Die Abwärtsspirale drehte sich weiter. Viele Handwerker sowie Kleinbetriebe gerieten in eine Existenzkrise. Sie wanderten notgedrungen in die benachbarten Berliner Stadtviertel ab. Neukölln verödete. Schließlich geriet sogar die alteingesessene Eisfabrik *Lambert & Söhne* ins Schleudern. Seit 1870 war dort mit Hilfe von modernen Kälteaggregaten Stangeneis hergestellt und zu Kühlzwecken an Molkereien, Brauereien, Gastwirtschaften und Privathaushalte ausgeliefert worden. Im Januar 1913 musste die Traditionsfirma Konkurs anmelden. Ein bis dahin in der Öffentlichkeit noch nicht in Erscheinung getretenes Konsortium von Geldanlegern kaufte beim Versteigerungstermin das gesamte Areal für billiges Geld auf. Sämtliche Gebäude und Maschinen hatten damit neue Eigentümer gefunden. Die Unternehmer versprachen, sobald als möglich den Betrieb wieder aufzunehmen. Das ließ die ehemaligen Arbeiter hoffen. Aber seit dem Besitzwechsel waren bereits neun Monate vergangen, und die Produktion ruhte immer noch.

Das gesamte Werkgelände war mehrere Hektar groß. Es wurde von einer gelben Backsteinmauer umgeben, die in regelmäßigen Abständen schmiedeeiserne Zaunfelder einschloss. Es gab zwei Haupteingänge. Das Südtor war mit einer dicken Kette gesichert. Etwa fünfzig Meter davon entfernt stand innen auf der linken Seite der gepflasterten Werkstraße eine langgestreckte Baracke. Das flache Gebäude wirkte völlig heruntergekommen. Mehrere Schilder warnten mit der Aufschrift *Einsturzgefahr*. Die Fenster waren mit Schalbrettern vernagelt worden. Der graufleckige Verputz blätterte an vielen Stellen ab. Berge von Schutt und undefinierbarem Unrat türmten sich ringsum meterhoch. Wo sich früher einmal die Eingangstür befunden haben mochte, versperrte jetzt eine eilig hochgezogene Ziegelsteinmauer den Zutritt. Selbst Stadtstreicher und andere Streuner, die alle geheimen Schleichwege in das Firmengelände kannten, machten einen großen Bogen um die verfallene Baracke.

Aber der äußere Eindruck täuschte. Die Abfallberge waren kein Kind des Zufalls, sondern künstlich aufgestapelt worden. Zwischen ihnen führte ein verschlungenes Labyrinth bis hin zu einer morschen Luke, die von verrosteten Scharnieren gehalten wurde. Es erforderte großen Mut, in den Keller hinabzusteigen: Dort unten war es finster wie in einem Grab. Es roch modrig. Riesige Ratten huschten umher. Ganz am Ende einer Flucht von nasskalten Katakomben führte eine wacklige Stiege zu einer von oben fest verriegelten Falltür.

Der Raum darüber stellte das krasse Gegenteil der Unterwelt dar. Er wirkte wie ein gemütliches Wohnzimmer in einem gutbürgerlichen Haushalt. Die Wände waren ordentlich tapeziert. Auf dem Fußboden lag ein weinrot gemusterter Teppich. Es gab ein ausladendes, grünes Plüschsofa mit einem blankgeputzten Spiegel darüber. In der Mitte der Stube stand ein stabiler Tisch, um den sich vier Stühle mit kunstvollem Flechtwerk an den hohen Rückenlehnen gruppierten. An der Decke brannte ein elektrische Lampe. Ihr flacher, weißer Emailleschirm wies keine einzige Roststelle auf. Links führte eine Tür zu einer kleinen Küche. In ihr gab es eine Kochstelle und ein gusseisernes Abflussbecken. Nach rechts ging eine winzige Kammer ab, in der drei schmale Betten mit Ach und Krach Platz gefunden hatten. Die Bettbezüge waren gebügelt und gestärkt.

Am Stubentisch saßen die *Drei Beldonis*. Vor ihnen, auf einer dezent gemusterten Wachstuchdecke, lag glitzernd und funkelnd der komplette Goldschatz von Eberswalde mit all seinen Schalen, Halsringen, Armbändern und Spangen.

»Der Herr Graf wird mit uns mehr als zufrieden sein«, sagte Gudrun Belmicke zu ihren Brüdern. »Wir haben auch diesen letzten Auftrag perfekt ausgeführt.« Die junge Frau war nicht schön im klassischen Sinne. Dazu wirkte ihr von Sommersprossen übersätes Gesicht nicht ebenmäßig genug. Aber es leuchtete, von einer starken, inneren Kraft getragen. Ihr rotbraunes Haar hatte sie zu einem nachlässigen Knoten im Nacken zusammengesteckt. Einige widerspenstige Haarsträhnen hingen herab und kringelten sich auf der Schulter. Ihre grünen Augen hatten etwas Katzenhaftes.

Albert und Hartmann, die beiden Brüder, waren zweieiige Zwillinge. Sie sahen einander nicht im Geringsten ähnlich. Hartmann war ein hübscher Kerl mit lockigem Haar, dem die Frauen gerne zu Füßen sanken. Er, der Tausendsassa, hatte deshalb auch mit Leichtigkeit jenen betrunkenen Lebemann spielen können, der den Pförtner am Museum in der Nacht zuvor nach dem Weg gefragt hatte. Der einige Minuten jüngere Albert hingegen wirkte wesentlich plumper und gedrungener. Die erfahrene Hebamme Walfriede Schmansky, welche die Babys nacheinander entbunden hatte, vertrat später die plausibel erscheinende Theorie, dass die beiden Brüder auf jeden Fall zwei unterschiedliche Väter hätten und deshalb nur Halbzwillinge wären. Ein Beweis für diese Behauptung konnte von der Schmansky nie erbracht werden, aber das Gerücht hielt sich hartnäckig.

Seit seinem schweren Unfall im Zirkus war Albert grüblerisch geworden. Er wirkte stets schwermütig und lächelte nur noch selten. Das war kein Wunder. In den letzten Monaten hatte es für ihn nicht mehr allzu viel zu lachen gegeben. Momentan fühlte er sich unwohl. Er wollte gerne rauchen, musste das aber aus Rücksicht auf seine Geschwister unterlassen. Die Räumlichkeiten boten zwar jeden Komfort, nur die Fenster ließen sich nicht öffnen. Die frische Luft musste sich ihren Weg mühsam durch winzige Ritzen und Spalten suchen.

»Hoffentlich hat das mit den Schiffspassagen geklappt«, meinte Albert.

»Du bist ein ewiger Pessimist«, entgegnete Hartmann. »Der Graf hat es uns fest versprochen. Bislang gab es keinen Grund, an seinen Worten zu zweifeln. Von ihm wurden bisher immer alle Zusagen eingehalten. Übermorgen werden wir in Hamburg an Bord des Überseedampfers *Merriment* gehen, du wirst es erleben. Drüben in der neuen Welt können wir ein neues Leben beginnen. Unser Kapital reicht aus, ein eigenes Geschäft zu gründen. Hier, du hast den Brief doch gesehen, den uns unser Vetter Johannes aus Amerika geschrieben hat: *Die anmutige Umgebung von Boston lädt ein zu lohnenden Ausflügen. Der schönste der vorstädtischen Nachbarorte ist Brookline im Südwesten mit hübschen Wohnhäusern und*

Gärten. Dort lebe ich mit meiner kleinen Familie. Es geht uns sehr gut, viel besser als es uns jemals im Kaiserreich ging. Arbeitsame und geschickte Leute sind hier immer willkommen. Deutsche genießen bei den Yankees ein hohes Ansehen. Für ein paar Wochen könnt ihr gerne bei uns wohnen bleiben, bis ihr eine eigene Bleibe gefunden habt. Auf der Fotografie stehe ich mit Elsie vor unserem neuen Haus, das bald auch euer Zuhause sein wird.«

Gudrun nahm die Fotografie in die Hand und warf einen sehnsüchtigen Blick darauf. »Hier können wir auf keinen Fall länger bleiben«, stellte sie fest. »Die Polypen mögen zwar blöd sein, aber völlig bescheuert sind sie nicht. Irgendwann zählen sie eins und eins zusammen. Unsere Fahndungsplakate hängen überall. Der Graf wird froh sein, wenn wir gehen. Er hat genug Geld mit uns verdient. Das Risiko ist viel zu hoch. Falls wir auffliegen sollten, würde es auch für ihn eng werden.«

»Was können wir schon verraten. Wir wissen doch so gut wie gar nichts. Wir kennen weder seinen richtigen Namen noch seine Adresse noch seinen Beruf«, entgegnete Hartmann.

»Das stimmt so nicht«, erwiderte Gudrun. »Wenn wir auspacken, ist der Graf geliefert. Wir wissen mehr als genug über ihn: Schon alleine der Umstand, dass wir ihn auf der Soiree in der Villa von Walter Kollo kennen gelernt haben, lässt Rückschlüsse zu. Der Graf hat Zugriff auf das Gelände hier. Wahrscheinlich gehört es ihm sogar. Schließlich hat er dieses Versteck für uns ausgesucht. Von ihm wurden sämtliche Coups ausgetüftelt. Das alles zusammengezählt ergibt jede Menge Hinweise auf seine Person. Für die Polizei dürfte es mit diesem Wissen überhaupt kein Problem mehr darstellen, seine wahre Identität zu enthüllen.«

In diesem Moment ertönte draußen ein kurzer, scharfer Pfiff. Eine Weile herrschte Ruhe, dann wiederholte sich das Signal zweimal.

»Unser Gönner ist gekommen«, stellte Hartmann fest und ging zur Falltür. Er zerrte einen stabilen Riegel zurück und zog an einem Gegengewicht.

Die Tür schwang nach oben. Von unten aus den Katakomben näherte sich ein Lichtschein. Die Stufen der schmalen Treppe ächzten und knarrten. Mit einem Sprung stand der Graf mitten im Zimmer. Obwohl es erst später Vormittag war, trug er bereits (oder immer noch) einen maßgeschneiderten Frack. Der weite Umhang war mit roter Seide gefüttert, und der Zylinderhut mit seiner leicht gebogenen Krempe entsprach der neuesten Pariser Mode. Im linken Auge des Grafen klemmte ein goldgefasstes Monokel. Er hatte ein bleiches, schmales Gesicht. Sein gewichster Schnurrbart war so dünn wie ein Bleistiftstrich. Die schwarzen Augenbrauen schienen ausrasiert und seine Lippen dezent geschminkt zu sein.

Der Graf war Mitte dreißig, ein androgynes Wesen mit betörenden Umgangsformen und einer lebhaften Phantasie. Von ihm ging ein ganz eigener Zauber aus, der jeden sofort in seinen Bann schlug. Wenn er einen Raum betrat, stand er sofort im Mittelpunkt. Selbst einem aufmerksamen Betrachter offenbarte sich sein wahres Wesen erst auf den zweiten Blick.

»Meine lieben Freunde«, rief der Graf. Er stellte eine braunlederne, kastenförmige Tasche ab und warf in einer theatralischen Geste die Arme hoch. »Macht ihr mich glücklich?« Er schaute auf den Tisch, ließ die Augen von links nach rechts wandern, verarbeitete das Gesehene und setzte befriedigt fort: »Ich sehe, dass ihr mich glücklich macht. Ihr seid Gold wert. Ihr seid wahrlich unübertrefflich. Ihr seid die Besten! Die Sache bei *Wertheim* war schon mehr als gut gewesen, aber nun habt ihr den Zenit erreicht. Ihr werdet mit dieser kühnen Tat in die Annalen eingehen.«

Der Graf legte seinen Umhang ab. Den Zylinder schleuderte er achtlos in die Ecke, setzte sich auf den einzigen freien Stuhl am Tisch und begann gierig in dem Goldschatz zu wühlen. »Ist wirklich alles vollständig? Fehlt auch nichts? Was habt Ihr heimlich beiseite geschafft? Wartet, wo ist meine Liste. Ich muss jeden Gegenstand einzeln abhaken.«

»Das brauchen Sie nicht zu tun, werter Herr. Wir waren immer ehrlich zu Ihnen und sind es noch«, begann Hartmann. Nach kurzem Zögern setzte er hinzu: »So, wie Sie auch immer ehrlich zu uns waren.«

»Das will ich wohl meinen, mein lieber Freund. Loyalität ist das höchste Gut. Die Welt dort draußen geht zu Grunde, jeden Tag ein bisschen mehr. Wisst ihr auch weshalb? Weil die Menschen nicht mehr loyal zueinander sind. Sie haben sich in egoistische Scheißkerle verwandelt, für die das Wort Freundschaft ein Fremdwort darstellt. Seht euch doch an. Wie ist es euch ergangen, als ihr in Not gewesen seid? Die engsten Vertrauten, die liebsten Herzensbrüder und die freigiebigsten Wohltäter haben euch erbarmungslos den Rücken gekehrt. Ich war der einzige Mensch, der sich auch weiterhin um euch gekümmert hat. Bis zum heutigen Tag bin ich euer fürsorglicher Vater und eure liebvolle Mutter in ein und derselben Person gewesen. Und ich hatte diese vortreffliche Geschäftsidee, die euch zuerst reich gemacht hat und nun auch noch glücklich machen wird. Darauf wollen wir trinken! Champagner!«

»Es tut mir leid, aber wir haben keinen Alkohol im Haus, keinen einzigen Tropfen. Wir sind doch bereits auf dem Sprung. Wir wollen gleich nachher aufbrechen«, sagte Gudrun. »Haben Sie alles besorgen können? Die Schiffspassagen, die Dokumente, unser Geld und das Fahrzeug nach Hamburg?«

»Hah«, rief der Graf aus. »So gefallt ihr mir. Immer unternehmungslustig. Keine Sentimentalitäten. Selbstverständlich ist alles bereit. Ich werde doch meine alten Freunde nicht im Stich lassen. Auf mich ist hundertprozentig Verlass. Alles wie gewünscht, alles wie abgesprochen: Euer Lohn für den letzten Auftrag, die Billetts und eure neuen Personalpapiere stecken dort in der Ledertasche. Das Automobil wartet bereits. Und hier unter meiner Frackbinde halte ich als Bonus noch einige Goldstücke parat.« Der Graf klopfte sich auf den Bauch. »Doch vorher müssen wir feiern, mit oder ohne Schampus.« Er griff in seine Hosentasche und holte eine flache, silberne Flasche hervor. »Hier, meine Freunde, nehmt einen Schluck vom besten Cognac. Trinken wir auf den Erfolg, stoßen wir an auf unseren Abschied. Ich komme euch bald einmal in Amerika besuchen, versprochen! Es ist nämlich mein sehnlichster Wunsch seit frühester Jugendzeit, einmal auf den Spuren von Old Shatterhand und Winnetou, dem edlen Wilden, zu wandeln.«

Albert griff nach der Flasche und zog den Korken heraus. Anschließend nahm er einen tiefen Zug. Sein Bruder tat es ihm gleich. Beide verdrehten genießerisch die Augen. »Ein guter Tropfen, Herr Graf. Das muss der Neid Ihnen lassen«, stellte Hartmann fest.

Gudrun lehnte ab: »Ich vertrage keinen Alkohol und mag deshalb nicht.«

»Unsinn, mein Täubchen, was soll dieses alberne Getue. Nur einen winzigen Schluck. So will es der Brauch.«

»Nein, wirklich nicht.«

»Das nenne ich aber wirklich Pech.« Ihr Besucher machte ein betrübtes Gesicht. Nach einer Weile lächelte er wieder. »Nun gut, dann eben nicht. Mögen die famosen Herren Einbrecher vielleicht noch jeder ein Schlückchen?«

Albert griff dankbar zu und reichte die Flasche weiter.

»Sie trinken ja selbst nicht!«, stellte Gudrun verwundert fest.

»Mein liebes Kind, das wäre äußerst töricht von mir. So, und nun reiche mir bitte meine Ledertasche herüber. Ich will mit dem Einpacken beginnen.«

Nachdem das gesamte Gold verstaut war, geschah es. Albert und Hartmann begannen sich in heftigen Muskelkrämpfen zu winden. Sie rutschten von ihren Stühlen, fielen zu Boden, wälzten sich hin und her. Beide rangen röchelnd nach Luft.

»Oh mein Gott«, schrie Gudrun entsetzt. »Was ist passiert?« Sie kniete sich neben Albert auf den Teppich und schüttelte ihn wie von Sinnen. »Holen Sie kaltes Wasser aus der Küche«, rief sie dem Grafen zu. »Er verliert das Bewusstsein. Seine Augen verdrehen sich.«

Der Angesprochen rührte sich nicht von der Stelle. Wie eine Spinne im Netz betrachtete er voller Interesse, was sich da vor seinen Füßen abspielte.

Die Brüder zuckten spastisch hin und her. An ihren verzerrten Mündern ließ sich ablesen, dass sie vor Schmerzen schreien wollten. Aber sie konnten es nicht tun. Dann hörten sie auf, sich zu bewegen. Das Leben entwich aus ihren Körpern.

Gudrun weinte und kreischte. Sie rollte wie von Sinnen auf dem Fußboden umher, raufte sich die Haare und kratzte sich das Gesicht blutig.

Der Graf blieb immer noch still sitzen. Er zündete sich eine parfümierte Zigarette mit goldenem Mundstück an und blies elegante Rauchkringel in die Luft. »Es ist zu Ende«, meinte er dann. »Ich habe eines der am schnellsten wirkenden Gifte verwendet, die es gibt. Schon die geringste Dosis wirkt tödlich. Zuerst wird das Atemzentrum gelähmt, und dann setzt der Herzstillstand ein. Das war zwar ziemlich schmerzhaft für unsere beiden Probanden hier, aber sie standen unter Schock und mussten sich zu ihrem Glück nicht lange quälen. Die Eingeborenen auf Hawaii haben gute Erfahrungen mit diesem Gift gemacht, welches sie *Kapu*[2] nennen. Sie tränken ihre Pfeilspitzen darin und haben mir dankenswerterweise die Kenntnisse darüber weitervermittelt. Allerdings ist diese seltene Substanz ziemlich schwer zu beschaffen und äußerst kostspielig in der Anschaffung. Aber für zwei gute Freunde war mir nichts zu teuer. Normalerweise müsste sich nun an den Tod die Zeremonie des *Ho´oponopono* anschließen. Das ist ein spirituelles Verfahren zur Aussöhnung mit den Feinden und Toten. Es dient jedoch vor allem der gegenseitigen Vergebung. Mir wäre sehr viel daran gelegen, wenn mir Albert und Hartmann verzeihen würden. Aber stellvertretend für sie kannst du ja diesen Part übernehmen.«

Gudrun hatte sich inzwischen gefangen. Bleich und gefasst stand sie vom Boden auf, strich sich ihre Kleider glatt und setzte sich dem Graf gegenüber an den Tisch. Sie wusste, dass ihr Leben keinen Pfifferling mehr wert war. »Was ist der Grund dafür? Ich will es wissen. Vorhin haben Sie von Loyalität gesprochen. Halten Sie es für rechtschaffen, seine treuesten Gefährten zu ermorden, hochverehrter und gütiger Herr?«

»Umgekehrt wird ein Schuh daraus, mein liebes Kind, umgekehrt. Ihr opfert euch für mich, ihr gebt eure Leben für das meinige her. Das ist die höchste Form der Loyalität, die es überhaupt geben kann. Ihr seid die tapferen Krieger, die sich aus Treue für ihren Kaiser ohne zu zögern in die feindlichen Schwerter stürzen. Das ist eine äußerst noble Geste. Nicht viele Gefährten würden so handeln wie ihr.«

»Dummerweise hat meine Brüder niemand gefragt, ob sie das auch tatsächlich tun wollen.«

»Nun wollen wir mal nicht kleinlich werden und die großen Taten zerreden, junge Dame! Ich möchte euch als selbstlose Helden in Erinnerung behalten, und nicht als kleinkrämerische Beckmesser.«[3]

»Wir wollten nach Amerika auswandern. Übermorgen wären wir für immer weg gewesen. Durch unsere Einbrüche haben Sie sehr viel Geld verdient. Wir haben mehr als gerecht geteilt. Was also haben wir Ihnen getan? Weshalb konnten Sie uns nicht gehen lassen?«

Der Graf drückte seine Zigarette achtlos auf der Tischplatte aus. »Es gibt einen sehr einfachen Grund dafür. Wie du weißt, ist euch die Polizei dicht auf den Fersen. Ihr hättet es nie und nimmer bis an Bord des Überseedampfers geschafft. Was wäre also dein Vorschlag gewesen? Dass wir gemeinsam untergehen? Oder dass ich in tiefer Betrübnis um euer trauriges Los allein zurückbleibe und meinen Kindern und Kindeskindern von euren kühnen Taten berichten kann? Na, siehst du. Es gab nur diese eine Möglichkeit. Zum Abschied musst du mir nur noch verraten, wo ihr euer Geld versteckt habt. Euch nützt es sowieso nichts mehr. Es wäre doch jammerschade, wenn eure vielen Mühen völlig umsonst gewesen wären, weil niemand mehr einen Nutzen aus dem angehäuften Kapital ziehen kann.«

Gudrun lächelte auf eine Weise, die wenig Gutes verhieß. »Das Geld liegt drüben auf meinem Bett in der Kammer. Ich habe das Kopfkissen damit ausgestopft.«

Der Graf rutschte ein wenig mit seinem Stuhl zurück, erhob sich aber nicht.

Unterdessen zog die junge Frau langsam den Tischkasten vor sich auf, langte hinein und holte ein langes Messer hervor. Sie erhob sich blitzschnell von ihrem Stuhl, riss die Klinge hoch, sprang aus dem Stand auf den Tisch und schrie: »Schluss jetzt! Du wirst in der Hölle schmoren, du verdammtes Schwein.«

Der Graf lehnte sich nach hinten und meinte spöttisch: »Nicht doch, mein Kindchen. Du könntest dich verletzen.« Im selben Moment erschien in seiner rechten Hand ein Derringer. Er spannte mit dem Daumen den Hahn der zweiläufigen Taschenpistole und drückte ab.

Die Kugel traf Gudrun mitten in die Stirn. Blut spritzte. Es gab einen dumpfen Aufschlag, als die junge Frau auf die Tischplatte prallte und anschließend auf den Fußbodendielen aufschlug.

Der Graf wischte sich angewidert über sein Gesicht, das von Blutspritzern rot besprenkelt war. »Furchtbar, diese hysterischen Weiber«, sprach er zu sich selbst. »Man kann ihnen nicht über den Weg trauen. Außerdem können sie ihre Klappe nicht halten, weil sie ihre Gefühle nicht unter Kontrolle haben. Wer seinen Gegner vor einem Angriff warnt, muss sich nicht wundern, wenn er anschließend tot auf dem Teppich landet.«

Nachdem er sich in der Küche das Gesicht gewaschen hatte, untersuchte er die drei leblosen Körper. Er wollte sichergehen. Aber es gab kein Problem. Sie waren alle tot. Der Graf ordnete ein paar Gegenstände auf dem Tisch. Er sah sich noch einmal gründlich um, ob er nichts übersehen oder vergessen hatte. Anschließend machte er sich auf die Suche nach dem Geld.

Es steckte nicht in dem Kopfkissen. Alles andere hätte ihn auch sehr gewundert. Er sah in und unter allen Schränken nach, leerte die Reisetaschen aus und klopfte die Wände sowie den Fußboden ab. Er fand nichts. Als die Zeit allmählich knapp zu werden begann, nahm er seufzend sein Cape, den Zylinder und den goldgefüllten Handkoffer. Dann stieg er hinunter in den Keller. Am liebsten hätte er die Baracke angezündet, aber das war leider nicht möglich. Der Graf machte sich Sorgen. Er wusste von der Tücke des Objekts. Immer ging irgendetwas schief. Von der Anwesenheit seines schlimmsten Feindes in der Stadt ahnte er noch nichts.

[1] Musik: Eugen Philippi, Text: Oskar Klein

[2] Palytoxin ist ein Gift, das von Weichkorallen im Pazifischen Ozean aus gefressenem Plankton extrahiert wird.

[3] Ein kleinlicher, pedantischer Kritiker, so genannt nach dem Schreiber Sixtus Beckmesser in Richard Wagners Oper *Die Meistersinger von Nürnberg*.

Totenwache

Aus den Aufzeichnungen von Dr. Watson.

05.10.1913, Berlin

Inspektor Lützendorf holte uns am Völkerkundemuseum mit einem dunklen Daimler-Kastenwagen ab, dessen einzige Zierde aus vier weißen Reifen bestand. Es gab auch keine äußerlich erkennbaren Merkmale, die auf seine Verwendung als Polizeiauto hingewiesen hätten. Der Führerstand war seitlich offen und lag ziemlich hoch. Für zwei Personen schien er mir recht schmal geraten zu sein. Doch glücklicherweise musste ich nicht vorne sitzen.

Der Chauffeur wurde nur durch ein gerades Dach und eine zweigeteilte Windschutzscheibe vor Wind und Wetter geschützt.

Wir kletterten hinten zum Kabuff eine Leiter hoch und setzten uns drinnen auf harte Holzbänke. Die Fahrt begann. Hinter den vergitterten Fenstern huschte die Gegend an uns vorbei. Das einfache Automobil bot für uns Passagiere keinerlei Komfort. Es fehlten sogar die Aschenbecher.

Der Inspektor Lützendorf bemerkte meinen prüfenden Blick und erläuterte: »Dieser Kraftwagen ist als Gefangenentransporter konzipiert worden. Für die Beförderung von unbescholtenen Personen wie Sie und mich kommt er sehr selten zum Einsatz. Wir wollten heute nur keine Zeit verlieren. Anderenfalls hätte ich selbstverständlich eine komfortable Limousine bestellt. Aber für die kurze Wegstrecke wird es schon gehen.«

Ich nickte zustimmend. Im Afghanistankrieg hatte ich ganz andere Transportmittel erdulden müssen. Beispielsweise nach meiner schweren Verwundung bei der Schlacht von Maiwand. Mein Bursche Murray hatte eine behelfsmäßige Rutsche zusammengebastelt, mich daraufgelegt und meilenweit hinter seinem Pferd hergeschleift. Jeder Stein, der dort auf dem Weg lag (und in diesem öden und kargen Land herrschte an Steinen wahrlich kein Mangel), war mir schmerzhaft in Erinnerung geblieben.

Doch zurück in die Berliner Gegenwart. Hinter unserem Kastenauto fuhren zwei vollbesetzte, schwarze Daimler-Mannschaftswagen. Von den Aufbauten und der äußeren Ansicht her ähnelten sie unserem Fahrzeug. Sie waren nur etwas breiter und wesentlich länger. Die Laster knatterten und rappelten, rumpelten und klapperten. Das war – neben der mangelhaften Federung dieser mehr als ungeschlacht wirkenden Vehikel - den schlechten Berliner Straßenverhältnissen geschuldet. Im gesamten Stadtgebiet gab es noch sehr viele unbefestigte Sandwege. Lediglich die großen Boulevards und die Chausseen ins Umland hatten glatte Straßendecken bekommen. Eine spezielle Berliner Eigenheit, die ich aus London so nicht kannte, war das weit verbreitete Holzpflaster. Es sollte die Geräusche dämpfen, die von den metallenen Radreifen verursacht wurden. Auf Betonunterlagen waren Klötze aus schwedischer Kiefer verlegt worden. Doch die Haltbarkeit des Holzes ließ zu wünschen übrig. Überall gab es kleinere und größere Absperrungen, hinter denen geschäftige Arbeiter Reparaturarbeiten ausführten. Im Prinzip war das gesamte Stadtgebiet eine einzige große Baustelle. Für den Fußgänger- und Fahrzeugverkehr brachte das mancherlei Beschwernisse und Umwege mit sich. Überall wurden Leitungen verlegt, U-Bahn-Tunnel gegraben und Häuser abgerissen. So wie es aussah, war in den nächsten Jahren kein Ende der Arbeiten zu erwarten.

Am Ende der Königgrätzer Straße überquerten wir den Blücherplatz und hielten uns weiter in südöstlicher Richtung.

Holmes fragte den Kommissar: »Soviel ich weiß, liegt Rixdorf hinter der Stadtgrenze. Gibt es da keine Kompetenzstreitigkeiten mit den örtlichen Behörden?«

»Ach was, es liegt eindeutig ein Notfall vor«, erwiderte Herrmann Rausert. »Außerdem sind die Kleinstadtkollegen froh, wenn wir ihnen die Arbeit abnehmen.«

Holmes produzierte sich nun als Stadtbilderklärer, obwohl er (ebenso wie ich) noch zuvor in dieser Gegend gewesen war. »Das dort drüben ist die Evangelische Garnisonskirche[1]«, sagte er zu mir und wies auf ein monumentales Gebäude im neugotischen Stil. »Sie wurde eigens für das hier stationierte Militär errichtet.«

»Und genau gegenüber, also rechterhand, sehen Sie die Katholische Garnisonskirche[2]«, ergänzte der Kriminalkommissar. »Sie ist als Basilika im rheinisch-romanischen Stil konzipiert worden. 1906 hat ihr Papst Pius X. den Ehrentitel einer *Basilica Minor*, also den einer bedeutenden Kirche, verliehen.«

Ich fand es bemerkenswert, dass sich auch Gotteshäuser mit einem besonderen Prädikat schmücken durften. Allerdings war mir nicht ganz klar, wie sie die Freude über diese Auszeichnung nach außen hin zum Ausdruck brachten.

Die rasende Fahrt ging noch eine Weile die Straße hinab, führte links und rechts um die Ecke, und schon waren wir am Ziel angelangt. Das Südtor der Eisfabrik stand sperrangelweit offen. Wir sausten hindurch und hielten kurz darauf vor einem völlig heruntergekommenen Gebäude. Der Beschreibung nach musste es das Versteck der Bande sein.

Die uniformierten Polizisten sprangen von den Lastkraftwagen, schwärmten aus und sicherten das Gelände. Die meisten waren mit kurzen Karabinern bewaffnet. Auch ein Hundeführer hielt sich bereit. Seine riesige, rehbraune Dogge mit stumpfer Schnauze und kurzem Fell zerrte voller Erwartung an der geflochtenen Leine. Das furchteinflößende Tier war recht passabel abgerichtet worden. Es hechelte zwar, bellte aber nicht. Alle Männer waren gut eingewiesen worden und wussten, was zu tun war. Da auch keine Kommandorufe ertönten, verlief die gesamte Aktion relativ ruhig. Lediglich das Trampeln der genagelten Stiefel und das Klappern von Metall war zu hören. Kurz darauf trat Stille ein.

Links und rechts der gepflasterten Werksstraße war der Boden aufgeweicht und matschig. Eine Reihe von deutlich sichtbaren Fahrspuren verriet uns, dass hier eine zweiachsige Kutsche gewendet und angehalten hatte. Wie lange, ließ sich nicht sagen. Auf jeden Fall war sie den gleichen Weg zurückgefahren, den sie hinzu genommen hatte.

Nicht nur ich, auch der Kriminalkommissar betätigte sich als Fährtenleser. »Wir haben Pech«, meinte er enttäuscht. »Die Vögel sind bereits ausgeflogen. Es kann noch nicht lange her sein, denn die Furchen sind noch ganz frisch. Sie beginnen sich erst langsam mit Wasser zu füllen.«

»Erlauben Sie bitte, dass ich Ihnen widerspreche«, sagte Holmes. »Es war ein Einspänner mit einem kurzen Radabstand, der hier vorgefahren ist. Er hat nur einen kleinen Wendekreis. Ich tippe deshalb auf einen *Spider Phaeton*. Auf der Kutscherbank kommen bei einem solchen Gefährt ganz bequem zwei Personen von normaler Statur unter. Aber auf den schmalen Rücksitz passen bloß zwei schlanke Menschen, und das auch nur mit großer Not. Insofern hätte die gesamte Bande zwar mit der Kutsche flüchten können, aber nur dann, wenn von ihr diese Unbequemlichkeiten in Kauf genommen und alle Gepäckstücke zurückgelassen worden wären. Für eine überstürzte Flucht gab es jedoch keinen Grund. Die Verbrecher konnten nichts von dieser Razzia wissen. Doch das ist noch nicht alles. Wenn wir die ankommenden Radspuren mit denen vergleichen, die von der Baracke wegführen, können wir auf den ersten Blick feststellen, dass die Eindrücke gleich tief sind. Die Kutsche war bei ihrer Abfahrt also nicht schwerer beladen, als bei ihrer Anfahrt. Die Fußabdrücke, die wir dort im morastigen Boden sehen und die ein Stück in nördlicher Richtung hin zu den Abfallbergen verlaufen, sprechen dieselbe Sprache. Sie stammen von einer einzelnen Person. Sehen Sie dort, da ist der Kutscher abgestiegen. Er trägt schmale Stiefeletten von der Größe 3 1/2. Seine Füße sind mit neun Inch recht klein geraten. Er ist nicht tief eingesunken. Daraus folgt zusammengefasst, dass er schmächtig, mittelgroß und zirka zehn Stone[3] schwer sein dürfte. Wenn es sich nicht eindeutig um Männerschuhe handeln würde, könnte sogar Gudrun Belmicke die Abdrücke verursacht haben. Aber so deutet alles auf den unbekannten Auftraggeber hin. Er hat es nicht eilig gehabt, wegzukommen. Er war nicht auf der Flucht. Die Radspuren in Richtung Ausgang verlaufen nahezu schnurgerade, und das Pferd ist im Schritt gegangen.«

»Was bedeuten würde, dass die Bande drinnen auf der Lauer liegt und uns bereits ins Visier genommen hat«, stellte ich erschaudernd fest.

»Ich nehme an, dass die Einbrecher bereits ein für allemal ausgesorgt haben. Unabhängig davon werden sie keinesfalls auf uns schießen. Wenn sie das hätten tun wollen, wäre von ihnen der Überraschungsmoment ausgenutzt worden. Sehen Sie sich um. Unsere Umgebung spricht eine deutliche Sprache. Das Werktor stand offen, als wir kamen. Weshalb? Weil es keinen Grund mehr gibt, Unbefugte vom Eindringen auf das Gelände abzuhalten. Ich fürchte, wir werden gleich eine unangenehme Überraschung erleben. Aber sie wird gänzlicher anderer Art sein, als deine Befürchtungen dir sagen, mein lieber Watson.«

Der Hundeführer fragte den Kommissar, ob er die Dogge nach einem Eingang in die Baracke suchen lassen solle. Herrmann Rausert winkte ab. Er war inzwischen zu der gleichen Ansicht wie Holmes gelangt. Er wies zwei seiner Männer an, einen Rammbock zu bringen. Die Polizisten gingen zum vorderen Lastkraftwagen. Sie zogen einen schweren, hölzernen Stempel von der Ladefläche und schleppten ihn an großen Lederschlaufen bis zu der Ziegelsteinmauer. Sie hoben den Prellbock an und ließen ihn vor dem Eingang der Baracke gegen die Wand krachen. Sie zerbarst gleich beim ersten Schlag. Die Steine polterten zu Boden. Ein zweite Hieb zertrümmerte die Holztür dahinter.

Der Kommissar hob warnend die rechte Hand. Mehrere Polizisten zielten mit ihren Karabinern auf den Durchgang. Herrmann Rausert rief mit lauter Stimme: »Hier spricht die Polizei. Ihr seid umzingelt. Kommt mit erhobenen Händen heraus, wenn euch euer Leben lieb ist. In zwei Minuten eröffnen wir ohne jede weitere Warnung das Feuer. Wir haben ein schweres Maschinengewehr dabei. Das verwandelt die Bruchbude im Nullkommanichts in ein löchriges Sieb.«

Nichts geschah. Im Inneren der Baracke blieb alles still. Ein Polizist leuchtete mit einer starken Blendlaterne in das dunkle Loch. Der Ziegelstaub reflektierte das Licht. Niemand bewegte sich.

»Also gut«, sagte der Kommissar zu uns und zückte einen Revolver. »Der Inspektor und ich bilden die Vorhut. Sie folgen mir erst, wenn ich Sie rufe, verstanden! Wir wollen doch nicht, das hier jemand zu Schaden kommt.«

Wir nickten. Nach einer Weile erschien der Inspektor wieder im Freien und winkte. Er machte keinen zufriedenen Eindruck.

Holmes, der Professor und ich kletterten über den Schuttberg, der draußen vor der Tür lag. Drinnen konnten wir zunächst kaum etwas erkennen. Dann ging die Deckenlampe an. Auf dem Dielenboden lagen zwei Männer und eine Frau. Alle drei schienen tot zu sein.

Ich bückte mich und untersuchte die leblosen Körper. Meine intuitive Vermutung erwies sich als richtig. Keiner von ihnen lebte mehr. »Die Frau ist auf kurze Distanz erschossen worden, und zwar mitten in die Stirn«, stellte ich fest. »Die Kugel ist nicht wieder ausgetreten. Das deutet auf eine kleinkalibrige Waffe hin. Der Tod ist sofort eingetreten. Die beiden Männer wurden vergiftet. Ich tippe auf ein schnellwirkendes Nervengift. Alle drei Personen starben nahezu zum gleichen Zeitpunkt vor etwa einer Stunde. Es haben sich bereits blauviolette *Livores*[4] gebildet, und die Augenlider sind schon starr. Viel mehr Zeit als 60 Minuten kann allerdings nicht vergangen sein. Die Kaumuskeln an den Kiefern der Opfer und ihre Fingergelenke sind noch frei beweglich.«

Der Kommissar fragte: »Was könnte das für eine Waffe gewesen sein, mit der geschossen wurde?«

»Ich nehme an, der Mörder hat einen sogenannter *Gambler* verwendet. Das ist, wie Sie wissen, eine niedliche Faustfeuerwaffe für Berufsspieler«, antwortete Holmes. »Das lässt gewisse Rückschlüsse auf den Täter zu. Bei ihm handelt es sich um einen äußerst kaltblütigen Menschen, der gerne Risiken eingeht und außerdem ein ausgezeichneter Schütze ist. Die kleinen Taschenpistolen sind nicht sehr treffsicher, und sie wirken nur auf kurze Entfernung. Darüber hinaus ist ein *Gambler* in der Regel nur ein- oder zweischüssig.«

»Ja und?«, meinte ich. »Gleich der erste Schuss hat gesessen. Da ist es doch völlig unerheblich, ob die Waffe nur mit einer oder noch mit fünf weiteren Kugeln geladen war.«

Holmes schüttelte den Kopf. »Nein, der *Gambler* war nur für den Notfall gedacht. Der Mörder wollte alle drei Opfer vergiften. Aber ihm ist etwas dazwischengekommen. Nur zwei Beldonis sind sofort gestorben. Deshalb musste er improvisieren und die Frau erschießen.«

In diesem Moment stieß Professor Schuchhardt einen unkontrollierten Schrei aus. Der Museumsdirektor war weiß wie eine gekalkte Wand geworden. Aber nicht der grausame Tod der Artistenfamilie hatte ihn aus dem Konzept gebracht. Er wies auf den Tisch. Dort stand ein Petroleumkocher auf der Wachstuchtischdecke. In einer Halterung über dem Brenner steckte ein Schmelztiegel aus Quarzglas. Neben dem Petroleumkocher lagen eine eiserne Zange, ein Häufchen Salz[5] und eine zerbrochene Gussform aus Keramik. An ihren Rändern klebten winzige Reste, die golden schimmerten.

»Jetzt ist alles verloren«, rief der Professor aus. »Die Verbrecher haben den Schatz eingeschmolzen. Ich bin erledigt. Ich bin ruiniert. Ich kann mich aufhängen.«

Holmes legte ihm beruhigend die Hand auf die Schulter. »Regen Sie sich bitte nicht auf, mein lieber Freund. Noch haben wir die Schlacht nicht verloren. Der Schmelztiegel hat nichts zu bedeuten. Jemand will uns einen üblen Streich spielen.«

»Wie kommen Sie denn darauf?«

»Bei wie viel Grad schmilzt Gold?«

»Keine Ahnung.«

»Ich kann es Ihnen verraten, denn ich habe meine Karriere als Chemiker im Laboratorium des Londoner St. Bartholomew's Hospital begonnen. Der Schmelzpunkt von Gold beträgt 1947,2 Grad Fahrenheit beziehungsweise 1064 Grad Celsius. Er ist damit mehr als dreimal höher als der von Blei. Erst wenn diese enorme Temperatur erreicht wird, geht Gold vom festen in den flüssigen Aggregatzustand über. Berühren Sie bitte den Tiegel. Ist er warm?«

Professor Schuchhardt verneinte.

»Sehen Sie. Schieben Sie bitte den Petroleumkocher ein Stück beiseite. Hat sich die Wachstuchdecke an dieser Stelle verfärbt?«

»Nein, nicht im Geringsten.«

»Nächste Frage: Riecht es hier wie in einer Eisengießerei?«

»Keine Ahnung. Ich habe noch nie an einem Hochofen gestanden. Aber sicherlich nicht.«

»Eben. In der Luft ist lediglich ein leichter Korditgeruch von dem Pistolenschuss zurückgeblieben. Außerdem wurde eine Zigarette geraucht. Die Kippe liegt dort auf dem Boden.« Holmes bückte sich, hob den Stummel auf und steckte ihn in eine der kleinen Papiertüten, von denen er immer ein ganzes Arsenal mit sich herumtrug. »Der Einbruch geschah heute in den frühen Morgenstunden. Jetzt ist gerade erst mal Nachmittag. Die wenigen Stunden, die inzwischen vergangen sind, hätten wohl kaum dazu ausgereicht, um mit den Mitteln dieser primitiven Versuchsanordnung so viel Gold einzuschmelzen. Nein, der Unbekannte möchte Sie und uns in die Irre führen. Das hätte jedoch keinen Sinn, wenn er in näherer Zukunft vorhätte, den Schatz tatsächlich zu vernichten. Das wäre sozusagen die Negation der Negation. Sie können also noch hoffen, Herr Professor!«

»Wenn Sie es sagen.« Professor Schuchhardt schien von der Logik der Gedankengänge meines Freundes nicht sonderlich überzeugt zu sein. Mir jedoch leuchtete die Folgerichtigkeit dieser Schlussfolgerungen ein. Ich würde mir – einmal bildlich gesehen – auch kein feuchtes Handtuch um den Kopf wickeln, wenn ich fünf Minuten später sowieso in die Badewanne steigen wollte.

»Unabhängig davon scheint der Mörder etwas Wichtiges gesucht zu haben«, stellte der Kommissar mit einem Blick in das Zimmer fest. Sämtliche Reisetaschen waren ausgeleert worden. Ihr Inhalt lag über dem Boden verteilt. Alle Schranktüren standen weit offen. Die Schubladen waren herausgerissen und achtlos beiseite geworfen worden.

»Aber er hat es nicht gefunden. Er musste unverrichteter Dinge wieder abziehen«, ergänzte Holmes.

»Woher wollen Sie das wissen?«

»Weil er in seiner ganzen Verzweiflung sogar die Stühle umgeworfen und selbst das Polster vom Diwan aufgeschnitten hat. Er war auch im Keller, denn die Luke dort hinten steht offen.«

»Das sehe ich. Der Mörder hat überall nachgeforscht. Wir von der Polizei machen das ebenso.«

»Genau. Zuerst schauen Sie unter dem Bett und in den Spinden nach. Wenn die Sore dort nicht versteckt wurde, kommen der Teppich und der Kohlenkasten an die Reihe. Zum Schluss hacken Sie die Wände auf und reißen die Dielen heraus.«

Der Kriminalkommissar schaute sich prüfend um. »Hier hat der Täter die Mauern und den Fußboden in Ruhe gelassen. Lediglich dort hinten wurde ein Stück von der Holzverkleidung abgerissen.«

»Mein Beispiel war im übertragenen Sinne gemeint. Der Mörder hat irgendwann aufgegeben. Vermutlich stand ihm kein geeignetes Werkzeug zur Verfügung, um das gesamte Haus zu verwüsten. Oder er war in Eile. Halten wir uns an die Tatsachen. Die *Drei Beldonis* wollten vermutlich heute oder morgen die Stadt verlassen. Für diese Annahme spricht, dass sie bereits gepackt hatten. Sie befanden sich auf dem Sprung. Demzufolge muss ihr wertvollstes Hab und Gut jederzeit griffbereit gewesen sein. Sie konnten es weder draußen vergraben, noch im Fundament einmauern. Nein, ich denke, sie haben es gemacht, wie es von Edgar Allan Poe in seiner Geschichte *Der entwendete Brief* beschrieben wurde: Am besten lässt sich eine Sache dort verbergen, wo sie jeder sieht.«

»Dann sollten wir noch intensiver als der Mörder danach suchen«, meinte der Kommissar. »Vielleicht enthält die Hinterlassenschaft einen Hinweis auf den Auftraggeber und damit auf den Verbleib des Goldschatzes. Wenn es sein muss, können wir die gesamte Baracke bis auf die Grundmauern abtragen.«

»Davon bin ich überzeugt«, antwortete mein Freund. »Doch ich bin gegen die Logik des Satzes: Weshalb einfach, wenn es umständlich auch geht.«

Wir alle sahen uns im Raum um und warteten auf eine Eingebung. Eine Bodenluke gab es nicht. Die Stubendecke war ringsum ordentlich tapeziert. »Sehr häufig werden Sachen, die versteckt werden sollen, an die untere Seite von Schubladen geklebt oder unterhalb der Sitzflächen von Stühlen befestigt«, steuerte ich mein kriminalistisches Fachwissen bei.

»Diese Idee hatte der Mörder bereits«, erklärte der Kriminalkommissar und wies auf die am Boden liegenden Schubladen und die umgeworfenen Stühle.

Trotzdem kroch ich auf allen Vieren unter den Tisch und betrachtete die Platte von unten. Aber dort gab es nichts zu sehen.

»Warm, Watson, sehr warm«, meinte Holmes spöttisch.

»Wie bitte?«, fragte ich und tauchte einen Moment zu früh auf. Ich stieß mir meinen Kopf schmerzhaft an der Kante. Mir war leicht schwindlig, als ich wieder auf die Beine kam. Der Inspektor stützte mich von hinten. Glücklicherweise lief kein Blut. Fremdes Blut, auch das von Toten, kann ich vertragen. Aber eigenes mag ich nicht so gerne sehen.

»Voilà«, rief Holmes und zog wie ein Zauberkünstler mit einem Ruck die Wachstuchdecke vom Tisch. Der Trick gelang. Sämtliche Gegenstände blieben stehen. Nichts fiel herunter. Dennoch machte mein Freund ein verblüfftes Gesicht. Es gab nämlich nicht das Geringste zu bestaunen. Eine ganz normale Tischplatte war zum Vorschein gekommen. Sie schien von bester Qualität zu sein. Bis auf einen schmalen Rand war sie mit grünem Linoleum überzogen worden. Das sah sehr hübsch aus.

Aber Holmes ließ sich nicht so schnell ins Bockshorn jagen. Er zog sein Messband hervor und maß den Abstand der oberen Tischkante bis zum Fußboden. »Der Tisch ist zwei Inch höher als das Normalmaß von 31,5 Inch«, erklärte er. »Ihr merkt es sofort, wenn ihr euch auf die Stühle setzt. Dafür muss es einen Grund geben. Schließlich waren die Beldonis keine Riesen, sondern von ihren Körpergrößen her normale Leute. Weshalb sollten sie sich freiwillig an einen Tisch setzen, an dem sie nicht ganz bequem die Ellenbogen aufstützen konnten?« Er wandte sich zum Kommissar. »Helfen Sie mir bitte. Wir wollen versuchen, die Tischplatte herunterzunehmen.«

Die beiden packten zu, hoben die Platte an und stellten sie seitlich ab. Nun war klar, weshalb die Kante zu hoch gewesen war: Eine zweite, normal hohe Tischplatte kam zum Vorschein. Ein geschickter Handwerker hatte ringsum am Rand Leisten angeschraubt, auf denen dann die obere Tischplatte ruhte. In dem Hohlraum lag das Familienvermögen der *Drei Beldonis* verborgen: Zusammengeraubte Banknotenbündel, Goldmünzen und Schmuck. Private Briefe oder Aufzeichnungen befanden sich nicht darunter.

Der Professor untersuchte das Geschmeide Stück für Stück. Von dem vermissten Goldschatz war nichts dabei.

»So, unsere Arbeit ist getan«, sagte der Kriminalkommissar. »Um alles Weitere kümmern sich der Inspektor und der Rest meiner Leute. Haben Sie Hunger? Wenn ja, dann kommen Sie bitte mit mir. Ich kenne ein passables Wirtshaus hier ganz in der Nähe.«

[1] Sie wurde 1893 bis 1897 nach Entwürfen von Ernst August Rossteuscher gebaut.

[2] Der Architekt war der Baurat August Menken, die Einweihung erfolgte gemeinsam mit der Evangelischen Garnisonskirche am 08.05.1897 in Gegenwart des Kaiserpaares.

[3] Ein Stone entspricht 6,35 Kilogramm.

[4] Leichenflecke, sie entstehen durch schwerkraftbedingtes Absinken des Blutes in den Gefäßen eines Toten.

[5] Salze werden benötigt, um die Schmelze flüssiger zu machen.

8. Kapitel

Polizeispitzel

»Das ist mein Freund Dr. Watson, vor dem Sie genauso frei sprechen können, wie vor mir.«

Arthur Conan Doyle, *Eine Frage der Identität*

Kneipengespräche

Aus den Aufzeichnungen von Dr. Watson.

05.10.1913, Berlin

Meine goldene Savonnette zeigte drei Uhr am Nachmittag an, als uns der Kriminalkommissar zum verspäteten Mittagessen in eine einfache Schankwirtschaft führte. Sie befand sich ganz in der Nähe, und zwar in der Thüringer Straße, die schräg gegenüber vom Eiswerk auf der Nordseite vom Bahnhof Rixdorf verlief. Wir gingen das kurze Stück zu Fuß. Die Kneipe nahm die gesamte untere Etage von einem schlichten, vierstöckigen Gebäude ein. Dem wenig begüterten Bauherrn war aber wohl daran gelegen gewesen, irgendein I-Tüpfelchen zu setzen. So hatte er zum Zwecke der Zierde in halber Höhe des Hauses einen schmiedeeisernen Stehbalkon anbringen lassen, der nun wie die Nase in einem übergroßen Gesicht wirkte. Die Fenster links und rechts waren die Augen, und eine Reklametafel, die sich unterhalb des Balkons über die gesamte Vorderfront zog, stellte den Mund dar.

Ich las laut vor: »*Malzbierhaus & Restaurant Mathias Plassmann*«. Ich wusste beim besten Willen nicht, was ein Malzbierhaus sein könnte, aber ich wollte auch nicht extra danach fragen.

Der Eingang war rechts. Dahinter befand sich ein kleines Vestibül. Eine Schwingtür führte in den Gastraum. Er war langgestreckt und in kleinere Segmente unterteilt. Schmiedeeiserne Säulen stützten die Decke ab. An den Wänden standen schwarzgestrichene Bänke mit gleichfarbenen Tischen und Stühlen davor. Tischdecken und Blumenschmuck gab es nicht. Auf dem hölzernen Fußboden lagen dunkelbraune Sägespäne. Es roch nach Bohnerwachs, billigem Knaster und saurem Bier. Eine Handvoll Gäste drückte sich in den Ecken herum. Der Wirt war groß und dick. Er trug ein gestreiftes Hemd ohne Kragen und eine schmierige Lederschürze. Mit viel Pomade hatte er die letzten ihm verbliebenen Haarsträhnen an seinem eiförmigen Kopf festgeklatscht. Sein wabbeliges Kinn ging direkt in den aufgeblähten Hals über.

»Darf ich vorstellen: Das ist mein alter Freund Mathias«, sagte der Kommissar. »Jahrelang war er einer meiner besten Kunden. Nun, auf seine alten Tage, ist er sesshaft geworden und übt einen ehrenwerten Beruf aus. Nicht wahr, Matze, altes Haus?«

Der Angesprochene war gerade mit dem Gläserspülen beschäftigt gewesen. Er trocknete seine Hände an einem Handtuch ab, dessen ursprüngliche Farbe sich nicht mehr erraten ließ, und stieß ein bejahendes Grunzen aus.

»Die Herrschaften wollen speisen. Was kannst du uns heute empfehlen?«

Matze glotzte uns an wie ein Fisch auf dem Trocknen. »Na dit, wat et imma jibt. Kalte Knacka mit Brot oda warme Knacka mit Salat. Rollmops, kaltet Schnitzel, Salzjurken, Bouletten un Blutwurscht mit Kartoffelbrei.«

Ich fand weder die Restauration besonders einladend (ein gemütlicher Londoner Pub mit Messingzierrat und bequemen Ledersesseln am Kamin wäre mir lieber gewesen), noch weckten die angebotenen Speisen bei mir den Appetit. Ich schaute mich um und ließ meinen Blick schweifen. Am linken Tresenrand entdeckte ich einen hohen Glaskasten, in dem auf zwei Etagen panierte Bratheringe und mehrere Eier ein trauriges Dasein fristeten. Mir kam eine Idee.

»Guter Mann, können Sie auch ein Omelett mit Zwiebeln und Speck zubereiten?«, fragte ich den Wirt und deutete auf die ausgestellte Ware.

»Ne, dit jeht janisch. Dit sin Soleier.«

Auch mit diesem Begriff konnte ich nichts anfangen. Ich blickte verständnislos zum Kommissar.

»Was denn, Doktor Watson«, sagte er. »Sie kennen diese weltberühmte Berliner Spezialität noch nicht? Dann wird es aber höchste Zeit. Und wie ist es mit Ihnen, Holmes? Nun gut, dann je drei Soleier für die beiden Herrschaften hier, komplett, mit allem Pipapo. Ich nehme *Tote Oma*. Sie auch, Herr Professor? In Ordnung. Dazu hätten wir gern vier Mollen mit Strippe.«

Wir setzten uns an einen Tisch ganz hinten in der Ecke, um von dem übrigen Publikum nicht gestört zu werden. Von den Eiern erwartete ich nichts Gutes, aber ich war gespannt, was für Getränke uns serviert werden würden. Bekanntlich bedeutet nämlich *moll* in meiner Heimatsprache *Gangsterbraut* oder *Nutte.*

Aber keine derartigen Überraschungen wurden aufgetafelt. Der Wirt brachte stattdessen vier Gläser Bier und ebenso viele kleine, weiße Schnäpse. »Ein Gentleman pflegt vor Sonnenuntergang keine geistigen Getränke zu sich zu nehmen«, protestierte ich pikiert und schränkte ein: »Es sei denn, es wäre ein Glas Whisky.«

»Und da tut er gut daran, der feine, englische Landlord«, antwortete der Kommissar vergnügt. »Aber glücklicherweise zählt bei uns eine Molle mit Korn nicht als Alkohol, sondern zu den Grundnahrungsmitteln. Prösterchen!« Der scharfe Schnaps nahm mir fast den Atem, aber das kühle Bier hinterher schaffte sofort Erleichterung. Langsam stieg mein Stimmungsbarometer wieder. Ich sah mich um. Hinter mir an der Wand hing ein vergilbtes Extrablatt vom 26. Oktober 1906. Unter der Überschrift *Cöpenicker Dampfboot* stand:

Der Cöpenicker Kassenräuber verhaftet! Wolff's Telegraphen-Bureau meldet uns um 10 Uhr vormittags: Die Berliner Kriminalpolizei nahm heute früh den Cöpenicker Kassenräuber in der Langenstraße im Osten Berlins fest. Es ist ein vielfach mit Zuchthaus vorbestrafter Schuhmacher namens Voigt aus Tilsit.

Ich konnte mich dunkel an den Fall erinnern. Das war genau zu jener Zeit gewesen, als wir auf den besonderen Wunsch meiner werten Frau Gemahlin über den Kanal nach Paris reisten, um uns in der *Grand Opéra* an der Uraufführung von Jules Massenets Oper *Ariane* zu delektieren. Von dem Inhalt hatte ich nicht viel mitbekommen, weil ich bereits im ersten Akt sanft entschlummert war. Das Phantom der Oper konnte uns nicht über den Weg laufen. Es war zu dieser Zeit noch nicht erfunden worden.[1] Aber als wir nach dem Ende der Vorstellung noch ein wenig in den Parkanlagen am Eiffelturm flanierten, boten Zeitungsjungen Extraausgaben vom *Le Figaro* feil, in denen es ausschließlich um den *Hauptmann von Köpenick* bei den *Boches*[2] ging.

Der Wirt holte mich in die Gegenwart zurück. Holmes und ich wurden zuerst bedient. Vor mir lagen drei Eier und etwas dunkles Backwerk auf dem Teller. Dazu gab es Näpfchen mit Salz, Pfeffer, Öl, Essig und Senf. Ich wusste nicht, was ich damit anfangen sollte.

Der Kommissar erklärte mir, was ich mir da Schönes bestellt hatte: »Die Eier werden hartgekocht und anschließend vorsichtig angeknackt, damit die Schalen feine Risse bekommen. Auf diese Weise präpariert kommen sie in einen heißen Sud aus Salzwasser, Kümmel, Pfeffer und Zwiebeln. Sie bleiben darin eingelegt und müssen mindestens eine Woche lang ziehen. Gegessen werden sie folgendermaßen ...«

Zu Demonstrationszwecken pellte er ein Ei. Es roch noch nicht faulig, sah aber wenig appetitlich aus. Die leichenfarbene Oberfläche wirkte wie marmoriert. Ähnliche Verwandlungsprozesse kannte ich aus dem Seziersaal. Herrmann Rausert nahm ein Alpaka-Messer und halbierte das Ei. Das Eigelb hatte sich blaugrün verfärbt. Er entfernte es vorsichtig, damit es nicht zerbröselte. In die Mulde träufelte er etwas Essig und Öl, salzte und pfefferte das Ganze, gab einen Klecks Senf dazu und setzte das Eigelb oben als Deckel auf. Die gesamte Hälfte ließ er mit einem einzigen Happs in seinem Mund verschwinden. Glücklicherweise bekam er keine Maulsperre.

Meine Skepsis wuchs. Trotzdem folgte ich mannhaft seinem Beispiel, wenn auch äußerst widerstrebend. Dann passierte es: Ich riss die Augen sperrangelweit auf. Nicht vor Entsetzen, sondern vor Erstaunen. Der Geschmack war unbeschreiblich. Er reizte sämtliche Sinne. Eine solche Köstlichkeit hatte ich schon lange nicht mehr genossen. Meine Geschmacksknospen erblühten. Ich biss ein kleines Stück von dem Brötchen ab und schüttete das nächste Glas Bier gleich komplett hinterher.

Meine gute Laune wirkte ansteckend. Nur der Professor machte weiterhin ein sorgenvolles Gesicht.

Die *Tote Oma* entpuppte sich als eine Art zermatschter und aufgewärmter *Black Pudding*. Dazu wurden Stampfkartoffeln gereicht. Mit meinen Eiern hatte ich auf jeden Fall die bessere Wahl getroffen. Ich bestellte mir gleich noch eine zweite

Portion. Holmes hingegen verzog keine Miene. Er verspeiste seine drei Exemplare völlig gleichmütig und ohne jegliche Euphorie. Alles andere hätte mich auch sehr gewundert.

Als wir schließlich alle vier gesättigt waren, begannen wir über den Fall zu sprechen.

»Die Sache ist nun durch die drei Morde viel komplizierter geworden, als anfänglich zu erwarten gewesen wäre«, gab der Professor zu bedenken. »Was können wir tun, damit Ihr Dezernat den Fall behalten darf und ihn nicht komplett an die Mordkommission abgeben muss?«

»Sie müssen Ihren politischen Einfluss geltend machen, Herr Professor. Rufen Sie den Polizeipräsidenten an. Er kann ohne Weiteres die entsprechenden Anordnungen geben«, schlug der Kommissar vor.

»Falls Sie keinen Erfolg haben sollten, Professor, geben Sie mir bitte Bescheid«, sagte Holmes. »Der Direktor von unserem Hotel, Herr Lorenz Adlon, hat mir seine Hilfe angeboten. Wie es scheint, verfügt er über allerbeste Kontakte. Nun wäre es an der Zeit, eine Gefälligkeit von ihm einzufordern.«

»In Ordnung«, meinte der Professor. »Ich werde den Polizeipräsidenten gleich morgen um eine Audienz bitten. Der Hinweis darauf, dass seine Majestät sicherlich ungehalten reagieren könnte, wenn die für den 20. Oktober geplante Ausstellungseröffnung abgeblasen werden muss, wird ihn sicherlich gnädig stimmen.«

»So, das wäre geregelt«, meinte Herrmann Rausert. »Ich melde mich, falls es Schwierigkeiten geben sollte. Was wollen wir in der Sache weiter unternehmen?«

»Der Schlüssel liegt eindeutig in den Eiswerken, weil dort das Versteck der Bande war«, äußerte sich Holmes. »Wir müssen wissen, wer der Besitzer ist. Er hat den Schurken Unterschlupf verschafft.«

»Moment mal«, sprach der Kriminalkommissar und erhob sich. »Wir sitzen doch direkt an der Quelle. Ich werde meinen Freund Matze fragen. Er weiß es ganz bestimmt. Barbiere, Gastwirte und Friedhofsbestatter kennen die meisten Geheimnisse.« Er stand auf und ging zum Tresen.

Nach einer guten Viertelstunde kehrte er mit einem Tablett voller Getränke zurück. »Der gute Herr Plassmann hat sich ein wenig zickig angestellt. Aber nachdem ich ihn an unsere lange Freundschaft erinnert hatte, wurde er doch noch gesprächig. Die Eiswerke sind dieses Jahr in Konkurs gegangen. Anschließend wurden sie von einer Investorengruppe aufgekauft. Der Wirt kennt die Namen aller Gesellschafter. Ich habe sie mir notiert und werde so schnell wie möglich einen nach dem anderen überprüfen lassen.«

Er zeigte uns einen Zettel. Auf ihm stand vermerkt:

- Max Neffmann
- Victor Kachter
- Florian Roner
- Gustav Hahn
- Erich Zimmermann
- Waldemar Stein
- Philipp Hommer
- August Julter

Der Professor konnte mit keinem einzigen Namen etwas anfangen, und wir erst recht nicht. Holmes bemerkte lediglich: »Es ist merkwürdig, dass niemand einen akademischen Grad hat oder einen Adelstitel führt. Das kann kein Zufall sein. Das ist untypisch für ein Land, in dem es vor hohen Rängen nur so wimmelt und in dem das Dreiklassenwahlrecht[3] gilt.«

»Die erste Antwort kann ich bereits geben. Der Wirt sagte mir, dass es sich um ein reines Spekulationsgeschäft handelt.

Die bankrotte Eisfabrik stand billig zum Verkauf. August Julter ist ein Studiosus der Jurisprudenz. Er hat davon Wind bekommen und wollte den großen Reibach machen. Sein Plan war: Für einen Spottpreis einsacken, kurze Zeit halten und dann teuer abstoßen. Solche Geschäfte sind in letzter Zeit groß in Mode gekommen. Sie funktionieren aber nur bei solchen Leuten, die das nötige Startkapital besitzen und eine Durststrecke überstehen können. August Julter hingegen ist arm wie eine Kirchenmaus. Deshalb hatte er unter den Studenten in seiner schlagenden Verbindung ein Investorenteam zusammengetrommelt. Es sind alles grüne Jungs, die noch die Schulbänke drücken und von Tuten und Blasen keine Ahnung haben. Die meisten Burschen mussten sich das Geld von ihren Eltern borgen. Sie stecken nun bis zum Hals in Schwierigkeiten. Die Produktion will nicht in Gang kommen, und ein neuer Käufer ist nicht in Sicht«, berichtete der Kommissar. »Spätestens übermorgen stehen mir weitere Informationen zur Verfügung, und ich kann mit den acht Lebensläufen dienen.«

»Es gibt noch etwas, was Sie überprüfen müssen, und zwar die Liste aller Einbrüche, die auf das Konto der *Drei Beldonis* gehen. Wir benötigen die Aussagen sämtlicher Opfer. Es muss eine Verbindung zwischen ihnen geben. Ihre Leute sollen sie noch einmal gründlich befragen und nach möglichen Querverweisen suchen.«

»Auch das sollte kein Problem darstellen, sobald der Polizeipräsident der Sache oberste Priorität eingeräumt hat. Dann bekomme ich genügend fähige Leute zugeteilt.«

»Noch eine letzte Frage«, sagte Holmes. »Wie hieß der Informant, der Ihnen den Tipp mit der Baracke im Eiswerk gegeben hat? Steht sein Name mit auf der Investoren-Liste?«

»Nein, unser Gewährsmann hat mit den Spekulanten nichts zu schaffen. Bei ihm handelt es sich um einen alten Bekannten. Er heißt Paul Schauder. Er arbeitet als Zuhälter und Hehler. Wir schützen ihn, weil er uns regelmäßig mit geheimen Berichten beliefert. Bis jetzt hat er mit seinen Informationen jedes Mal ins Schwarze getroffen. Er ist sein Geld wert.«

»Wo können wir ihn finden?«, wollte Holmes wissen. »Bei diesem Herren handelt es sich offensichtlich um eine interessante Persönlichkeit. Ich würde ihn gerne näher kennen lernen. Vor allem will ich wissen, wer ihm das Geheimversteck verraten hat.«

»Das ist leider völlig unmöglich. Unser Geschäft beruht auf Gegenseitigkeit. Paul Schauder sagt uns nur das, was er verraten kann, ohne sich selbst zu gefährden. Wir können ihn nicht unter Druck setzen, weil dann unsere Quelle sofort versiegen würde.«

»Dann ist er ja bei uns in den besten Händen«, meinte Holmes vergnügt. »Wir kommen als Privatleute zu ihm. Uns wird er kaum eine Bitte abschlagen können, nicht wahr, mein lieber Watson? Dein bleigefüllter Spazierstock eignet sich vortrefflich als unkonventionelles Überzeugungsmittel. Außerdem werden wir ihm auf keinen Fall verraten, wer uns zu ihm geschickt hat.«

»Also von mir aus. Sie lassen mir keine andere Wahl. Aber ich tue es nur ungern. Und ich habe noch etwas gut bei Ihnen.«

»Versprochen. Sobald wir den Fall gemeinsam gelöst haben, können Sie den gesamten Ruhm einheimsen.«

»Sie finden Paul Schauder in der Spandauer Vorstadt im sogenannten Scheunenviertel.«

»Was soll das sein?«, fragte ich.

»Berlin ist nicht nur eine Metropole, sondern auch ein großes Dorf mit Tausenden Pferden, Kühen, Schweinen und Hühnern. Für die Futtermittel werden Scheunen benötigt.

Aber sie brennen leicht nieder und lösen Großfeuer aus. Aus Gründen des Brandschutzes wurden im 17. Jahrhundert sämtliche Scheunen im Stadtgebiet geschlossen. Nördlich vom Viehmarkt, der heute Alexanderplatz heißt und außerhalb der Stadtmauer lag, schossen die neuen Scheunen wie Pilze aus dem Boden. In ihnen und in notdürftigen Katen daneben hausten die Landarbeiter. Später kamen ostjüdische Einwanderer und noch später zahlreiche Arbeiter aus ganz Deutschland hinzu. Die Scheunen wurden meistenteils abgerissen und machten billigen Mietskasernen Platz. Große Familien hausen dort in winzigen Wohnungen und vermieten ihre Bettstellen stundenweise an Schlafburschen. Das Scheunenviertel ist das dreckigste und gefährlichste Pflaster Berlins. Es besitzt die größte Bevölkerungsdichte und weist die höchste Kriminalitätsrate auf. Der Magistrat hat deshalb beschlossen, das gesamte Gebiet abzureißen. Aber Sie wissen ja, wie das mit großen Ideen ist. Die Sanierungsarbeiten sind noch nicht sehr weit gediehen.«

»Nun gut, Gefahr ist unser Geschäft«, meinte ich. Das war mehr als tollkühn und unzweifelhaft auf die drei Lagen *Molle mit Strippe* zurückzuführen. »Aber wie sollen wir in diesem Chaos einen einzelnen Mann finden, von dem wir kaum mehr als den Namen kennen?«

Der Kriminalkommissar lächelte sehr finster. »Weil Sie ihn nicht verfehlen können. Er ist eine bemerkenswerte Persönlichkeit, der seinen Namen völlig zu Recht trägt. Wer Paul Schauder begegnet, den schaudert es: Ein Rasiermesser hat ihm die linke Wange von unten nach oben bis auf die Knochen aufgeschlitzt. Die Wunde wurde schlecht versorgt. Sie hat sich entzündet. Paul Schauder überlebte die Infektion um Haaresbreite. Aber er hat eine sehr unschöne Narbe zurückbehalten. Sie bringt seine Wesenszüge perfekt zum Ausdruck, denn er ist ein äußerst hässlicher Mensch: Vom Äußeren, vom Charakter und vom Benehmen her. Also seien Sie bitte vorsichtig, wenn Sie ihm gegenübertreten. Er ist mit dem Messer genauso schnell wie mit dem Totschläger oder mit dem Revolver.«

»Wir werden aufpassen. Gibt es eine Adresse?«

»Die meiste Zeit des Tages hält er sich im Hinterzimmer der *Mulackritze* auf.«

»Darunter kann ich mir nichts vorstellen. Was soll das bedeuten?«, wollte Holmes wissen.

»Entschuldigen Sie bitte. Ich vergaß völlig, dass Sie sich bei uns kaum auskennen. Mitten durch das Scheunenviertel verläuft die Mulackstraße. Dort steht ein Bordell neben dem anderen. Auf dem Trottoir sind mehr Allerweltsliebchen und Luden unterwegs als normale Bürger. Die Hausnummer 15 beherbergt *Sodtke's Restaurant*. Der Name ist völlig irreführend. Kaschemme wäre die richtige Bezeichnung. Gegen *Sodtke's Restaurant* ist dieses Lokal, in dem wir uns justament aufhalten, ein exquisiter Nobelschuppen. Die wüste Stampe im Scheunenviertel existiert seit rund hundertvierzig Jahren. In dieser Zeit wurde sie mehrfach umbenannt. Ihr Spitzname ist geblieben, nämlich *Mulackritze,* und die Dirnen sind es auch. Sie ruhen sich dort aus, verrichten ihre Bedürfnisse oder verköstigen sich. Die Sittenpolizei macht einen großen Bogen um diese Bumsbude, und wer noch alle seine Sinne beisammen hat, tut es auch.«

Holmes war nicht vernünftig. Er rieb sich voller Vorfreude die schmalen, feingliedrigen Hände. Seine Augen leuchteten wie bei einem Jagdhund vor der Hatz. »Wir müssen uns verkleiden. Der Fundus vom Hotel *Adlon* wird uns in diesem Falle wohl keine große Hilfe sein. Wo können wir billige Kleider kaufen?«

Den Kommissar konnte nichts erschüttern. »Wir fahren am Besten zum Hackeschen Markt. Dort gibt es genügend Krämer, die mit abgelegten Sachen handeln.«

[1] Roman des französischen Schriftstellers Gaston Leroux, der in Fortsetzungen vom September 1909 bis Januar 1910 veröffentlicht wurde.

[2] Herablassende frz. Bezeichnung für Deutsche.

[3] Das Dreiklassenwahlrecht in Bezug auf das Preußische Abgeordnetenhaus bedeutete, dass die Wähler entsprechend ihrer Steuerleistungen in drei Klassen eingeteilt wurden und dadurch ein ungleiches Stimmgewicht bekamen.

Mulackritze

Aus den Aufzeichnungen von Dr. Watson.

06.10.1913, Berlin

Der Portier des *Adlon* war ein sehr diskreter Mensch. Er stellte keine überflüssigen Fragen. Offensichtlich bekam er es ständig mit Gästen zu tun, die die absonderlichsten Wünsche äußerten. Ohne mit der Wimper zu zucken, hörte er sich unser Anliegen an und bat uns, mit ihm zu kommen. Er ging durch eine unscheinbare Tür voran, die der Aufschrift nach dem Personal vorbehalten war, und stieg mit uns treppab. Unten im Keller führte er uns zu einem fensterlosen Kämmerchen am Ende eines langen Gangs. Dann verbeugte er sich und zog sich taktvoll zurück.

Der Verschlag lag praktischerweise schräg gegenüber vom Dienstboteneingang. Wir packten die Taschen mit der gebrauchten Garderobe aus und zogen uns um. Unsere guten Kleider verstauten wir in den oberen Fächern von einem zerschrammten Blechschrank. Auf den unteren Ablagen warteten einige uralte Fundstücke wie ausgetretene Galoschen und aus der Mode gekommene Handschuhe schon lange Zeit vergeblich auf ihre vergesslichen Eigentümer.

Holmes, der perfekte Verwandlungskünstler, schlüpfte in eine mehrfach geflickte, dunkelbraune Joppe und eine ausgefranste graue Hose. Er setzte sich eine verblichene, blaue Schirmmütze auf und band sich ein dreieckiges Halstuch von undefinierbarer Farbe um. Seine Füße steckten in abgeschabten Knöchelschuhen. Im Gegensatz zu den übrigen Sachen waren sie vor Kurzem noch nagelneu gewesen. Er hatte sie intensiv mit seinem Taschenmesser bearbeitet und auf diese Weise künstlich gealtert.

Dann kam der Hauptspaß. Mein Freund zog einen zusammenklappbaren Bakelit-Taschenspiegel hervor. Er öffnete ein Döschen, in dem sich mit Fett vermengter Kohlenstaub befand, und verteilte die Schmiere gleichmäßig im Gesicht und auf den Händen. Auch die Fingernägel bekamen ihren Teil ab. Als er damit fertig war, stampfte er wie ein Torero mit dem rechten Fuß auf und hob beide Arme. Ich staunte nicht schlecht. Vor mir stand plötzlich kein englischer Gentleman mehr, sondern ein abgearbeiteter Kohlenmann am Ende seiner Schicht.

Ich hingegen steckte zwar in nahezu identischen Klamotten, wirkte jedoch wie ein Landarzt, der auf einem Maskenball den Proleten geben will. Aber ich konnte nichts daran ändern. Wir Menschen sind in unseren Fähigkeiten und Fertigkeiten beschränkt und sollten deshalb dazu stehen.

Den mit Blei ausgegossenen Knotenstock hatte ich nur ungern auf dem Zimmer zurückgelassen. Ich liebte ihn nahezu. Er hatte mir schon mehrfach gute Dienste geleistet. Aber zu der Maskerade eines Arbeitsmannes hätte er keinesfalls gepasst. Stattdessen steckte in meiner Brusttasche ein anderer guter Freund und versprach, mir treue Dienste zu leisten: Der Webley-Revolver Mk. IV vom Kaliber .455, den ich mir kurz vor der Jahrhundertwende angeschafft hatte. Ich gab immer gut Acht auf diese zuverlässige Faustfeuerwaffe. Kurz bevor wir hinuntergegangen waren, hatte ich den Schießprügel gründlich gereinigt, leicht eingeölt und mit fünf Patronen geladen. Die sechste Kammer vor dem Schlagbolzen ließ ich aus Sicherheitsgründen immer leer. In Afghanistan hatte es unter meinen Kameraden einige schwere Unfälle gegeben. Ein Revolver, der am Koppel im Lederholster steckte, war sicher. Aber sobald er in irgendeiner Rocktasche getragen wurde, bestand immer die Gefahr, dass sich der Abzug im Stoff verhakte. Dann brach – Peng – völlig ungewollt der Schuss los, und der unglückliche Soldat hatte plötzlich Blut im Schuh.

Holmes, der mit Pistolen am liebsten in seinem Arbeitszimmer zu hantieren pflegte, um irgendwelche Experimente durchzuführen, hatte sich von Kriminalkommissar Herrmann Rausert stattdessen einen handlichen Totschläger mit einer bleigefüllten Lederbirne, biegsamem Schaft und Armschlaufe ausgeliehen. Das Ding lag gut in der Hand und war kreuzgefährlich. Holmes hatte mir aus Spaß damit einen leichten Schlag auf den linken Oberarm verpasst. Anschließend war ich auf dieser Seite eine halbe Stunde lang gelähmt gewesen. Nun bekam ich auch noch einen schmerzhaften blauen Fleck.

Nachdem wir uns komplett umgekleidet hatten, näherten wir uns vorsichtig der Außentür. Ich lugte hindurch. Die Luft war rein. Schnell wischten wir auf den Boulevard hinaus. Auf einem anderen Wege wären wir in unserem Aufzug kaum heil aus dem Hotel herausgekommen.

Unter den Linden spazierten Fußgänger gemächlichen Schrittes. Blitzende Automobile tuckerten vorbei, Droschkenkutscher ließen ihre Peitsche knallen. Irgendwo dudelte ein Leierkasten Altberliner Melodien, um die zahlreichen Touristen zu erfreuen. Wir durchquerten den Strom der Müßiggänger und gaben Fersengeld. Wir hatten keine Lust, Ärger mit einem Schutzmann zu bekommen. Unser Ziel lag in nördlicher Richtung. Nach einer guten Viertelstunde erreichten wir die Artilleriestraße, überschritten eine schmale Spreebrücke und befanden uns bereits mitten im Scheunenviertel.

Das Publikum hatte sich radikal verändert. Eben waren wir noch ein Fremdkörper gewesen. Nun verschmolzen wir mit den Massen. Auf den Gassen herrschte ein buntes Gewimmel. Es ging zu wie auf einem orientalischen Basar. Straßenhändler boten ihre Waren feil. Unzählige Fuhrwerke, Automobile, Kutschen, Handwagen, Sackkarren und Fahrradfahrer quirlten bunt durcheinander. Selbst allerlei Getier wie Ziegen und Schafe war unterwegs. In den Rinnsteinen schwamm der Schmutz. Die Häuserwände waren übersät mit Reklametafeln. Sie priesen Geschäfte, Handwerksbetriebe und kleine Fabriken an. Hinweisschilder wiesen den Weg zum dritten oder vierten Hinterhof. Jeder noch so kleine Raum wurde ausgenutzt. Nahezu alle Kellereingänge führten zu irgendwelchen Läden. In den Souterrainwohnungen lagen mannigfaltige Waren in den Fenstern.

Der Lärm war unbeschreiblich. Straßenbahnen quietschten, Pferde wieherten, Motoren ratterten, Hufe klapperten, Klingeln schrillten, Glocken bimmelten, und die Stimmen der Leute schwollen zu einem rauschenden Getöse an. Jeder wollte den anderen übertönen. Ausrufer priesen praktische Topflappenbehälter aus Weißblech und Sicherheits-Rasierapparate für 1,50 Mark das Stück an. Mütter brüllten aus den Fenstern nach ihren spielenden Kindern. Straßenmusikanten machten Katzenmusik und Dutzende räudige Köter jaulten dazu. Dazwischen bewegte sich ein Vielvölkergemisch aus aller Herren Länder. Da dies das jüdische Viertel Berlins war, sah man auch viele schwarz gekleidete Männer mit langen Bärten und Schläfenlocken umherziehen.

Von der Rosenthaler Straße bogen wir nach rechts in die Mulackstraße ein. Statt hoher Mietskasernen überwogen hier kleine, ein- bis zweistöckige Häuser. Die meisten waren alt und heruntergekommen. Sie hatten zerborstene Regenrinnen, löchrige Dächer und schadhafte Fassaden. Viele Scheiben waren mit Pappe geflickt.

Das Haus mit der Nummer 15 erwies sich als ein schmales Handtuch. Parterre gab es zwei Türen: den schmaleren Lieferanteneingang und den breiteren Zutritt zur Kneipe. In der ersten Etage gingen drei zweiflügelige Fenster hinaus zur Straße. Das steile Dach war mit einer einzelnen Gaube ausgebaut worden. Für eine Reklametafel hatte das Geld nicht gereicht. Stattdessen war ein Schriftenmaler zugange gewesen. Unter einer Gaslaterne hatte er in großen, schwarzen Lettern *Sodtke's Restaurant* an die Fassade gepinselt. Darunter versprach er in teilweise schrägen Buchstaben kulinarische Überraschungen wie kalte & warme Speisen, Café, Milch, *Echt Culmbacher Bier* und Weißbier.

Die Einrichtung der Kneipe sah aus, als wäre sie von einem Müllplatz aufgelesen worden. Durchgesessene Sofas standen unter blinden Spiegeln. Kein einziger Stuhl oder Tisch passte zu einem anderen. Es gab kein elektrisches Licht, sondern lediglich eine gelblich flackernde Gasbeleuchtung, die den langgestreckten Schankraum nur äußerst unvollkommen erhellte. Die meisten weiblichen Gäste war eindeutig Prostituierte, die sich vor dem großen Ansturm noch eine Ruhepause gönnten. Sie steckten in bunten Kleidern, die mit vielerlei Rüschen besetzt waren und tiefe Ausschnitte zeigten. Alle hatten sich übermäßig geschminkt, was bei den meisten Halbweltdamen in Anbetracht ihres Alters, der Vielzahl der Falten und der überzähligen Pfunde auf mich eine eher abschreckende Wirkung hatte. Einige Damen rauchten Pfeife oder Zigarre. Es roch nach süßlichem Puder, kaltem Schweiß, billigem Fusel und Knoblauch.

Der Wirt war ein verkrüppelter Zwerg mit einem riesigen Buckel. Seine Schielaugen standen weit auseinander und wurden durch eine starke Brille auf mehr als das Doppelte vergrößert. Er war unrasiert, besaß nur noch einen einzigen, schwarzen Zahn und hatte sich offensichtlich seit Wochen nicht mehr gewaschen.

Holmes legte ein silbernes Markstück auf die Theke und sagte: »Wir suchen den Schauder Paul. Ist er da?«

Der Kneipier schüttelte den Kopf. »Der kommt frühestens in einer Stunde. Wenn ihr warten wollt, müsst ihr was bestellen. Das ist hier keine Wärmestube.«

Wir nahmen jeder zwei echte *Culmbacher*. Das Bier schmeckte nicht ganz so gut wie Pferdepisse. Ich nahm nur einen winzigen Schluck und rührte das Glas anschließend nicht mehr an. Auch Holmes schien keinen Gefallen an seinem Getränk zu finden.

Eine halbe Stunde später hatte ich das erste Problem. Ich musste dringend auf die Toilette, aber ich traute mich nicht. Ich hatte Angst davor, ich könnte mir auf dem Abort eine venerische Krankheit zuziehen. Als es schließlich gar nicht mehr ging, steuerte ich mit Todesverachtung den Ausgang zum Hof an und fügte mich in mein Schicksal.

Auf dem Abtritt roch es noch schlimmer, als ich befürchtet hatte. Er wurde von Personen beiderlei Geschlechts benutzt. Es gab nichts, was ich hätte freiwillig berühren mögen. Andauernd schossen mir die Begriffe *Syphilis*[1], *Gonorrhoe*[2] und *Ulcus molle*[3] durch den Kopf. Ich musste an meinen Kollegen John Hunter[4] denken, der sich freiwillig mit der Syphilis infiziert hatte, um den Krankheitsverlauf besser studieren und ein Gegenmittel entwickeln zu können. Der Versuch missglückte gründlich. Doktor Hunter durchlief drei Stadien der heimtückischen Krankheit und starb am Ende einen äußerst unschönen Tod.

Als ich in die Gaststube zurückkehrte, hatte nebenan ein einfach, aber sauber gekleideter Mann von Mitte fünfzig Platz genommen. Er trug sein volles, leicht gewelltes Haar nach hinten gekämmt und hatte einen Vollbart. Auf seiner Nase saß eine runde Brille. Vor ihm auf dem Tisch lagen ein Malblock und diverse Zeichenutensilien. In der Hand hielt er einen Bleistift. Mit schnellen, aber sicheren Strichen skizzierte er eine Bordsteinschwalbe, die sich ihm gegenüber in Positur geschmissen hatte. Die übrigen Gäste nahmen keine weitere Notiz von dem Künstler. Offensichtlich verkehrte er regelmäßig in dieser Lokalität.

Die Zeit verging. Holmes schwieg sich aus. Mir fielen bald die Augen zu. Es war warm und schummerig. Die Geräusche um mich wurden leiser. Plötzlich schrak ich hoch. Die nahe gelegene Kirchturmuhr hatte neun Mal geschlagen. Ich konnte nicht überprüfen, ob die Zahl stimmte. Meine goldene Savonette hatte ich im Hotel zurückgelassen. Sicher war sicher. In meinem schalen Bier schwamm ein Fliege. Sie lebte schon lange nicht mehr. Ich hatte Hunger und Durst, aber in dieser Kaschemme wollte ich nichts mehr bestellen. Mein furchtbares Aborterlebnis steckte mir immer noch in den Knochen.

Holmes meinte: »Wir haben lange genug gewartet. Wir wollen gehen.«

Ich folgte nur zu bereitwillig dieser Aufforderung.

Holmes winkte dem Zeichner zu. Der Mann grüßte zurück.

Ich wollte wissen: »Wer ist das?«

Holmes antwortete: »Heinrich Zille, ein bekannter Maler. Wir haben uns vorhin eine Weile unterhalten.«

Ich freute mich über diese Auskunft. Der Tag war nicht umsonst gewesen. Ich hatte einem deutschen Künstler bei seiner Arbeit zusehen dürfen. Im übertragenen Sinne war ich – so könnte man mit Fug und Recht behaupten – zu Besuch in seinem Atelier gewesen. Kurz darauf sank mein Lebensmut wieder.

Holmes sagte nämlich zu mir in der Tür: »Halte bitte deinen Revolver schussbereit!«

»Wieso denn man bloß?«, fragte ich völlig entgeistert.

»Wir haben das Wild aufgescheucht, nun müssen wir es auch zur Strecke bringen. Wohlan, die Jagd beginnt.«

Draußen herrschte bereits stockdunkle Nacht. Auf den Straßen waren kaum noch Leute unterwegs. Die Straßenhändler hatten abgebaut, die Ausrufer waren verschwunden. Irgendwo aus der Nähe drangen leise Geräusche von Gelächter, Gläserklingen und Musik zu uns herüber. Zwei Polizisten kamen vorbeigeschlendert. Sie trugen Pickelhauben und lange, dunkelblaue Mäntel mit doppelten Knopfleisten. Beide Schutzmänner hatten buschige Schnauzbärte. Uns beachteten sie überhaupt nicht. Mein Stimmungsbarometer stieg wieder. Mit dem Auge des Gesetzes im Rücken fühlte ich mich wieder sicher. Holmes schien sich geirrt zu haben. Wir hatten das Wild vergrault.

Gleich darauf änderte sich alles. Von hinten näherten sich eilige Schritte. Wir bogen nach rechts in eine finstere Gasse ein. Es stank nach Pferdemist und Urin. Auf der rechten Seite standen mehrere Ackerwagen hintereinander. In keinem der Fenster über uns brannte Licht. Ganz am Ende der Passage schwankte eine einzelne Funzel im Wind. Ihr schwacher Schein enthüllte drei finstere Gestalten, die direkt auf uns zukamen. Wir blieben stehen. Unser unsichtbarer Verfolger ebenfalls.

»Wir lassen sie näher herankommen. Der Anführer läuft in der Mitte. Auf mein Zeichen schießt du ihm ins Bein. Das wird den anderen beiden Halunken Warnung genug sein, um Fersengeld zu geben. Es ist wie im Krieg. Zuerst muss ein Scharfschütze das Feuer auf die Offiziere eröffnen. Die Mannschaften desertieren dann ganz von allein.«

»Und was ist mit dem Feind in unserem Rücken?«

»Um den kümmern wir uns später.«

Die Männer kamen näher. Alle trugen irgendwelche Gegenstände in den Händen. Zweifellos handelte es sich um Mordinstrumente. Ob es Pistolen, Messer oder kurze Knüppel waren, konnte ich nicht erkennen. Ich spannte den Hahn von meinem Revolver und hob die Waffe an. Ich war ein guter Schütze. Ich brauchte nicht über Kimme und Korn zu zielen, um zu treffen. Revolver, Hand, Arm und Auge bildeten bei mir eine Einheit. Ich feuerte stets aus einer fließenden Bewegung heraus und traf meistens mitten ins Schwarze.

»Jetzt!«, zischte Holmes.

Spielerisch zog ich den Webley richtig hoch und drückte ab. Ein metallisches Klicken war die Folge.

Die Nachtjacken vor uns waren nur noch wenige Meter entfernt. Sie lachten. »Jetzt haben wir aber einen Schreck bekommen. Mal sehen, wie euch die Antwort gefällt,« rief der eine Ganove ganz links und schleuderte mit großer Vehemenz ein Wurfmesser auf uns zu. Holmes hatte es kommen sehen und wehrte es mit dem Totschläger ab. Metall klapperte über das Pflaster.

Hinter mir befahl eine mir bekannt vorkommende Stimme: »Hinlegen!«

Ich ließ mich fallen. Ein lauter Knall ertönte und ein Feuerstrahl sauste direkt über meinen Kopf hinweg. Der Bandit in der Mitte fiel zu Boden, wie von der Axt gefällt. Seine beiden Kumpane rannten davon.

»Mein lieber Doktor, ich hoffe, ich habe Ihnen nicht den Scheitel versengt«, sagte Mycroft zu mir. »Geben Sie mir Ihre Hand. Ich helfe Ihnen auf.«

»Bruderherz, wo kommst du denn her?«, rief Holmes verblüfft.«

»Meine Mission ist beendet. Ich bin grandios gescheitert. Meine sämtlichen Bemühungen sind erfolglos geblieben. Der schändliche Pakt wurde geschlossen. Die Marinekonvention zwischen dem Deutschen Reich, Italien und Österreich-Ungarn ist vor wenigen Stunden unterzeichnet worden. Für mich gab es nur noch zwei Möglichkeiten: Entweder ich betrinke mich sinnlos, oder ich rette euch das Leben. Wie ihr seht, habe ich mich für die zweite Möglichkeit entschieden. Jedenfalls vorerst.«

»Aber wie konntest du uns in dieser riesigen Stadt entdecken? Wir finden uns ja kaum selbst zurecht.«

»Nun, das war ganz einfach. Der Portier hat mir von Eurer Maskerade erzählt und dem ganzen Tohuwabohu mit Prof. Schuchhardt sowie der Kriminalpolizei. Also habe ich diesen Greifer namens Rausert angerufen. Der wusste von eurer geplanten Sause in der *Mulackritze*. Ich habe mir die schäbigste Droschke ausgesucht, die ich finden konnte, und in gehöriger Entfernung postiert. Als es noch hell genug war, habe ich mir die Zeit mit dem Zeitungsstudium vertrieben. Über die Eisfabrik und die *Drei Beldonis* gab es mehrere interessante Berichte. Später habe ich über das Leben nachgesonnen. Ich dachte mir, es könnte nicht schaden, euch mit meinem Terzerol den Rücken freizuhalten.«

»Und daran haben Sie Recht getan,« musste ich unumwunden zugeben. »In der Hitze des Gefechts hatte ich nämlich völlig vergessen, dass die erste Kammer von meinem Revolver nicht geladen war.«

»Glücklicherweise haben Sie nicht den schweren Anfängerfehler begangen, und beim zweiten Schussversuch in den Lauf geschaut. So etwas kann nämlich schwere Kopfschmerzen verursachen.«

Sherlock Holmes hatte sich inzwischen zu dem niedergeschossenen Halunken bemüht, der sich stöhnend hin und her wälzte. Beim Sturz hatte er einen amerikanischen Colt verloren, der nun außerhalb seiner Reichweite lag. Als ich näher trat, erkannte ich anhand der entsetzlichen Narbe in seinem Gesicht auf den ersten Blick, dass es sich bei dem Mann um den Zuhälter und Polizeispitzel Paul Schauder handeln musste. Ich kniete mich hin und untersuchte die Verletzung. »Sie haben Glück, mein Freund. Es handelt sich um eine reine Fleischwunde«, erläuterte ich. »Es hat Sie im rechten Oberschenkel erwischt, aber es wurden weder der Knochen, noch größere Blutgefäße verletzt.« Ich knüpfte mein Halstuch auf und verband damit die Blessur. Anschließend half ich dem Mann hoch. Er hüpfte auf seinem linken Bein zu einer Kiste, die am Rand der Gasse stand. Schwer atmend ließ er sich darauf nieder.

»Es tut mir aufrichtig leid, dass Sie verletzt wurden, aber Sie haben uns keine Wahl gelassen. Wir mussten uns verteidigen«, entschuldigte ich mich bei ihm.

»Unsinn«, fauchte der Lude. »Sie haben mir nachspioniert. Sie wollten mir ans Leder. Das hier ist mein Revier, das lasse ich mir von keinem abspenstig machen.«

»Da liegt ein Irrtum vor«, antwortete Holmes. »Wir wollen nur eine Auskunft von Ihnen, mehr nicht. Sagen Sie uns bitte: Wer hat Ihnen das Versteck der *Drei Beldonis* verraten?«

Paul Schauder spuckte meinem Freund mitten ins Gesicht. »Da kannst du lange fragen, du widerlicher Schnäpper.«[5]

Holmes trat einen Schritt zurück und lächelte auf eine Weise, die nichts Gutes verhieß.

Mycroft zog seine kleine Vorderladerpistole aus der Tasche, spannte den zweiten Hahn und schoss dem Hurentreiber ohne jede Vorwarnung in das linke Bein.

Paul Schauder schrie auf, kippte vornüber und wälzte sich auf dem Pflaster.

Mycroft tippte ihn mit einer Schuhspitze an. »Hör zu, du Stück Dreck. Wir haben nicht den ganzen Abend lang Zeit. Bislang haben wir Spaß gemacht. Damit ist es nun vorbei. Die nächste Kugel trifft direkt ins Ziel. Dann darfst du deinem Schöpfer heute noch gegenübertreten. Versprochen. Also noch mal: Von wem kanntest du den Unterschlupf der Einbrecherbande?«

Der Polizeispitzel verzerrte sein Gesicht zu einer furchtbaren Grimasse, schwieg aber.

»Doktor, walten Sie bitte Ihres Amtes«, forderte mich Mycroft auf.

Ich holte den Revolver vor und lud die leere Kammer nach. Solche simplen waffentechnischen Vorgänge haben eine verblüffende psychologische Wirkung auf die Betroffenen. Wie ich aus eigener Erfahrung wusste, schnellt dabei der Ruhepuls rapide in die Höhe. »So«, sagte ich zu dem Mann am Boden. »Jetzt ist endlich alles bereit. Diesmal kann der Schuss fallen.« Ich senkte den Lauf. Aber ich dachte natürlich nicht im Traume daran, abzudrücken.

Allerdings konnte Paul Schauder das schlecht ahnen. Die beiden Löcher in seinen Beinen sprachen dagegen. »Nein, halt«, schrie er. »Tun Sie das bitte nicht. Ich sage Ihnen alles, was Sie wissen wollen.«

»Dann endlich heraus mit der Sprache!«

»Mein Bruder hat es mir gesagt. Er heißt Fred Runge. Er kannte die drei Artisten beruflich.«

»Wieso heißt du Schauder, und dein Bruder Runge?«

»Weil wir verschiedene Väter haben.«

»Wo finden wir Fred?«

»Das kann ich Ihnen nicht sagen. Ich weiß es nicht. Er hat sich irgendwo verkrochen. Er steckt in Schwierigkeiten.«

»Wie nehmt Ihr Kontakt zueinander auf?«

»Das geht nur von seiner Seite aus. Wenn er etwas von mir will, kommt er in die *Mulackritze*.«

»Weshalb hat er dir von den *Drei Beldonis* erzählt?«

»Keine Ahnung. Er wusste, dass ich manchmal gewisse Informationen weitergebe. Er hat mich darum gebeten. Er wollte jemandem einen Gefallen tun. Aber ich weiß nicht wem.«

Mycroft sagte: »So gefällt mir unser Gespräch bereits viel besser. Nun fehlt uns nur noch die Adresse deines Bruders. Raus mit der Sprache! Wo wohnt er?«

»Ich weiß es nicht. Ich schwöre es!«

»Doktor!«

Ich spannte den Hahn.

Paul Schauder schrie wie von Sinnen und schlug wild mit den Armen um sich.

»Er weiß es wirklich nicht«, stellte Mycroft fest. »Schade. Lasst uns gehen.«

Als wir um die Ecke bogen, kamen uns die beiden Polizisten entgegen. »Irgendwo in der Nähe sollen Schüsse gefallen sein. Habt ihr drei Burschen etwas gehört?«, wollte der eine wissen.

»Mein Herr«, antwortete Holmes. »Wir sind anständige christliche Seelen. Der Herr sei unser Hirte. Hier hat niemand geschossen, so wahr mir Gott helfe! Aber ein Automobil tat so, als wolle es explodieren. Dann hat es sich doch noch eines Besseren besonnen und ist fauchend und krachend in südlicher Richtung davongetuckelt. Wenn Sie vor zur Kreuzung rennen, können Sie es bestimmt noch sehen.«

[1] Auch »harter Schanker« oder »Franzosenkrankheit« genannt.

[2] Tripper

[3] weicher Schanker

[4] Ein schottischer Chirurg und Anatom, der von 1728 bis 1793 lebte.

[5] Polizist in der Prostituiertensprache.

9. Kapitel

Unerwartete Wendung

»So ist es, Doktor, aber trotzdem müssen Sie sich
zu meiner Ansicht bequemen; anderenfalls werde ich
Tatsachen über Tatsachen auf Sie häufen,
bis Ihr Verstand darunter zusammenbricht
und zugibt, dass ich recht habe.«

Arthur Conan Doyle, *Die Liga der Rotschöpfe*

Der Triumph des Grafen

Aus den Aufzeichnungen von Dr. Watson.

11.10.1913, Berlin

Die Aschaffenburger Straße im Bayerischen Viertel in Berlin-Schöneberg war eine gute Adresse. Die Berlinische Boden-Gesellschaft hatte 1910 damit begonnen, rund um den Bayerischen Platz komfortable Stadtvillen im süddeutschen Renaissancestil zu errichten. Die Häuser in sogenannter Alt-Nürnberger Bauweise besaßen verzierte Türmchen, Erker, Balkone, gestufte Giebel, Sprossenfenster und kleine Vorgärten. Auch das Umfeld stimmte. Es gab einen U-Bahn-Anschluss ganz in der Nähe und viele, kleine Grünanlagen. Das gesamte Gebiet war für ein großbürgerliches Publikum projektiert worden.

Die Pläne der Bauherren gingen auf. In dem Viertel ließen sich vor allem gut betuchte Leute nieder. Darunter befanden sich viele beliebte Ärzte, bekannte Rechtsanwälte, erfolgreiche Geschäftsmänner, höhere Beamte, vielversprechende Künstler und aufstrebende Intellektuelle. Zu den berühmtesten Bewohnern zählten der Physiker Albert Einstein, der Theaterkritiker Alfred Kerr, der Dichter und Dramatiker Arno

Holz, der sozialdemokratische Politiker Rudolf Breitscheid sowie der vermögende Bonvivant und Gesellschaftsgänger Graf Alexander von Karlsson-Kaya.

Das Haus Aschaffenburger Straße 17 im Bayerischen Viertel besaß vier Geschosse, die über einen repräsentativen Treppenaufgang mit Marmorfußboden, rotem Kokosteppich und holzgetäfelten Wänden und einen kleinen Personenaufzug zu erreichen waren. Am Vordereingang sorgte ein Portier im Glaskasten rund um die Uhr dafür, dass keine Bettler, Hausierer oder andere ungebetene Besucher Zutritt erhielten. In jeder Etage gab es nur eine einzige Wohnung. Den ersten Stock bewohnte der Graf Alexander von Karlsson-Kaya. Sein Domizil war 250 Quadratmeter groß. Es unterteilte sich in einen Vorraum, ein Esszimmer, einen Salon, ein Schlafzimmer, eine Bibliothek, zwei Badezimmer, einen Ankleideraum sowie den separaten Gesindetrakt mit Küche, Speise-, Besen- und Mädchenkammer. Vom Gesindetrakt ging auch die Tür zum Dienstboteneingang ab.

Der hochwohlgeborene Mieter beschäftigte trotz seines hohen Standes und der Größe der Wohnung nur wenig Personal: Eine Köchin und ein Dienstmädchen. Mehr benötigte er nicht. Einen Kammerdiener gab es ebenso wenig wie einen Kutscher oder einen Chauffeur. Momentan musste der Graf nicht einmal nach seinen Domestiken rufen, wenn er sie sehen wollte: Sie lagen beide neben ihm im überbreiten Doppelbett und schliefen tief und fest. Eine lange und anstrengende Nacht lag hinter ihnen. Ihr Arbeitgeber mochte viele negative Eigenschaften haben. Fehlende sexuelle Phantasie gehörte nicht dazu.

Der adlige Lebemann war in Wirklichkeit gar kein echter Graf. Er nannte sich nur so. Bislang hatte es noch keine Beschwerden gegeben. Tatsächlich hieß er schlicht und einfach Alexander Karl Schon. Er stammte aus Bayern. Daher rührte auch seine Vorliebe für das Bayerische Viertel in Berlin-Schöneberg.

Vor einigen Jahren hatte Alexander Karl Schon eine Reise nach Stockholm unternommen. Infolge mangelnder Sprachkenntnisse konnte er sich nur schwer verständlich machen. Es kam zu Missverständnissen. Im Hotel *Vier Jahreszeiten* am Rande der Altstadt hatte der Concierge ganz einfach den Namen Karlsson im Gästebuch notiert, weil »Karlsson« auf schwedisch »Karlschon« ausgesprochen wurde.

Der Grafentitel war erst später hinzugekommen. Mit den Namen hinter dem Bindestrich hatte es seine eigene Bewandtnis. Kaya war türkisch und bedeutete »der Felsen«. Genauso kam sich der aufstrebende, junge Mann auch vor: Wie ein harter Fels in der wilden Brandung.

Alexander Karl Schon war in einfachen Verhältnissen in der Münchener Ludwigs-Vorstadt aufgewachsen. Er hatte sieben jüngere Geschwister in einem winzigen Zimmer ertragen müssen, in dem das einzige Bett die gesamte Breite des Raums einnahm. Sein Vater war ein Hungerleider von Änderungsschneider gewesen, der seine ganze Kraft aus dem Märchen vom tapferen Schneiderlein zog. Er hatte eine kecke Locke über der Stirn aufgetürmt und trug ein Ziegenbärtchen. In einer Truhe bewahrte er eine Schärpe auf, in die er *Sieben auf einen Streich* gestickt hatte. Ansonsten war er völlig harmlos.

Alexanders Mutter musste sich als Schauspielerin im kleinen Fach an wechselnden Bühnen durchschlagen, bis sie am Ende ihrer Karriere am Münchener Volkstheater unterkommen konnte. Doch das Einkommen war nicht parallel zur größeren Ehre gestiegen. Die Gagen wurden immer viel zu spät gezahlt. Zu Hause war deshalb oft Schmalhans Küchenmeister gewesen. Die dauerhaft schlechte und mangelhafte Ernährung blieb nicht ohne Folgen. Im Zusammenspiel mit den vererbten, väterlichen Genen sorgte sie dafür, dass Alexander bis ins Erwachsenenalter klein und zierlich blieb. Er tröstete sich damit, dass sein berühmtester Namensvetter, nämlich Alexander der Große, in Wirklichkeit auch nur von schmächtiger Statur gewesen war. Außerdem hatte es in der Weltgeschichte viele kleine Männer gegeben, die Großes erreichten.

Trotz dieser entbehrungsreichen Jugend war nicht alles schlecht gewesen. Alexanders Eltern hatten ihrem ältesten Sohn zwei wichtige Dinge mit auf seinen Lebensweg gegeben: Von der Mutter stammte die Kunst zur Verstellung, und vom Vater die Gabe, sich elegant und modisch zu kleiden.

Den Rest musste er sich mühsam erarbeiten. Bereits mit 15 Jahren machte er Geschäfte nach dem Motto: »Und ist der Handel noch so klein, bringt er doch mehr als Arbeit ein.« Er war der geborene Hochstapler. *Mundus vult decipi*[1] lautete seine Losung. Der Junge zog als minderjähriger Bibelverkäufer von Haus zu Haus, setzte gefälschte Lotterielose ab und verhökerte später Aktien von Goldminen in Alaska. Immer kurz vor Toresschluss schaffte er den Abgang. Das ergaunerte Geld deponierte er zum größten Teil in einer Blechbüchse unter einem losen Dielenbrett. Den Rest investierte er in neue Geschäfte. Für sich persönlich verbrauchte er lange Zeit gar nichts.

Mit Mitte zwanzig ließ er sich von seinem Vater einen Frack schneidern. Bei einem Trödler kaufte er sich für zwanzig Pfennig einen Freimaurerring mit eingraviertem Winkelmaß und Zirkel. Für weitere fünfzig Pfennige konnte er im gleichen Laden ein *Kreuz IV. Klasse des Verdienstordens vom Heiligen Michael* erstehen. Der Ring an der Hand und die ordensgeschmückte Brust waren die perfekten Türöffner. Bald war er auf allen großen Empfängen der Stadt zu Hause. Dort konnte er sich in aller Ruhe satt essen. Außerdem lernte er viele wichtige Leute kennen, die förmlich darauf brannten, seinen allmählich wachsenden Reichtum zu mehren.

Als er merkte, dass er an natürliche Grenzen stieß, die er mit seinem angeborenen Charme und Witz nicht überschreiten konnte, begann er mit dem Selbststudium. Da er hochintelligent war und über ein gutes Gedächtnis verfügte, bereitete ihm das herzlich wenig Schwierigkeiten. Er brachte sich autodidaktisch die Grundzüge mehrerer Sprachen bei, erwarb ganz nebenbei durch ein tägliches, ausgedehntes Zeitungsstudium eine passable Allgemeinbildung und lernte bei seinen neuen Freunden Fechten, Reiten, Tanzen sowie Pistolenschießen.

Graf Alexander von Karlsson-Kaya konnte, wenn es angebracht war, arrogant und überheblich wirken. Viele Leute hatten ihn aber auch als warmherzig, aufmerksam, einfühlend und zuverlässig in Erinnerung behalten. Er war gar nichts davon. Es gab nur eine einzige Person, die ihn wirklich interessierte. Das war er selbst. Eines seiner großen Vorbilder war der Hauptmann von Köpenick. Der Graf wusste ganz genau, dass er dieselbe Nummer noch einmal abziehen würde, dann aber im ganz großen Stil.

Mit seinen 35 Jahren hatte er es für einen einfachen Jungen aus der Vorstadt schon sehr weit gebracht. In Berlin war er dank einiger Empfehlungsschreiben mit offenen Armen empfangen worden. Den Orden und den Freimaurerring hatte er längst wieder abgelegt. Er besaß inzwischen an der Spree einen solch weitläufigen Bekanntenkreis, dass er auf die kleinen Trickserein verzichten konnte. Ohne größere Probleme war es ihm gelungen, Sekretär der *Berliner Gesellschaft für*

Anthropologie, Ethnologie und Urgeschichte zu werden. Die Stellung wurde schlecht bezahlt und war ein besseres Ehrenamt. Sie lohnte sich auf andere Weise. Er kam ganz automatisch mit der Wissenschaftselite und dem Geldadel in Kontakt. Nun verfügte er über gute Beziehungen bis in die höchsten Kreise. Selbst dem Kaiser war er bereits vorgestellt worden.

Als Folge mehrerer abenteuerlicher Unternehmungen, die jedes Mal ein stabiles Nervenkostüm erfordert hatten, war er inzwischen finanziell völlig unabhängig. Momentan jedenfalls.

Der Graf hatte nämlich die unangenehme Erfahrung machen müssen, dass Geld eine merkwürdige Eigenheit besaß: Je mehr davon auf der einen Seite in seine Kassen strömte, um so schneller strömte es auf der anderen Seite wieder hinaus. Es spielte keine Rolle, ob er sparsam lebte oder nicht. Vor ein paar Jahren hatte er noch bequem mit hundert Mark einen Monat auskommen können. Inzwischen reichte dieser Betrag geradeso für einen Tag.

Die *Drei Beldonis* waren eine wunderbare Investition gewesen. Mit ihrer Hilfe hatte er sehr viel Geld verdient. Es war stets korrekt zugegangen und immer ehrlich durch vier geteilt worden: Drei Viertel für ihn, und ein Viertel für die Geschwister. Leider war ihm dieses letzte Viertel am Schluss durch die Lappen gegangen.

Der Graf stieg über die leise schnarchende Köchin hinweg und kletterte aus dem Bett. Er hatte keine Lust, seine Sachen zusammenzusuchen, die überall im Zimmer verstreut herumlagen. Stattdessen wickelte er sich die am Boden liegende Überdecke um seinen nackten Körper und ging zum Erker. Er setzte sich in einen der zierlichen Ledersessel und nahm zum wiederholten Mal den Stapel Zeitungen in die Hand, der auf dem Rauchtisch lag. Es war perfekt gelaufen. Alle

Blätter hatten in großer Aufmachung über den Dreifachmord in der Eisfabrik berichtet.

Zwei Tage lang war das der Aufmacher auf Seite eins gewesen und erst vorgestern in den Innenteil abgerutscht. Die Kriminalpolizei tappte nach wie vor im Dunkeln. Sie konnte sich keinen Reim auf das Gemetzel in der Eisfabrik machen. Die phantasielosen Greifer hatten nicht die geringste Spur, der sie folgen konnten. Sie würden auch nichts finden. Es gab keine direkte Verbindung zwischen ihm und dem Einbrecher-Trio. Alle Fäden waren abgeschnitten worden. Niemand hatte sie je zusammen gesehen. Von ihm war stets darauf geachtet worden, immer ein perfektes Alibi zu haben, wenn die Beldonis zu einem ihrer Raubzüge aufbrachen. Die Zeit arbeitete für ihn. Je mehr Tage vergingen, um so kälter wurde die Fährte.

Die andere Hälfte des Plans war ebenso gut aufgegangen. Es zahlte sich eben aus, wenn man nichts dem Zufall überließ. Alle diese unbedarften Gesellschafter, die mit der Eisfabrik ihr großes Glück machen wollten, hatten inzwischen Fracksausen bekommen. Die Hoffnungen der grünen Jungs auf den schnellen Reichtum waren wie Seifenblasen zerplatzt. Die Presse rannte ihnen die Bude ein, und sie wussten keine Antworten auf die wichtigsten Fragen: Wer waren die Opfer? Was haben sie in der Baracke gemacht? Wer hatte ihnen Einlass verschafft? Die Eisfabrik war für ihre acht Inhaber plötzlich verdammt heiß geworden.

In ihrer ganzen Not setzte die Bande von Dilettanten dem vermeintlichen Erfinder und Urheber dieser riesigen Pleite die Pistole auf die Brust. August Julter, der ahnungslose Studiosus der Jurisprudenz, war bei ihm angewinselt gekommen. Er hatte Rotz und Wasser geflennt und den Grafen, seinen großen Mentor, um Hilfe angefleht.

In solchen Momenten schien die Welt zu leuchten. Engelschöre sangen. Der Graf hatte sich von seiner besten Seite gezeigt. Er war mehr als gnädig gewesen. Er hatte August Julter und der übrigen Bande von Bier saufenden Korpsbrüdern aus der Patsche geholfen. Sie blieben ahnungslos wie neugeborene Babys. »Ich will sehen, was ich tun kann«, hatte er zu ihnen gesagt. »Ich werde meine Beziehungen spielen lassen.«

Das war aus alter Freundschaft zu August Julter geschehen und völlig uneigennützig gewesen. Der noble Graf nahm keinen einzigen Pfennig als Provision an, als er tatsächlich einen solventen Käufer auftreiben konnte. Ein Kommerzienrat aus München war so großzügig gewesen, trotz der negativen Presse über die Eisfabrik den gesamten Ramsch aufzukaufen. Zum halben Preis, versteht sich. Mehr war beim besten Willen nicht drin.

Seitdem stand der Name Karl Schon als neuer Eigentümer in den Besitzpapieren vermerkt. Der Graf Alexander von Karlsson-Kaya fungierte als Geschäftsführer. Er hatte sofort gehandelt und jede Menge Leute eingestellt. In wenigen Tagen sollte die Produktion wieder anlaufen. Die Auftragsbücher waren voll. Das Heer bereitete sich mal wieder auf einen Krieg vor und hatte jede Menge Kühlwaggons geordert, die nun mit Stangeneis bestückt werden mussten.

Der Graf schaute sich um. Was er sah, gefiel ihm außerordentlich gut. Der Parkettfußboden glänzte makellos. Das gediegene Mobiliar war bis auf die Lesersessel und eine Fauteuil-Gruppe[2] am Kamin einheitlich neoklassizistisch. An den Wänden hingen Gemälde bedeutender Maler der Berliner Kunstszene wie Max Liebermann und Walter Leistikow sowie eine einfache Kohlezeichnung von Heinrich Zille. Sie zeigte auf festem Velinpapier[3] eine stilisierte Hinterhofszene.

Doch der Graf sammelte nicht nur Bilder. Auf mehreren Stelen standen Skulpturen von August Gaul und Louis Tuaillon. Unter all diesen Kunstwerken befanden sich keine Falsifikate. Alles waren echte Stücke. Er hatte sie ordnungsgemäß mit unterzeichneten Kaufverträgen erworben. Es waren gute Kapitalanlagen. Der Wert stieg ständig.

Mit Hilfe der *Drei Beldonis* hätte er sich natürlich eine wesentlich bessere und wertvollere Sammlung zusammenstehlen lassen können. Aber er wollte keine Diebesbeute in seiner Wohnung aufbewahren. Die Hehlerei war ihm viel zu gefährlich. Das Risiko stand in keinem Verhältnis zum Nutzen.

Der Graf war völlig in seinen angenehmen Gedankengängen befangen. Er bemerkte deshalb nicht, wie sich von hinten leise Schritte nährten. Plötzlich schlangen sich zwei nackte Arme um seinen Hals. Er erkannte sie sofort. Sie gehörten eindeutig der Köchin.

Der Graf reagierte ungehalten. Er streifte die ihn liebkosenden Hände mit rauem Griff von sich ab. »Ab in die Küche, Paula«, befahl er. »Und nimm die Hilde gleich mit.«

»Aber Schatzilein«, empörte sich das junge Mädchen. »Was ist das plötzlich für ein rüder Ton. Eben waren wir noch ein Liebespaar. Du hast mir ewige Treue geschworen und die Heirat versprochen.«

»Halt gefälligst die Klappe, du blöde Pute«, fuhr sie der Graf an. »Wie soll das gehen, bitteschön? Ihr seid zu zweit gewesen. Woher willst du wissen, dass du gemeint warst? Außerdem: Was gestern war, ist vergangen. Ich bin der Herr, und du bist die Magd. So wird es immer bleiben! Kein Bussi am Morgen, keine Hochzeit am Nachmittag. Und schaff mir ein gutes Frühstück herbei, aber dalli!«

Paula sammelte ihre Sachen auf und weckte Hilde. Mürrisch zogen die beiden von dannen.

Der Graf schaute ihnen nach. Es waren zwei ganz entzückende Käfer. Die eine blond, die andere braun, wohlgefällig anzuschauen, mit festem Fleisch, aber nicht zu dick. Die Kochmamsells, die er aus anderen großbürgerlichen oder adligen Haushalten kannte, waren meist alt und fett. Was hatte das für einen Sinn? Schließlich sagte doch das Sprichwort: Das Auge isst mit.

In diesem Moment klingelte das Telefon. Es war ein modernes Gerät. Es hing an der Wand. Hör- und Sprechmuschel waren nicht, wie sonst üblich, getrennt, sondern durch einen Griff fest miteinander verbunden. Dieser Griff ließ sich abnehmen. Eine elektrische Schnur sorgte für eine gewisse Bewegungsfreiheit. Das hatte den unschätzbaren Vorteil, dass er beim Telefonieren nicht in halbgebückter Haltung stehen bleiben musste, sondern sich hinsetzen konnte.

Der Graf hob ab. Das Fräulein vom Amt meldete einen Gesprächsteilnehmer aus Berlin an. Er hatte sich reichlich Zeit gelassen. Egal. Der feine Herr befand sich fest in der Hand des Grafen, und nicht umgekehrt.

»Mein lieber Alexander«, säuselte der Anrufer. »Machen Sie mich glücklich? Sagen Sie mir, dass Sie mich glücklich gemacht haben.«

»Sehr verehrter Herr Professor«, antwortete der Graf, »es ist alles zu Ihrer vollsten Zufriedenheit verlaufen.«

»Ich wusste es, ich wusste es! Sie sind Gold wert! Sie sind der Beste! Ist auch alles vollständig? Fehlt nichts?«

Dem Grafen fiel auf, dass das fast dieselben Worte waren, die er vor ein paar Tagen zu den *Drei Beldonis* gesagt hatte. Er wunderte sich. Das Leben konnte manchmal schon recht merkwürdig sein. »Sie können völlig beruhigt bleiben. Der Schatz ist komplett. Ich habe alles anhand Ihrer Liste durchgezählt. Es wurde auch nichts beschädigt.«

»Hervorragend! Sind die Kostbarkeiten jetzt in Sicherheit?«

»Aber selbstverständlich. Ich bin gestern zum Museum gegangen. Die Pretiosen hatte ich in einer geräumigen Tasche verpackt. Am Hintereingang stand immer noch ein Polizist auf Wache. Ich bin selbstverständlich nicht von ihm kontrolliert worden. Kein Mensch würde auf die Idee kommen, dass ein einmal gestohlener Schatz wieder ins Gebäude geschmuggelt werden könnte.«

»Wie war es oben? Gab es da ein Problem?«

»Nicht das Geringste. Ich bin schnurstracks in Ihr Büro gegangen und habe die Tür hinter mir fest verschlossen, damit ich nicht überrascht werden konnte.«

»Vortrefflich. Sind Sie mit dem Panzerschrank klargekommen?«

»Er hat sich wie von selbst geöffnet. Die Nummernfolge, die Sie mir gegeben hatten, stimmte exakt. Ich habe alles sorgsam hineingelegt und anschließend die Tür vom Geldschrank wieder fest verriegelt. Der Schatz von Eberswalde liegt jetzt dort so sicher wie in Abrahams Schoß. Kein Mensch kann ihn dort vermuten, deshalb wird auch niemand auf die Idee kommen, ihn ein zweites Mal stehlen zu wollen.«

»Exzellent. Sie haben wirklich gute Arbeit geleistet. Wie wollen Sie Ihr Geld haben? Als Wechsel, als Wertpapier oder in Banknoten?

»Sie wollten Gold. Ich habe Ihnen Gold geliefert. Insofern wäre Gold durchaus angemessen.«

»In Ordnung. Ich denke, bis morgen habe ich alles zusammen. Ach so, was ist mit diesem englischen Detektiv, diesem Sherlock Holmes?«

»Was soll mit ihm sein? Nichts! Er hat ein wenig Staub aufgewirbelt, na schön. Das war aber auch alles. Vergessen Sie diesen alten Mann. Der fährt bald wieder nach Hause.«

»Ganz wie Sie meinen. Noch eine letzte Frage: Was denken Sie, auf welchem Wege können wir den Schatz wieder auftauchen lassen?«

»Darüber brauchen wir uns heute nicht den Kopf zu zerbrechen. Wir müssen abwarten, was noch weiter passiert. Wenn genügend Gras über die Sache gewachsen ist, werden wir schon eine vernünftige Möglichkeit finden, das Kaninchen aus dem Hut zu zaubern.«

Der Graf verabschiedete sich und hängte ein. Die letzten drei Tage hatte er bereits durchgefeiert. Nun gab es einen neuen Grund dazu. Die Welt lag ihm zu Füßen. Er würde es noch sehr weit bringen.

[1] lat.: Die Welt will betrogen sein.

[2] Gepolsterte Lehnsessel mit Armlehne.

[3] Ein gleichmäßig strukturiertes, hartes und glattes Papier, das dem Pergament ähnelt.

Das Verhör

Aus den Aufzeichnungen von Dr. Watson.

11.10.1913, Berlin

Die letzten Tage waren für uns eine absolute Katastrophe gewesen. Holmes lief wie ein Tiger im Käfig auf und ab. Hin und her, von morgens bis abends. Er schlief nicht, er aß nicht, und er sprach nicht. Mehrfach war er ganz allein hinaus in die Stadt gefahren, um auf eigene Faust nach dem ehemaligen Bühnenmeister zu suchen. Aber das war natürlich ein völlig sinnloses Unterfangen gewesen. Selbst ein kluger Kopf wie er stieß bei dem Versuch, dies schwierige Problem zu lösen, an seine natürlichen Grenzen. Kein auf sich allein gestellter Detektiv vermochte es, in einer ihm fremden Metropole eine Person zu finden, die er nur dem Namen nach kannte und die sich nicht finden lassen wollte. In London hätte mein Freund die Bande der Straßenjungs zu Hilfe rufen können, aber hier in Berlin gab es keine kleinen Helfer.

Die Ohnmacht und die damit verbundene Untätigkeit zehrten an unser aller Nerven. Mycroft, der ohnehin nichts mehr zu tun hatte, war bereits abgereist. Ich hätte ihn nur gar zu gern nach London begleitet, aber ich konnte und wollte meinen Freund nicht im Stich lassen. So wie er sich momentan gebärdete, würde er mit Sicherheit bald ärztliche Hilfe benötigen. Ohne Rücksicht auf Verluste betrieb er Raubbau an seinem Körper.

Herrmann Rausert kam regelmäßig einmal am Tag vorbei, um uns Bericht zu erstatten. Die Polizei tat ihr Bestes, aber das war nicht genug. Alle Bahnhöfe und Häfen wurden überwacht. Vor der *Mulackritze* hatte sich ein Beamter in Zivil postiert. Sämtliche Polizeispitzel waren auf Trab gebracht worden.

Es gab keine neuen Informationen. Trotz des hohen Fahndungsdrucks blieb Fred Runge wie vom Erdboden verschluckt. Seit Wochen hatte ihn niemand mehr gesehen. Keiner seiner ehemaligen Kollegen im Zirkus, Freunde, Bekannten und Nachbarn kannte seinen Verbleib. Vielleicht lag er bereits tot unter dem Rasen, ermordet von dem schmächtigen Mann mit den kleinen Füßen.

Die Überprüfung der Gesellschafter der Eisfabrik hatte überhaupt nichts gebracht. Es waren dumme Jungs gewesen, die sich als clevere Unternehmer gebärden wollten. Sie hofften, mit Nichtstun viel Geld verdienen zu können und waren mit ihren Spekulationsgeschäften gründlich hereingefallen. Keiner der acht Burschen hatte jemals in Verbindung zu den *Drei Beldonis,* zu Professor Schuchhardt oder zum Königlichen Museum für Völkerkunde gestanden. In der Eisfabrik gab es infolge der chaotischen Leitungsstrukturen weder einen Pförtner noch eine Wachmannschaft. Deshalb konnte auch niemand sagen, wer sich wann mit wem an der baufälligen Baracke herumgetrieben hatte. Inzwischen war die Eisfabrik verkauft worden. Irgendein Kommerzienrat hatte kurzentschlossen zugegriffen. Ihn zu befragen ergab keinen Sinn. Er wohnte in München. Also endete diese Spur ebenfalls in einer Sackgasse.

Bei den Raubzügen der *Drei Beldonis* hatte es allerdings zahlreiche Übereinstimmungen gegeben. Auf der Liste derjenigen Personen, die Kontakt zu den Einbruchsopfern gehabt hatten, tauchten einige Adressen doppelt und dreifach auf. Unter anderem wurden mehrfach die Namen von Walter Kollo, Leo Fall, Jean Gilbert, Paul Lincke und sogar der von Prof. Schuchhardt genannt. Dafür gab es eine ganz simple Erklärung. Die Namenshäufung resultierte daraus, dass die gleiche gesellschaftliche Schicht betroffen war. Alle Opfer kannten sich untereinander. Sie hatten zahlreiche Freunde und Bekannte, die ebenfalls miteinander verkehrten. Es ging zu wie in einem Dorf, wo alle alles voneinander wussten.

In meiner Heimatstadt London war es ähnlich. Meine gute Gattin und ich besuchten dort regelmäßig die Oper und die Abendgesellschaften beim Earl of Lippincout. Zu unserem Bekanntenkreis gehörten mehrere hundert Persönlichkeiten. Einige faule Eier befanden sich mit Sicherheit darunter.

Die Kriminalpolizei ließ sich dennoch nicht entmutigen. Ein gutes Dutzend Beamter arbeitete die Verzeichnisse ab, führte Verhöre und Zeugenvernehmungen durch. Bislang hatte sich nichts ergeben. Es war die Suche nach der Nadel im Heuhaufen. Selbst Holmes mit seinem mathematischen Verstand konnte bei den wiederkehrenden Namen kein bestimmtes Muster erkennen.

Prof. Schuchhardt hatte sich seit Tagen weder bei uns sehen lassen noch sich telefonisch gemeldet. Es hieß, er habe sich zu Hause eingeschlossen und sei schwermütig geworden. Ich konnte es dem guten Mann nicht verdenken. Er stand vor einem Scherbenhaufen, und wir vermochten ihm nicht zu helfen.

Glücklicherweise war der Einbruch im Museum noch nicht publik geworden. Der Kriminalkommissar hatte ganze

Arbeit geleistet. Aber lange konnte er die Sache nicht mehr unter dem Deckel halten.

Ich war mitten in diesen trübsinnigen Gedankengängen versunken, als Holmes plötzlich vor mir auftauchte, mich aus meinem Sessel riss und wie ein Irrer schüttelte. Ich fürchtete schon, er habe nun gänzlich den Verstand verloren. Doch sogleich ließ er wieder von mir ab und fragte mich in einem ganz normalen Tonfall: »Was stand auf der Kiste? Erinnerst du dich?«

»Um Gottes willen, Holmes, auf welcher Kiste?«

»Auf der Trickkiste im Hof, mit deren Hilfe Gudrun Belmicke ins Museum geschleust wurde. Auf ihr war ein Adressat vermerkt.«

»Keine Ahnung. Auf solche Nebensächlichkeiten habe ich nicht geachtet.«

»Das ist ja gerade der Witz bei der Sache. Alles steht in einem engen Zusammenhang: Die Eisfabrik, die *Drei Beldonis*, der Einbruch im Museum und der Dreifachmord. Aber wir sind blind. Wir haben die Tatsachen vor Augen, und können uns trotzdem keinen Reim darauf machen. Und weshalb nicht? Weil uns ein gigantischer Zaubertrick vorgeführt wurde. Wir haben die ganze Zeit nur auf den Zylinder geachtet, weil wir das Kaninchen sehen wollten. Wir konnten deshalb nicht bemerken, wie ein doppelter Bube im Ärmel versteckt wurde.«

»Was für ein Zylinder, welcher doppelte Bube?«

Holmes stöhnte auf. »Mein lieber Watson, das war nur symbolisch gemeint.«

»Ach so.«

»Aber widmen wir uns wieder der Kiste. Warte, ich will in mein Notizbuch schauen.« Er kramte flink in seinen Taschen. »Hier habe ich mir die Expedition notiert: *Aufgabeort Nordha-*

fen. Ich glaube, das war kein Zufall. Jemand aus dem Nordhafen hat die Kiste besorgt und die Frachtpapiere ausgestellt. Vielleicht heißt dieser Jemand Fred Runge. Möglicherweise ist dort sein Versteck.«

Ich erwiderte: »Das klingt logisch«, obwohl es in meinen Ohren überhaupt nicht schlüssig klang und ich mir deshalb keinen Reim darauf machen konnte.

Holmes ging zum Telefon und ließ sich mit Herrmann Rausert verbinden. »Herr Kommissar«, sagte er. »Wir haben eine Spur, der wir nachgehen sollten. Falls Sie ein wenig Zeit erübrigen könnten, wäre es mir sehr angenehm, wenn Sie uns begleiten würden. Und bringen Sie bitte ein paar von Ihren Leuten sowie den Hundeführer mit.«

Eine gute Stunde später fuhren wir los in nördliche Richtung. Wir mussten nicht wieder in dem Kastenwagen sitzen, denn der Kommissar hatte diesmal einen bequemen *Stoewer C 2* mit aufklappbarem Verdeck und gesteppten, braunen Ledersitzen für uns aufgetrieben. Die übrigen Polizisten folgten in dem uns bereits bekannten schwarzen Daimler-Mannschaftswagen.

Nach wenigen Minuten kamen wir in dem Hafen an. In Berlin gab es mehrere von dieser Sorte. Der Nordhafen lag an einem Kanal, der einen Bogen quer durch die Stadt schlug und dann in die Spree mündete. Das Hafenbecken war nicht sehr groß und doppelt so lang wie breit. Rund dreißig Schiffe und Frachtkähne lagen vor Anker. Viele hatten Kohle geladen.

Wir stiegen aus und sahen uns um.

Holmes deutete auf das Ende des Piers. Dort waren mehrere Wohnboote vertäut worden. Bei den meisten flatterte Wäsche im Wind. Eine Frau unbestimmbaren Alters kam auf uns zugeschlurft. Sie schob einen abgenutzten Kinderwagen vor sich her, der bis zum Rand mit grünen Flaschen gefüllt war. Sie schienen allesamt leer zu sein.

Holmes fragte sie: »Teuerste, wir suchen einen Herrn namens Fred Runge. Er hat früher im Zirkus gearbeitet und soll sich hier in dieser Gegend aufhalten.«

Die Matrone musterte uns mit trüben Augen. Sie hatte ein borstiges Kinn und riesige, braune Warzen am linken Nasenflügel. »Herren jibt et hier nich, Sie feina Pinkel. Der einzije Fred, den ick kennen tue, is det janze Jejenteil von Sie. Wennse den alladings meinen tun, dann müssens auf det Schiff anheuern. Dort pennt Freddy.« Sie wies auf den ältesten Kasten. Er schien schon lange nicht mehr fahrtauglich zu sein. Der Anstrich war abgeblättert. Die ursprüngliche Farbe ließ sich nur noch erahnen. Die Bullaugen waren dreckverschmiert. Am Steuerhaus fehlten die Scheiben. Den Metallrahmen hielt nur noch der Rost zusammen.

Als wir näher kamen, sahen wir, dass an Deck irgendwelcher Müll lag. Aber manchmal musste es noch Bewegung an Bord geben, denn von der Reling führte eine Laufplanke an Land. Wir lauschten. Es herrschte Totenstille. Aus dem Inneren des Seelenverkäufers drang kein einziger Laut.

Holmes war ein guter Schwimmer. Zu Hause in seinem Cottage am Meer ging er vom Frühjahr bis zum Herbst jeden Morgen an den Strand hinunter, um ein halbes Stündchen im kalten Seewasser zu schwimmen. Doch die ölverschmierte Brühe im Hafenbecken lud nicht zum Bade ein. Bei der verrotteten Planke war nicht klar, ob sie das Gewicht eines handfesten Mannes aushalten würde.

Deshalb sagte mein Freund zum Kommissar: »Schicken Sie den Hund rein.«

Der Hundeführer ließ die rehbraune Dogge von der Leine. Das riesige Tier war schwindelfrei. Es lief ohne zu murren über das morsche Brett, sprang in eine offene Luke und war im Schiffsrumpf verschwunden. Eine Weile lang herrschte Ruhe. Dann schlug der Hund an.

»Moritz hat etwas gefunden«, stellte der Hundeführer fest.

Der Kommissar befahl ihm und noch zwei Mann an Bord zu gehen. Einer nach dem anderen hangelten sie sich vorsichtig auf den Kahn. Sie folgten der Dogge nach unten. Kurz darauf erschienen sie zurück an Deck. Sie stützten ein menschliches Wrack. Der Mann war Mitte Vierzig. Er hatte ein aufgedunsenes, rotes Gesicht. Seine wenigen Haare klebten schweißnass an seinem Kopf. Er war unrasiert und schmutzig. Er schien stark betrunken zu sein. Ohne fremde Hilfe konnte er weder laufen noch stehen.

»In seiner Jacke haben wir Arbeitspapiere gefunden. Er heißt Fred Runge«, sagte der Hundeführer.

Der ehemalige Bühnenmeister im *Circus Albert Schumann* verbrachte die Nacht im Ausnüchterungsgewahrsam vom Kommissariat. Am nächsten Morgen besuchten wir ihn. Seine Zelle hatte drei fensterlose Wände. An ihrer Vorderfront war sie vom Fußboden bis zur Decke vergittert. Davor verlief ein breiter Korridor. Von ihm aus konnten wir ganz bequem mit dem Häftling reden, ohne den eigentlichen Kerkerraum betreten zu müssen.

In der Zwischenzeit war einiges passiert. Irgendjemand hatte Fred Runge gewaschen und ihn in saubere Sachen gesteckt. Trotzdem und selbst auf die Entfernung hin stank er immer noch widerlich. Ich sah auf den ersten Blick, was mit ihm los war. Er hatte nicht mehr lange zu leben. Er war ein Alkoholiker im Endstadium.

Holmes sagte zu ihm: »Mein lieber Herr Runge, wir haben einige Fragen an Sie bezüglich der *Drei Beldonis*. Wann haben Sie die Geschwister zum letzten Mal gesehen?«

Der Säufer schaute uns mit rotumränderten Augen an und murmelte verdrossen: »Mit Polizistenscheiße spreche ich nicht.«

Der Kommissar fragte uns: »Soll ich ihn verprügeln?«

»Das wird nicht nötig sein«, stellte Holmes fest. »Wir müssen uns nur in Geduld fassen. Ich bin der festen Überzeugung, dass Herr Runge bald sehr gerne mit uns plaudern wird.«

Wir stiegen die Treppen hinauf. Der Kommissar verschwand in seinem Büro. Holmes und ich gingen hinaus auf den Alexanderplatz, um bei einem kleinen Spaziergang an der frischen Luft den fauligen Gestank aus unseren Lungen blasen zu lassen. Mein Freund schien wieder ganz der Alte zu sein. Von seiner nervösen Erschöpfung war nichts mehr zu spüren. Auch das kannte ich an ihm. Er hasste die Untätigkeit. Ständig wollte er beschäftigt sein, und sei es auch nur mit der Zucht von Bienen. Ich konnte in Holmes lesen wie in einem Buch. Er ahnte etwas, aber er wollte es mir nicht sagen. Stattdessen machte er mich mit der Geschichte unserer Umgebung vertraut: »Das hier, wo wir jetzt stehen, war der alte Paradeplatz. Wie du vielleicht weißt, mein lieber Watson, hat es sogar im preußisch korrekten Deutschland bereits einmal ein Revolution gegeben. Das war vor 75 Jahren. 1848 haben hier auf diesem Platz Barrikadenkämpfe stattgefunden. Es gab jede Menge Tote.«

Von den längst vergangenen Unruhen waren keine Zeichen zurückgeblieben. Die Bürger trugen keine Schärpen und keine Musketen mehr. Alles blitzte wie auf Hochglanz gewienert. Der Alexanderplatz war nicht sehr groß, aber äußerst ansehnlich und harmonisch gestaltet. Er wurde von repräsentativen Bürgerhäusern gesäumt. Straßenbahnen überquerten ihn. In der Mitte stand ein hohes Denkmal. Es stellte ein hübsches Frauenzimmer mit einem wallenden Umhang dar. Auf dem Kopf trug es ein seltsames Hütchen.

»Das ist die Berolina«, erläuterte Holmes. »Sie ist aus Kupfer gefertigt und soll an den siegreichen Frankreichfeldzug von 1871 erinnern.«

Bei einem Krämer in den Kolonnaden vom Bahnhof Alexanderplatz kaufte mein Freund eine blau getönte Quartflasche Wacholderschnaps und ließ sie in seiner Rocktasche verschwinden. Dann gingen wir zurück in den Keller. Inzwischen waren zwei Stunden vergangen. Fred Runge lag auf seiner Pritsche und starrte die Decke an.

Als er uns kommen hörte, schaute er zu uns herüber. »Ich brauche etwas zu trinken«, sagte er mit ersterbender Stimme.

»Guter Mann, direkt vor Ihren Füßen steht ein Wasserkrug. Bedienen Sie sich bitte«, entgegnete Holmes freundlich.

Der Gefangene antwortete nicht. Er wälzte sich auf die Seite und drehte uns den Rücken zu. Seine Schultern bebten. Ab und zu wurde er wie von Fieberschauern gepeinigt.

»Mögen Sie Gin?«, fragte Holmes. »Man sagt auch Genever oder Wacholder dazu.« Er holte die Schnapsflasche aus der Tasche. Mit seinem Taschenmesser entfernte er den Korken und zauberte ein Wasserglas hervor. Der Alkohol plätscherte hinein.

Fred Runge drehte sich zu uns um. Er wirkte verunsichert.

»Sie dürfen trinken, sobald Sie uns einige Fragen beantwortet haben.«

»»Mit Polizistenscheiße spreche ich nicht.«

»Ganz wie Sie meinen«, entgegnete Holmes und kippte den Schnaps auf den Fußboden aus. Eine scharf riechende Alkoholwolke stieg auf.

Fred Runge stieß einen unterdrückten Schrei aus und drehte sich schluchzend zur Wand. Er presste sein linkes Handgelenk in den Mund und zitterte nun bereits wesentlich stärker.

Holmes zog mich am Arm beiseite. Wir stiegen die Treppen hinauf. »Wie lange wird er noch durchhalten?«, wollte er von mir wissen.

»Er ist schon fast reif. Eine Stunde schafft er vielleicht noch gerade so. Sein Alkoholspiegel ist bereits rapide abgesunken. Er hat Schmerzen und benötigt dringend Nachschub.«

»Dann gehen wir solange Kaffee trinken.«

Als wir zurückkehrten, schauten wir zuerst beim Kommissar vorbei. »Kommen Sie bitte mit. Es ist gleich soweit«, bat Holmes.

Unten sah ich auf den ersten Blick, dass der Widerstand des Häftlings gebrochen war. Er war weiß wie die Wand und klammerte sich mit beiden Armen an die Gitterstäbe. Als er uns kommen sah, streckte er uns die Hände entgegen und flehte: »Bitte, bitte, nur einen winzigen Schluck. Geben Sie mir die Flasche. Ich sterbe sonst.«

»Du stirbst sowieso. Du bist schon tot. Du weißt es bloß noch nicht«, rutschte es mir heraus. Im selben Moment hätte ich mich für diese Dummheit ohrfeigen können. Wir wollten mit dem Galgenvogel kooperieren und ihn keinesfalls provozieren.

Holmes goss das Glas halb voll und hielt es Fred Runge hin. »Hier, als Zeichen unseres guten Willens. Danach werden Sie reden. Die Flasche setze ich als Preis aus. Es ist Ihre letzte Chance.«

Der ehemalige Bühnenmeister stürzte das Glas hinunter, als ob er am Verdursten wäre. Er leckte jeden Tropfen einzeln ab. Nach und nach verwandelte sich Mr. Hyde zurück in Dr. Jekyll[1]: Er bekam Farbe im Gesicht. Sein trüber Blick wurde wieder fest und klar. Das Zittern ließ nach.

Ich kannte das Phänomen bereits. Bei einigen Patienten im St. Bartholomew's Hospital hatte ich diese Veränderungen genauestens studieren können.

»Erzählen Sie uns die Geschichte der *Drei Beldonis*«, forderte Holmes den Mann auf. »Berichten Sie uns, welche Rolle Sie dabei spielten. Fassen Sie sich kurz, aber lassen Sie nichts aus. Versuchen Sie nicht, von sich abzulenken. Wir wissen mehr, als Sie ahnen.«

Fred Runge setzte sich auf seine Pritsche und begann zu sprechen: »Es ging mir gut als Bühnenmeister beim *Circus Albert Schumann*. Ich wurde korrekt bezahlt und lernte viele interessante Leute kennen. Aber wenn es dem Esel zu wohl wird, geht er aufs Eis tanzen. Eines Tages kam ein Mann zu mir und bat mich um eine Gefälligkeit. Es war nichts Besonderes. Er wollte ein Autogrammfoto von den *Drei Beldonis* kaufen. Ich habe es ihm besorgt, und er gab mir zwanzig Mark dafür. So sind wir miteinander bekannt geworden. Einige Zeit später hat er mich zu sich nach Hause eingeladen. Ich fühlte mich geehrt. Es war ein wirklich feiner Herr.«

»Wie hieß er?«, fragte Holmes dazwischen.

»Graf Alexander von Karlsson-Kaya. Er verkehrt in den besten Kreisen. Ich dachte, er wäre mein Freund. Tatsächlich ist er der Leibhaftige. Entschuldigung, mir geht es nicht so gut. Kann ich bitte noch einen Schluck bekommen?«

Holmes goss einen Fingerbreit nach.

»Wir haben viel Zeit miteinander verbracht, der Graf und ich. Er war sehr spendabel. Zwei, drei Mal sind wir zusammen ins Bordell gegangen. Irgendwann hat er mich gefragt, ob ich es schon einmal mit einer Adligen getrieben hätte. Als ich verneinte, meinte er, er kenne eine verdorbene, junge Baronin, die sei ganz wild auf fesche Kerle wie mich. Er hat ein Rendezvous arrangiert. Es fand in seiner Wohnung statt. Es war dumm von mir hinzugehen. Für einen schmalen Taler konnte mir mein Bruder die schärfsten Bräute besorgen. Aber mein Gehirn war wie vernebelt. Wir haben die ganze Nacht lang gefeiert. Als ich morgens erwachte, war ich voller Blut. Die Baronin lag tot neben mir. Jemand hatte ihr mit meinem Messer den Hals durchgeschnitten.« Er stockte kurz und rieb sich über die Mundwinkel. »Der Graf hat mir geholfen. Er stand auf meiner Seite. Er hat einen klaren Kopf behalten und alles vertuscht. Es war ein Pakt mit dem Teufel gewesen. Von da an hatte er mich in der Hand. Bei der Silvestergala 1911 befahl er mir, das Halteseil von Albert Belmicke zu lösen. Ich musste es tun. Ich hatte keine andere Wahl. Albert fiel herunter und verletzte sich schwer. Mich traf die ganz Schuld. Ich konnte nichts zu meiner Rechtfertigung vorbringen und flog auf die Straße.«

»Weshalb wollte der Graf die *Drei Beldonis* ins Unglück stürzen?«

»Er hatte sie bei einem Gesellschaftsabend im Haus von Walter Kollo, dem Operettenkomponisten, kennen gelernt. Albert Belmicke war betrunken und prahlte damit herum, dass er nicht nur ein guter Artist, sondern auch ein guter Schlosser sei. Er könne jeden Geldschrank mit einer Haarnadel öffnen. Das wurde ihm zum Verhängnis. Der Graf hat die Karriere der Geschwister zerstört, um sie als seine private Einbrecherbande rekrutieren zu können. Wie ein Schachspieler dachte er mehrere Züge voraus. Er hat einige lohnende Zielobjekte ausbaldowert, und die *Drei Beldonis* mussten die Taten ausführen.«

»Aber Albert Belmicke hätte bei seinem Absturz sterben können?«

»Solche Kleinigkeiten interessierten den Grafen nicht. Dann hätte er sich einen Ersatzmann gesucht.«

»Wie ging es dann weiter?«

»Ich saß auf der Straße und hatte keine Arbeit. Ich fing an zu trinken und kroch auf dem Schiff unter. Der Graf hat mir regelmäßig etwas Geld zugesteckt. Dafür musste ich für ihn kleinere Aufträge erledigen. Letztens wollte er zum Beispiel eine längliche Transportkiste mit der Aufschrift *Aufgabeort Nordhafen* haben.«

»Wissen Sie, wozu er die Kiste brauchte?«

»Nein, ich hatte keinen Schimmer.«

»Weshalb haben Sie Ihrem Bruder den Aufenthaltsort der *Drei Beldonis* verraten?«

»Ich hatte keine Ahnung, wo sich die Geschwister versteckt hielten. Der Graf hat es mir schließlich gesagt und mir im gleichen Atemzug aufgetragen, die Information an meinen Bruder weiterzugeben. Er wusste, dass Paul ein Polizeispitzel ist. Aus irgendeinem Grund wollte der Graf die Geschwister aus dem Weg räumen.«

»Was wissen Sie von dem Einbruch im Museum?«

»Von welchem Einbruch in welchem Museum?«

Die letzten Worte hatte Fred Runge nur noch mit Mühe artikulieren können. Holmes stellte ihm eine allerletzte Frage: »Wo wohnt Ihr adliger Freund und Gönner?«

»In der Aschaffenburger Straße 17 in Berlin-Schöneberg.«

Holmes schob ihm die Flasche Wacholderschnaps durch die Gitterstäbe. Der Trinker krallte sie sich ein und verzog sich in die äußerste Ecke seiner Zelle.

Der Kommissar hatte die ganze Zeit über schweigend zugehört. »Jetzt kommt endlich wieder Schwung in die Sache«, meinte er. »Ich stelle sofort ein Kommando zusammen. In spätestens einer halben Stunde können wir aufbrechen. Ich bin gespannt, was uns der menschenfreundliche Graf Alexander von Karlsson-Kaya zu berichten weiß.«

[1] *Der seltsame Fall des Dr. Jekyll und Mr. Hyde,* Novelle des schottischen Schriftstellers Robert Louis Stevenson (1850-1894).

10. Kapitel

Der Schatz im Tresor

»Das ist interessanter, als es zu werden versprach.
Sogar ziemlich dramatisch.«

Arthur Conan Doyle, *Der adlige Junggeselle*

Adel vernichtet

Aus den Aufzeichnungen von Dr. Watson.

12.10.1913, Berlin

In weniger als einer Stunde war die Polizeimannschaft wieder startklar, und der Einsatzbefehl wurde erteilt. Bis zur Aschaffenburger Straße 17 in Berlin-Schöneberg fuhren wir nicht weit.

Kommissar Rausert wollte kein Risiko eingehen. Direkt an der Haustür ließ er mehrere Männer Wache beziehen, ebenso am hinteren Dienstboteneingang. Im Haus selbst sicherte ein Polizist das Vestibül und den Treppenaufgang, ein zweiter den Personenaufzug und ein dritter die zweite Etage.

Wir postierten uns im ersten Stock. Ich blickte auf meine Uhr: Es war drei Uhr am Nachmittag, als Holmes schellte. Alles um mich herum wirkte surreal, wie in einer anderen Welt. Der Klingelknopf glänzte in einer gewienerten Messingschale, passend zu dem übrigen Interieur des hochmodernen, gutbürgerlichen Quartiers. Ich war wirklich verblüfft, welche Unterschiede es doch in der Wohnqualität gab. Damit meinte ich weder die *Mulackritze* noch das verkommene Wohnschiff im Nordhafen. Beispielsweise in meinem Heim in London schwärmten ständig Bedienstete wie fleißige Bienen umher, um zu putzen, Staub zu wischen und Ordnung zu halten. Trotzdem war es kein perfekter Haushalt. Vor dem Kamin lag ständig ein Stapel Zeitungen, der dort nichts zu suchen hatte; in der Mitte des Esstischs türmten sich immer Zettel, Rechnungen und Briefe, die da keinesfalls hingehörten; und das Strickzeug meiner Frau wanderte auf magische Weise von einer Stubenecke in die nächste. Von dem vermüllten Inhalt der diversen Abstell- und Bodenkammern, von den stets im Weg liegenden Stiefeln und den Staubflusen unter dem Kanapee ganz zu schweigen. Hier aber, in diesem Palast aus Marmor, Glas, Messing, edlen Hölzern, Luft und Sonne, blitzte und strahlte alles. Nirgendwo war auch nur ein Staubkorn zu finden.

Vom Portier wussten wir, dass der Graf zu Hause war. Wir warteten. Nichts geschah. Holmes läutete ein zweites Mal. Diesmal hörten wir, wie sich drinnen Schritte näherten. Ich trat zur Seite. Herrmann Rausert setzte ein breites Grinsen auf, nahm den Hut ab und hielt ihn artig vor die Brust. Die Bronzeklappe am Türspion öffnete sich. Ein vergrößertes, braunes Auge starrte hindurch.

»Der Herr Graf werden entschuldigen. Die Hausverwaltung schickt mich. Ich muss die Wasserrohre überprüfen. Es gibt eine undichte Stelle. Parterre tropft es.«

»Kommen Sie morgen wieder. Heute passt es mir nicht. Ich bin beschäftigt«, lautete die barsche Antwort.

»Eure Exzellenz, das ist völlig ausgeschlossen. Ich muss meinen Auftrag erfüllen. Oder Sie unterschreiben mir dieses Papier, dass Sie für sämtliche Schäden aufkommen.«

Der Graf seufzte und gab seinen Widerstand auf. »Also gut, kommen Sie herein, in drei Teufels Namen. Zeigen Sie mir vorher Ihre Legitimation.« Er legte die Sicherheitskette vor und öffnete die Tür einen winzigen Spaltbreit.

Der Kommissar war etwas zurückgewichen, um Anlauf zu nehmen. Mit seiner Breitseite ließ er sich gegen die polierte Mahagoni-Füllung krachen. Die Kette riss aus. Die Tür flog auf. Der Graf purzelte in den Korridor. Er hatte sich noch nicht wieder aufgerappelt, da packte ihn der Kommissar schon am Schlafittchen und schleifte ihn in den Salon. Dort ließ er ihn wie einen nassen Sack fallen. »Herr Alexander Karl Schon, Sie sind verhaftet.«

Der Graf sah reichlich derangiert aus. Er krabbelte verwirrt auf dem Fußboden herum. Sein schwarzseidener, mit allerlei exotischen Vögeln bestickter Morgenmantel schleifte hinter ihm her. Das gute Stück hatte etwas gelitten. Der linke Ärmel war halb herausgerissen.

Doch der Mann hatte bald zu seinem alten Schneid zurückgefunden. Er rappelte sich auf, brachte seine Kleider in Ordnung, klemmte ein Monokel ins rechte Auge und trat rückwärts an eine Kommode. »Da muss eine Verwechslung vorliegen. Ich bin Graf Alexander von Karlsson-Kaya.«

»Nein, das sind Sie nicht. Glauben Sie mir. Ich habe es selbst im *Gotha*[1] nachgeschlagen«, erwiderte der Kommissar. »Ein Haus Karlsson-Kaya ist in unseren Breitengraden völlig unbekannt.«

»Das mag schon sein, guter Mann, sofern Sie von Deutschland sprechen. Es gibt jedoch noch andere Länder auf dieser Welt. Meine Familie beispielsweise stammt aus Skandinavien. Und dort reichen unsere verwandtschaftlichen Beziehungen bis hinauf zu meinem Oheim. Er trägt den Namen Oscar Gustaf Adolf Bernadotte und ist kein Geringerer als der König von Schweden.«

»Sie erzählen ausgemachten Blödsinn. In Schweden gibt es keinen *Greve*[2] *Karlsson-Kaya*. Ich habe es überprüfen lassen. Sie sind ein Hochstapler. Sie heißen Alexander Karl Schon. Sie stammen aus München, und Ihre Mutter war Schauspielerin.«

Das letzte Wort betonte er, als würde er Landstreicherin meinen.

Der Graf lenkte ein: »Nun gut. Es kann möglicherweise eine kleine Unkorrektheit in der Schreibweise aufgetreten sein. Das ist doch aber kein Grund, gleich mit der Tür ins Haus zu fallen. Lassen Sie uns darüber reden wie zivilisierte Menschen. Bitte nehmen Sie Platz.« Er wies auf die Sitzgruppe am Kamin. »Darf ich Ihnen etwas zu trinken anbieten? Ein Selterswasser? Einen Sherry?«

Ich war verblüfft über so viel Chuzpe. Der Graf war ein dreifacher Mörder. Daran konnte es keinen Zweifel geben. Von ihm stammte der Stiefelabdruck in der Größe 3½ vor der Baracke im Gelände der Eisfabrik. Der Graf war schmächtig und kaum größer als ein Kind. Eine andere Person kam kaum infrage. Er musste ahnen, was ihm bevorstand. Und trotzdem glaubte er immer noch fest daran, er könne mit seinem liebenswürdigen Geschwätz das Ruder des sinkenden Schiffes herumreißen.

Holmes sagte kein einziges Wort. Er beobachtete voller Interesse die Schmierenkomödie, die vor uns aufgeführt wurde.

Niemand von uns setzte sich. Wir blieben stehen. Drei Musketiere gegen den Kardinal Richelieu.

Der Graf überspielte gekonnt die Angst, die er zweifellos hatte. Er lächelte freundlich, als wäre es eine völlig normale Sache, in der eigenen Wohnung von fremden Männer zu Boden geworfen und körperlich bedrängt zu werden.

»Schluss jetzt mit den Faxen«, knurrte Herrmann Rausert ungehalten. »Sie werden uns jetzt auf das Kommissariat begleiten und dort ein umfassendes Geständnis ablegen.«

»Was gibt es da viel zu gestehen? Es war ein Scherz. Ich habe niemandem geschadet.«

»Es geht mir nicht um den falschen Titel. Ich will von Ihnen wissen, weshalb Sie die *Drei Beldonis* ermordet haben. Ich will von Ihnen wissen, wo der Eberswalder Goldschatz versteckt liegt.«

Der Graf erbleichte. Er war sichtbar aus der Fassung geraten und suchte krampfhaft nach einem Ausweg. »Welche drei Balderis?«, fragte er, um Zeit zu gewinnen.

»Lassen Sie den Schwachsinn«, blaffte ihn der Kommissar an. »Wir haben mit Fred Runge gesprochen. Es ist aus ihm herausgesprudelt wie aus einem Wasserfall. Vor der Baracke haben wir die Spuren einer Kutsche und einen Fußabdruck von Ihnen gefunden. Alles wurde peinlich genau vermessen und skizziert. Reicht das?«

»Pah, welch ein Unsinn. Ich besitze überhaupt keinen Wagen.«

»Nein, natürlich nicht. Sie haben ihn sich ausgeliehen. Es ist wahrscheinlich ein *Spider Phaeton* gewesen. Falls Sie diese Tatsache also weiter bestreiten wollen, schicke ich sofort ein paar Beamte los und lasse sämtliche Fuhrunternehmen in Schöneberg abklappern, die gewerbsmäßig Kutschen verleihen. Ich denke, spätestens in einer Stunde werde ich eine positive Rückmeldung haben. Wissen Sie, mein Freundchen, ich hasse Schwindler. Wenn ich Sie weiterhin bei irgendwelchen Lügen ertappe, schicke ich die Herren hier für einen kurzen Moment auf die Straße. Und ein gewisser Herr Schon wird in dieser Zeit große körperliche Schmerzen erleiden, das verspreche ich Ihnen.« Er griff in die Tasche und zog einen Apfel heraus. Er presste seine Finger zusammen und zermalmte ihn in seiner Faust. Der Saft tropfte nach unten.

Der Graf änderte sofort seine Taktik. »Nun gut, ich will Ihnen sagen, wie es wirklich war. Ich bin in dieser Geschichte nicht der Täter, sondern das Opfer. Alles geschah gegen meinen Willen. Ich wurde zu einem Läufer in einem großen Schachspiel gemacht. Die Figuren werden von einer anderen Person gesetzt und gezogen. Ich bin unschuldig. Ich habe die *Drei Beldonis* nicht umgebracht. Weshalb hätte ich das tun sollen? Es waren meine Freunde. So glaubte ich jedenfalls. Ich hatte sie aus der Bredouille gerettet, als keiner mehr zu ihnen stand. Aber das war ein schwerer Fehler. Ich hatte mich gründlich in ihnen verrechnet. Vor ein paar Tagen wollten sie mich vergiften. Es gelang mir, heimlich die Gläser zu vertauschen. An meiner Statt starben die beiden Brüder Belmicke. Sie hat ein gerechtes Schicksal ereilt. Ihre Schwester war da allerdings anderer Ansicht. Sie hat sich in eine Furie verwandelt und ist völlig außer Kontrolle geraten. Mir blieb keine andere Wahl. Sie ist mit einem Messer auf mich losgegangen. Ich musste sie erschießen. Es war reine Notwehr. Sie hätten an meiner Stelle ebenso gehandelt.«

»Nun gut, lassen wir dieses traurige Kapitel. Doch wo ist der Schatz abgeblieben?«

»Wo soll er schon sein? Er befindet sich dort, wo er hingehört: Im *Königlichen Museum für Völkerkunde*, beim Professor im Tresor.«

»Woher kennen Sie den Professor?«, wollte Holmes wissen. Er wirkte keineswegs überrascht. Offensichtlich hatte er längst vermutet, wer der Mann im Hintergrund sein könnte und schien daher mit der Antwort bereits gerechnet zu haben.

»Ich denke, Sie wissen Bescheid, weil Sie bereits alles genauestens ermitteln konnten?« Der Graf, der eben noch völlig zerknirscht gewesen war, bekam plötzlich wieder Oberwasser. »Die einfachste Sache der Welt konnten Sie nicht herausfinden? Es steht in jedem Nachschlagewerk. Nun gut, ich will es Ihnen verraten: Ich bin Sekretär der *Berliner*

Gesellschaft für Anthropologie, Ethnologie und Urgeschichte. Daher kenne ich den Professor. Er ist der Spiritus Rector[3]. Er agiert als der kluge Schachspieler, der sämtlich Züge weit im Voraus plant. Er allein bestimmt, wann der Springer vom Brett fliegt. Ich bin nur eine kleine, zurechtgeschnitzte Holzfigur, eine willenlose Marionette. Ich führe Befehle aus. Ich verfolge keine eigenen Interessen. Er hat mich erpresst. Ich musste tun, was er von mir verlangt.«

»Wer hier für was verantwortlich war, mag am Ende das Preußische Kammergericht entscheiden. So, nun genug geplaudert. Kommen Sie, wir gehen«, befahl der Kriminalkommissar und zog die Handschellen aus der Tasche.

Völlig unvermittelt brach der Graf in Tränen aus. Er schlug die Hand vor die Augen und wimmerte theatralisch: »Im Kerker halte ich es nicht aus. Ich bin zu zart besaitet und viel zu sensibel. Leihen Sie mir Ihren Revolver und eine letzte Patrone. Lassen Sie mich bitte für einen Moment allein. Seien Sie gnädig und gewähren Sie mir den Ehrentod!«

»Einen Teufel werde ich tun. Sie sind weder ein Offizier, noch ein Mann von Welt. Sie sind ein Lump, der am Galgen enden wird. Das verspreche ich Ihnen. Die Todesstrafe ist Ihnen gewiss.«

»Dann lassen Sie mich wenigstens eine letzte Zigarette rauchen«, bat der Graf.

Holmes schüttelte mit dem Kopf, aber der Kommissar sagte: »Von mir aus. Auf die paar Minuten kommt es nun auch nicht mehr an. Genießen Sie den Tabak. Sie werden sobald keinen mehr in die Finger bekommen.«

Ich öffnete vorsichtshalber den Knopf von meinem Überzieher. Erst wägen, dann wagen.[4]

Der Graf nahm ein Ebenholzkästchen in die Hand, öffnete es und hielt es so hoch, dass wir hineinschauen konnten. Wie wir sahen, bewahrte er in ihm gediegene Tabake mit goldenen Mundstücken auf. Der Graf nahm eine von diesen edlen, weißen Zigaretten und klopfte sie an. Er steckte sie sich in den Mund und griff sich ein merkwürdig geformtes Feuerzeug, das neben dem Zigarettenbehälter gelegen hatte. Er lächelte auf eine seltsam entrückte Art. Er schien dem Wahnsinn nahe zu sein.

In diesem Moment begriff ich erst, was soeben geschehen war. Der Graf hielt gar kein Feuerzeug in der linken Hand, sondern einen winzigen Derringer. Auf größere Entfernungen war eine solche Pistole wenig wirkungsvoll, aber wir standen der Mündung direkt gegenüber.

Die Zeit schien sich zu verlangsamen. Sie raste nicht mehr dahin, sondern waberte geleeartig. Aus Bruchteilen von Sekunden wurden – so erschien es mir – beinah ganze Minuten. Der Zeigefinger des Schurken krümmte sich ganz bedächtig. Ein Feuerstrahl kroch Stück für Stück aus dem Lauf. Die Kugel folgte gemächlich und segelte frei schwebend durch die Luft. Sie hatte allerdings nicht mich als ihren Zielpunkt gewählt, sondern entfernte sich in die Richtung von Sherlock Holmes.

Meine Hand fuhr unter die Jacke. Die Zeit zog sich zusammen. Plötzlich ging alles blitzschnell. Revolver, Hand, Arm und Auge bildeten eine Einheit. Ich musste nicht zielen. Ich feuerte aus der Bewegung heraus. Diesmal waren alle Kammern geladen gewesen. Das hatte ich noch draußen vor der Tür erledigt gehabt. Der Schuss ging mitten ins Schwarze. Er traf den Derringer und riss ihn dem Grafen aus der Hand. Die Waffe flog im hohen Bogen davon. Der Bösewicht schrie vor Schmerzen auf und stolperte zur Seite. Er strauchelte dem Kommissar direkt in die Schussbahn. Auch Herrmann Rausert war feuerbereit gewesen. Die Kugel, die er für die linke Schulter des Halunken bestimmt hatte, verließ kurz nach der meinigen den Lauf. Statt nun den Grafen – wie gewollt und wie gewünscht - nur leicht zu verwunden, traf sie ihn mitten.in die rechte Schläfe. Auf seinem Gesicht zeichnete sich ungläubiges Staunen ab. Dann erlosch das Leben in den braunen Augen. Ein Blutstrahl spritzte aus der Wunde.

Ich warf mich herum, denn ich fürchtete um meinen Freund. Doch Holmes war nichts geschehen. Er hatte den Mordanschlag kommen sehen und rechtzeitig ausweichen können. Das Projektil hatte ihn weit verfehlt und stattdessen ein hässliches Loch in die Wandtäfelung gerissen. Wir alle drei waren unverletzt geblieben.

Der durchtriebene Alexander Karl Schon alias Graf von Karlsson-Kaya hingegen lag mausetot am Boden. Er hatte sich selbst ein Bein gestellt und tropfte nun den teuren Perserteppich voll.

Wir waren in doppelter Weise ernüchtert. Zum einen, weil in unserer Gegenwart soeben ein Mensch sein Leben ausgehaucht hatte. Mochte sein Charakter auch noch so schlecht gewesen sein, diesen jähen Tod hatte er gewiss nicht verdient. Zum anderen wegen der Enthüllung, dass der hochangesehene Professor Schuchhardt hinter allem steckte und sich zu einem ebenbürtigem Nachfolger von James Moriarty, dem Napoleon des Verbrechens, aufgeschwungen hatte. Ich war entsetzt. Ich hatte dem Mann jedes seiner Worte abgekauft und ihm bedingungslos vertraut. Er musste ein begnadeter Schauspieler sein. Niemand hätte in dem Häufchen Elend, das vor wenigen Tagen zu uns ins Hotel Adlon gekommen war, einen skrupellosen Intriganten vermuten können.

Die Polizisten aus dem Treppenhaus strömten zur Tür herein und umringten den Toten. Der Kommissar steckte seine Pistole ein und befahl seinen Männern, die Leiche fortzuschaffen.

Holmes setzte sich in einen der Sessel am Kamin. Ich nahm neben ihm Platz. Auch der Kommissar gesellte sich zu uns.

Als wieder Ruhe eingekehrt war, meinte mein Freund sichtlich betroffen: »Ich habe es von Anfang an geahnt. Ich wusste instinktiv, dass wir an der Nase herumgeführt wurden. Aber ich konnte nicht ermessen, wie groß der Betrug tatsächlich war. Nun fällt es mir wie Schuppen von den Augen. Alles war viel zu grell, wirkte wesentlich zu dick aufgetragen. Wozu diente der ganze Aufwand? Ich verstehe beim besten Willen nicht mehr, wie ich so blind sein konnte. Dabei kannte ich den entscheidenden Hinweis von Anfang an.«

»Welcher wäre das gewesen?«, wollte ich wissen.

»Nun, ich hatte doch bereits das Gleichnis von dem Zauberkunststück erwähnt, welches uns vorgeführt wurde. Wir haben wie gebannt auf den Zylinder gestarrt und auf das weiße Kaninchen gewartet, währenddessen der Magier vor unseren Augen die Spielkarten manipulieren konnte.«

»Würden Sie das bitte etwas genauer ausführen«, meinte der Kommissar. »Ich verstehe nicht ganz, was Sie damit meinen.«

»Selbstverständlich. Zwei Fragen haben mich von Anfang an beschäftigt. Ich hatte sie nur vorerst beiseite geschoben und verdrängt, weil ich irrtümlich meinte, es gäbe wichtigere Dingen zu klären. Die beiden Fragen lauten folgendermaßen. Erstens: Woher konnten die Einbrecher wissen, an welcher Stelle der Schatz im Museum aufbewahrt wurde? Zweitens: Auf welche Weise haben sie den genauen Standort des Tresors im Büro des Professors ermittelt? Der Geldschrank ist hinter einer Geheimtür verborgen. Woher wussten sie, wo sich diese Tür befindet? Das Loch wurde genau an der richtigen Stelle gebohrt. Wenn der Panzerschrank auf der linken Seite vom Zimmer gestanden hätte, wäre die gesamte Aktion völlig nutzlos gewesen. Aber das Miniaturfernglas wurde so geschickt platziert, dass die Diebe das Kombinationsschloss im Visier hatten. Die logische Schlussfolgerung bedeutet: Die Täter verfügten über ein detailliertes Insiderwissen. Aber woher hatten sie es? Nach unserem Kenntnisstand kommt nur eine einzige Person infrage. Die Einblicke wurden ihnen von Professor Schuchhardt höchstpersönlich vermittelt. Die ganze Sache war von Anfang an eine Farce. Gudrun Belmicke hätte den Tresor am helllichten Tag ausräumen können. Aber das ging nicht, weil dann sofort der Verdacht der Komplizenschaft entstanden wäre. Also wurde ein ausgeklügeltes Ablenkungsmanöver ersonnen. Ein genialer Täter in der Art des Meisterdetektivs Arsène Lupin[5] musste her. Nur deshalb wurde eine erfolgreiche Einbrecherbande engagiert. Sie besaß das nötige Format dazu und war in der Lage, mühelos die schwierigsten akrobatischen Kunststücke ausführen zu können. Als sie ihren Part erledigt hatte, musste sie ausgeschaltet werden.«

»Soweit klingt das alles sehr logisch. Bleibt nur das Motiv. Ich kann es nicht erkennen«, setzte der Kommissar hinzu. »So wie es aussieht, hat der Herr Professor vor allem sich selbst geschadet.«

»Fragen wir ihn. Er wird es uns schon verraten. Da bin ich mir sicher. Vielleicht war schnöde Habgier die eigentliche Triebfeder: Er wollte den Schatz mit keiner anderen Menschenseele teilen.«

Bei unserem nächsten Ziel mussten wir uns zwischen der Villa des Professors und seiner Arbeitsstätte entscheiden. Wir versuchten es zuerst im *Königlichen Museum für Völkerkunde*.

Unterwegs fragte Holmes den Kommissar: »Wie haben Sie vorhin den Trick mit dem Apfel gemacht?«

»Solche kleinen Kunststücke wirken Wunder. Damit habe ich schon ganz harte Burschen zum Reden gebracht. Vor einem Verhör stecke ich mir meistens einen gut präparierten Apfel in die Tasche. Das hat mir im Polizeipräsidium den Spitznamen ›Obstler‹ eingebracht.«

Im Museum ging es wieder die Treppen hinauf und die verwinkelten Flure entlang. Wir rannten vorweg. Die Korona der Polizeitruppe war unser Gefolge.

Als wir ankamen, riss der Kommissar die Vorzimmertür vom Büro des Museumsdirektors auf, ohne vorher anzuklopfen. Marlene Stange, die Sekretärin, wollte protestieren, aber sie hatte keine Chance. Herrmann Rausert war schon durch die gegenüberliegende Tür im Kontor des Professors verschwunden. Wir folgten ihm auf stehendem Fuße.

Carl Schuchhardt saß hinter seinem Schreibtisch. Er war wie üblich äußerst nachlässig gekleidet. Außerdem machte er einen verwirrten sowie reichlich desorientierten Eindruck. Wahrscheinlich hatte er bereits durch einen geheimen Informanten in unserer Polizeitruppe von dem unschönen Tod seines Komplizen erfahren.

Der Kriminalkommissar zog die Handschellen hervor und sprach: »Herr Professor, Sie sind verhaftet!«

Er erntete einen verständnislosen Blick. Dann, nach einer langen Pause, kam die Frage: »Wie lautet der Tatvorwurf?«

»Bandenbildung, Raub, Erpressung, Einbruchsdiebstahl, Anstiftung zum Mord.«

»Sie sind wohl komplett verrückt geworden«, antwortete der Museumsdirektor und griff zum Telefon.

Der Kommissar schlug ihm mit den Handschellen auf die Finger. Der Professor zuckte zurück und stieß einen unterdrückten Schmerzenslaut aus. »Das wird Sie Ihre Stelle kosten!«, rief er empört.

»So, mein Freundchen, jetzt wollen wir den Goldschatz in Augenschein nehmen. Öffnen Sie den Panzerschrank.«

»Ich denke nicht im Traum daran!«

»Öffnen Sie den Panzerschrank! Sofort!«

»Sie haben mir gar nichts zu befehlen.«

Der Kommissar griff nach seiner Pistole.

»Von mir aus. Aber nur unter Protest! Das wird ein gehöriges Nachspiel haben! Verlassen Sie sich darauf!« Der Professor erhob sich wütend und ging zum Kamin. Er fingerte an der Wandtäfelung herum. Die Geheimtür sprang auf. Carl Schuchhardt kniete vor dem Geldschrank nieder und stellte die richtige Kombination ein. Dann stand er auf und trat zurück ins Büro.

Der Kommissar nickte einem Polizisten zu. Der packte den Delinquenten mit hartem Griff an der Schulter. Herrmann Rausert zwängte sich in den kleinen Raum und zog an dem Griff. Die Tresortür schlug weit auf. Holmes und ich standen seitlich und hatten alles gut im Blick. Wir begriffen nicht, was wir sahen. Holmes schluckte. Der Kommissar setzte sich verblüfft auf den Fußboden. Mein Mund wurde trocken.

Der Tresor war leer.

[1] Der *Gothaische genealogische Hof-Kalender* erschien jährlich im Verlag Justus Perthes. Er enthielt ein Verzeichnis aller adeligen Häuser.

[2] schwedisch: Graf

[3] lat.: der führende Geist

[4] Englische Variante des scherzhaften Sprichworts: Vorsicht ist die Mutter der Porzellankiste.

[5] Romanfigur des französischen Schriftstellers Maurice Leblanc (1864–1941).

Abgerechnet wird zum Schluss

Aus den Aufzeichnungen von Dr. Watson.

12.10.1913, Berlin

Der Professor schrie hysterisch: »Bedienen Sie sich, meine Herren, bedienen Sie sich. Aktien, Obligationen, Schatzbriefe, Schuldverschreibungen, Banknoten, Goldmünzen und allerlei andere Kostbarkeiten liegen für Sie bereit.« Er deutete auf Holmes und mich. »Sogar die Kronjuwelen vom britischen Königshaus habe ich im Angebot.«

Der Kommissar fuhr ihn barsch an: »Schluss mit dem Unsinn! Wo haben Sie den Schatz versteckt? Raus mit der Sprache.«

»Sie scheinen ernstlich krank zu sein, guter Mann. Sie sollten sich sofort einweisen lassen. Es scheint ansteckend zu sein, was Sie sich da eingefangen haben. Den englischen Detektiv und seinen Adlatus hat es offensichtlich bereits ebenfalls erwischt.«

Herrmann Rausert begann die Geduld zu verlieren. Er legte dem Professor Handschellen an. »Nun gut, dann fahren wir eben ins Kommissariat. Nach einer Nacht bei Wasser und Brot ganz tief unten im Rattenloch verwandeln sich die meisten Spaßmacher sehr schnell in kompetente Gesprächspartner.«

Holmes sagte: »Einen Moment bitte noch.« Er ging zum Professor und sah ihm direkt in die Augen. »Graf Alexander von Karlsson-Kaya, seiner Zeichens Sekretär der *Berliner Gesellschaft für Anthropologie, Ethnologie und Urgeschichte,* hat Sie in aller Öffentlichkeit bezichtigt, Drahtzieher bei dem Raub vom Eberswalder Goldschatz gewesen zu sein. Was glauben Sie, was wir denken müssen, wenn Sie von Ihrem engsten Mitarbeiter beschuldigt werden und er darüber hinaus für diese Behauptung stichhaltige Argumente vorweisen kann?«

Der Professor hatte seine Ruhe zurückgefunden. Jegliche Aufregung war aus seiner Stimme verschwunden. »Aha, daher weht der Wind also. Ich denke, da muss ich einiges klarstellen.«

»Nur zu«, ermunterte ihn der Kommissar. »So viel Zeit muss sein.«

»Ich weiß leider nicht, welchen Eindruck Sie von dem feinen Herrn Grafen gewonnen haben. Aber in meinen Augen ist er ein Speichellecker, Pharisäer, Heuchler und Fabulant.«

»Weshalb haben Sie ihn denn eingestellt?«

»Sie scheinen hier etwas durcheinander zu bringen. Ich bin der Direktor vom *Königlichen Museum für Völkerkunde.* Damit verdiene ich mein tägliches Brot. Darüber hinaus bin ich noch ehrenamtlich und nach Feierabend in etlichen Vereinen tätig. So zum Beispiel als zweiter Vorsitzender in der *Berliner Gesellschaft für Anthropologie, Ethnologie und Urgeschichte.* Die Geschäftsstelle vom Verein befindet sich zufällig im Museum. Das hat geschichtliche Gründe, weil es ohne die Gesellschaft das Museum nicht geben würde. Damit enden aber die Gemeinsamkeiten. Das Museum und der Verein sind wirtschaftlich nicht miteinander verbunden. Der erwähnte Sekretär ist keinesfalls für mich, sondern ausschließlich für die *Anthropologische Gesellschaft* tätig. Auch wurde dieser saubere Herr nicht von mir, sondern vom Vorstand eingestellt, und zwar gegen mein ausdrückliches Veto. Was ich von ihm persönlich und menschlich halte, habe ich bereits erwähnt. In fachlicher Hinsicht ist er eine Null. Aus allen diesen Gründen beschränken sich unsere Kontakte auf das absolute Mindestmaß. Wenn ich ihm die Hand reichen muss, wasche ich mir anschließend die Finger mit Kernseife. Insofern zweifele ich ernsthaft an Ihren Verstandeskräften, mein lieber Holmes, wenn Sie einem solchen Aufschneider und Karrieristen Glauben schenken. Vor einigen Tagen bei der Premierenfeier haben Sie mich außerordentlich überrascht. Heute ist es Ihnen erneut gelungen, und zwar in einem noch viel größerem Maße.«

Der Kommissar führte den Professor ab. Mein Freund und ich blieben nachdenklich zurück.

»Ich erkenne einen Lügner, wie bereits gesagt, an der Größe seiner Pupillen. Der Professor hat die Wahrheit gesagt. Wir haben einen schwerwiegenden Denkfehler begangen. Aber welchen? Was haben wir übersehen?«, fragte mich Holmes. »Die Antwort muss hier im Museum liegen. Aber wo?«

Ich wusste auch keine Antwort darauf.

Wir liefen langsam die Gänge zurück in Richtung Ausgang. Es war wie vor ein paar Tagen. Das gesamte Gebäude befand sich in Aufruhr. Überall auf den Fluren diskutierten die Mitarbeiter. Zu ungeheuerlich war das Geschehen. Erneut trafen wir auf die Ansammlung der älteren Herren in ihren steifen schwarzen Anzügen.

»Das sind wieder die Mitglieder der *Gesellschaft*«, meinte ich. »Sie scheinen die meiste Zeit mit Klatsch und Tratsch zuzubringen.

Holmes nickte bestätigend.

Ein schlanker, schmalgesichtiger Mann von Anfang fünfzig mit Vollbart und graumeliertem Haar stellte sich uns in den Weg. »Meine Herren, auf ein Wort«, sagte er.

Holmes beachtete ihn überhaupt nicht. Er schob ihn einfach beiseite und setzte seinen Weg fort, ohne innezuhalten. Doch plötzlich stutzte er. Mein Freund, von dessen Gesicht normalerweise keinerlei Empfindungen und Gemütsaufwallungen abzulesen waren, zeigte plötzlich ein reges Mienenspiel. Wut, Ärger, Hoffnung und jähe Erkenntnis wechselten in Bruchteilen von Sekunden. Er drehte sich um und ging einen Schritt zurück. Er sagte: »Entschuldigen Sie bitte, mein Herr, sind Sie nicht Professor Kossinna?«

»In der Tat, der bin ich.«

»Verzeihen Sie mir bitte mein rüdes Benehmen. Ich war in Gedanken und habe Sie nicht gleich erkannt. Selbstverständlich stehe ich zu Ihrer Verfügung. Haben Sie hier in der Nähe einen Raum, in dem wir uns ungestört unterhalten können?«

»Das ist überhaupt kein Problem. Wir können gerne in mein Büro innerhalb der Räumlichkeiten der Geschäftstelle der *Anthropologischen Gesellschaft* gehen. Es ist zwar nicht groß, aber dort werden wir garantiert von keiner Menschenseele belästigt werden.«

»Einverstanden. Wenn Sie bitte vorausgehen würden.« Holmes gab sich betont höflich.

Die schwarzgekleideten Grauköpfe machten uns nur widerwillig Platz. Sie musterten uns mit feindseligen Blicken. Offensichtlich hielten sie uns für die Schuldigen an dem Unglück, welches Professor Schuchhardt getroffen hatte. Wir konnten es ihnen nicht verdenken. Einzig und allein die große Autorität, die Professor Kossinna ausstrahlte, ließ sie zur Seite treten.

Das Büro, in das er uns geleitete, lag am äußersten Ende von einem Korridor, in dem unsere Schritte hallten wie auf einem Exerzierplatz. Das Geschäftszimmer war in der Tat nicht sehr geräumig. Es sah genauso aus, wie ich mir das Arbeitszimmer eines Wissenschaftlers vorgestellt hatte. Auf der Erde und auf den Tischen lagen riesige Stapel von Büchern und Papieren. Ich wäre außerstande gewesen, in diesem Chaos ein System zu erkennen.

Der Professor räumte drei flache Sessel an einem Rauchtisch für uns frei und fragte: »Darf ich Ihnen etwas anbieten?«

»Gern«, antwortete Holmes. »Kaffee wäre mir sehr genehm, und natürlich ein Aschenbecher. Ich bin ein leidenschaftlicher Raucher.«

Ich nickte bestätigend. Bei dieser ganzen Aufregung war mir ein Nasenwärmer gerade recht.

»Kommt sofort«, antwortete der Professor und mimte den fürsorglichen Gastgeber. Telefonisch gab er irgendwo im Haus eine Bestellung auf. Er orderte eine große Kanne heißen Kaffee nebst drei Tassen, Zucker und Sahne. Anschließend stellte er einen geschnitzten Holzaschenbecher vor uns auf den Tisch. Die Kuriosität schien aus den Karpaten zu stammen. Sie zeigte einen schwarzen Bären an der Tränke. Er hatte eine rote Zunge. Ein gehämmerter Messingeinsatz von der Größe einer Männerfaust stellte das Wasserloch dar. Offensichtlich sollte es zum Aufnehmen der Asche dienen.

Professor Kossinna setzte sich hin und musterte uns eine Weile durchdringend. Sein Gesichtsausdruck war freundlich, nur seine grauen Augen blickten kalt. »Sie müssen dieser berühmte englische Detektiv sein, nicht wahr, von dem zur Zeit überall im Haus gesprochen wird«, stellte er schließlich fest, mitten hinein in das sich ausbreitende, peinliche Schweigen. »Leider habe ich Ihren werten Namen nicht parat. Ich bin Wissenschaftler. Ich kümmere mich kaum um reißerische Zeitungsartikel aus der Welt des internationalen Verbrechens.«

»Oh entschuldigen Sie bitte meine Nachlässigkeit. Ich heiße Sherlock Holmes, und das ist mein alter Freund und lieber Begleiter Dr. John Watson. In der Tat bin ich vor langer, langer Zeit einmal kriminalistisch tätig gewesen. Inzwischen genieße ich jedoch das Dasein eines Ruheständlers in vollen Zügen. Ich stehe auf, wann ich will, und gehe nie vor Mitternacht schlafen. Das füllt mich in der Regel völlig aus. Ab und an unternehmen wir eine Urlaubsreise, um uns zu erquicken und zu erbauen. Durch irgendeinen mysteriösen Zufall sind wird mitten in diese merkwürdige Geschichte hineingeraten, die wir noch nicht einmal vom Ansatz her verstehen. Aber vielleicht können Sie uns ein wenig auf die Sprünge helfen.«

»Wie kommen Sie darauf? Ich weiß von nichts. Ich wurde nur zufällig Zeuge der Verhaftung meines geschätzten Kollegen Professor Schuchhardt und hätte gern aus berufenem Munde nähere Einzelheiten erfahren.«

»Die Festnahme war ein Missverständnis, glauben Sie mir. Es wird sich bald alles aufgeklärt haben.« Holmes wühlte in seinen Taschen. »Nun sind mir doch vor lauter Schreck die Zigaretten ausgegangen. Könnten Sie mir vielleicht aushelfen? Jene Sorte dort mag ich nämlich besonders gern.« Er deutete auf einen Stummel einer eleganten, weißen Zigarette mit goldenem Mundstück, der im Aschenbecher lag.

Ich stutzte. Ich hätte schwören können, dass die Messingschale im Aschenbecher kurz zuvor noch völlig sauber ausgewischt und unbenutzt gewesen war.

»Das tut mir furchtbar leid«, antwortete Professor Kossinna. »Diese teure Sorte dort wird vom Sekretär der *Gesellschaft* präferiert. Ich rauche ausschließlich Zigarren oder Stumpen. Aber ich kann gerne einen Boten für Sie in das nächste Tabakgeschäft schicken lassen, damit er dort für Sie die gewünschte Marke besorgt.«

»Nur keine Umstände. Das macht gar nichts. Ich bitte Sie. Dann muss es eben ohne dieses lächerliche und lasterhafte Vergnügen gehen. Dr. Watson lebt bereits seit längerer Zeit völlig enthaltsam. Nicht wahr, alter Knabe?« Er tätschelte mir das Knie.

Offensichtlich hatten ihn die Ereignisse der letzten Stunden zu sehr mitgenommen. Der klinische Fachbegriff dafür lautete *Euphorie.* Diese grundlos gehobene Stimmung trat vor allem bei seniler Demenz, bei progressiver Paralyse infolge von Intoxikationen und – wie hier – nach traumatischen Erlebnissen auf.

»Sagen Sie bitte, Herr Professor Kossinna, haben Sie hier in diesem hübschen Büro auch einen Panzerschrank?«

»Weshalb wollen Sie das wissen?«

»Nun ganz einfach: Weil es mich interessiert.«

»Aber ja, in der Tat. Oder besser gesagt: Nein. Ich würde gerne einen besitzen wollen, weil ich häufig wirklich wertvolle Stücke auf meinem Schreibtisch zu liegen habe. Es bringt große Beschwernisse für mich mit sich, weil ich sie jedes Mal kilometerweit tragen muss, um sie in Sicherheit zu bringen. Aber mein behagliches Zimmer ist viel zu klein, wie Sie sehen. Da wäre selbst für den allerkleinsten Tresor kein Platz mehr.«

»Und was ist das dort hinten in der Ecke? Dieser viereckige Kasten, auf dem die bunte Decke liegt? Watson, sieh doch bitte einmal nach. Ich bin neugierig.«

»Meine Herren, was erlauben Sie sich? Ich muss doch sehr bitten«, empörte sich Professor Kossinna.

Ich stand trotzdem auf und ging nachschauen. Nicht aus innerer Überzeugung, sondern um meinen Freund nicht zu reizen. Ich schob die Decke beiseite. Ein grüner Geldschrank kam zum Vorschein. Ich war verblüfft. Irgendetwas passierte hier.

»Na, wenn das mal keine Überraschung ist«, meinte Holmes. »Da haben Sie sich schon immer einen Tresor gewünscht, und schwupp – steht einer da. Das ist wie im Märchen.«

Professor Kossinna war puterrot geworden. »Der Geldschrank dort ist eine Antiquität. Er wird seit Langem nicht mehr benutzt. Und wenn Sie mich nun bitte entschuldigen würden. Ich habe zu tun.«

»Aber nicht doch, mein Freund. Wir haben doch noch gar nicht Ihren Kaffee gekostet, von dem Sie uns so vorgeschwärmt haben. Es wäre schade, wenn er umsonst gebrüht worden wäre. Er wird bestimmt vorzüglich schmecken, davon bin ich überzeugt. Und Ihr freundliches Angebot mit dem Boten habe ich mir überlegt. Schicken Sie doch bitte einen dieser flinken Burschen los. Ich nehme eine Doppelpackung *Schoba de Luxe*. Oder ägyptische von meiner Lieblingsmarke *IONIDES*. Die schmecken so ähnlich. Da werden Raucherträume wahr, Sie verstehen. Vorab habe ich aber noch einen kleinen Wunsch an Sie. Erfüllen Sie die Bitte eines alten Mannes und öffnen Sie den Tresor für mich. Ich möchte diese Antiquität gerne von innen besehen und den Schließmechanismus bestaunen. Alte Mechanikerkunst hat mich schon seit meiner frühesten Jugend fasziniert. Ich habe eine wunderbare Sammlung antiker Kastenschlösser aus vorchristlicher Zeit zu Hause.«

Das war mir völlig neu.

»Einen Teufel werde ich tun«, rief Professor Kossinna und sprang auf. »Und nun raus hier, aber etwas plötzlich.«

Holmes hielt auf einmal den Totschläger in der Hand, den er sich vor unserem Abenteuer in der *Mulackritze* vom Kommissar ausgeborgt hatte. In einer spielerisch anmutenden Geste ließ er ihn gegen das linke Knie des Professors prallen.

Der fiel zurück in den Sessel und rieb sich mit verzerrtem Gesicht die schmerzende Stelle. »Sie haben mir die Kniescheibe gebrochen!«, schrie er wütend.

»Keine Sorge, es ist noch alles heil«, entgegnete Holmes überaus freundlich. Dann brüllte er: »Und nun machen Sie den verdammten Tresor auf, oder ich beginne Sie Stück für Stück weich zu klopfen.«

Ich hielt diese rüde Ausdrucksweise für reichlich übertrieben, aber meine Meinung war in diesem Moment nicht gefragt. Uns konnte jetzt nur noch ein Wunder retten. Oder wir würden den Rest unseres Lebens in einem deutschen Zuchthaus verbringen. Ich sah mich schon unter dem Kommando preußischer Unteroffiziere Steine schleppen.

Das Wunder geschah. Professor Kossinna hinkte zum Tresor und öffnete ihn. Holmes nahm einen Beutel heraus und schüttete ihn auf dem Fußboden aus. Und da lag er plötzlich vor uns: Der Eberswalder Goldschatz in seiner ganzen Pracht. Ich kniete mich hin und nahm eine reich verzierte Schale in die Hand. Mir stockte fast das Herz. Die schier überirdische Pracht war unbeschreiblich. Ein völlig verrückter Gedanke ging mir durch Kopf: Was wäre, wenn ich meinen Revolver ziehen, einen gut gezielten Schuss auf den Professor abgeben und dann mit Holmes und den Kostbarkeiten verschwinden würde? Im nächsten Moment schon übermannte mich die Scham. Meine Augen wurden feucht.

Epilog

Professor Kossinna gab bei vielen, langen Polizeiverhören nur das Wenige zu, was ihm bewiesen werden konnte. Die Geständnisse erfolgten auch nur nach langem Sträuben. Er war ein harter Brocken. Er schob die ganze Schuld dem falschen Grafen in die Schuhe. Alexander Karl Schon konnte sich nicht mehr wehren. Irgendwann kam von höherer Stelle der Ukas, das Untersuchungsverfahren gegen den Erzlumpen einzustellen. Die Sache verlief im Sand. Die Macht seiner politischen Freunde war zu groß. Professor Kossinna wurde im Endeffekt kein einziges Haar gekrümmt.

Professor Schuchhardt kam mit dem Schrecken davon. Er wurde vollständig rehabilitiert. Seine Karriere nahm keinen Schaden. Die Ausstellungseröffnung fand pünktlich statt. Sie wurde ein voller Erfolg. Seine kaiserliche Majestät äußerte sich wohlwollend. Das stand sogar in der *Times*.

Einige Wochen später nahm Professor Schuchhardt sein Hausrecht wahr und erteilte Professor Kossinna ein Zutrittsverbot für das gesamte Museumsgelände. Es galt auch für die Geschäftsstelle der *Gesellschaft für Anthropologie*. Mehr konnte unser Klient nicht tun. Professor Kossinna nahm diesen Affront widerspruchslos hin. Er war offensichtlich sehr froh darüber, so glimpflich davongekommen zu sein.

Bevor wir abreisten, führten wir noch ein längeres Gespräch mit Professor Schuchhardt. Er dankte uns für unser Engagement, das – wenn auch auf Umwegen - zur Lösung des Falls geführt hatte. Er tat so, als würde er daran glauben, dass seine Verhaftung nur ein Trick gewesen wäre, um den Widersacher aus der Reserve zu locken. Wir widersprachen ihm nicht.

Außerdem bestätigte Professor Schuchhardt einige unserer Vermutungen. So hatte er den Schatz mehrfach in der Gegenwart seines Kollegen Kossinna eingeschlossen. Er hielt ihn menschlich für integer. Er hatte deshalb keine Geheimnisse vor ihm gehabt, auch wenn Kossinna auf wissenschaftlichem Gebiet ein Opponent war.

Die Motive des Bösewichts lagen klar auf der Hand. Er wollte Professor Schuchhardt als einzigen ernsthaften Gegner ausschalten und auf diese Weise mit seiner verquasten Siedlungs- und Sippentheorie die Vorherrschaft auf wissenschaftlichem Gebiet gewinnen. Außerdem war er dem verhängnisvollen Lockruf des Goldes gefolgt. Da er über viele Details hartnäckig schwieg, konnten wir nur vermuten, dass er über Fred Runges Bruder, den Zuhälter Paul Schauder, den Tipp an die Polizei lanciert hatte.

Kriminalkommissar Herrmann Rausert schenkte mir zum Abschied den handlichen Totschläger, der mir so ans Herz gewachsen war. Holmes bekam von ihm eine detaillierte Beschreibung des Apfeltricks. Wir hatten einen guten Freund gewonnen.

Auf der Rückreise nach London machte Holmes einen stillen und in sich gekehrten Eindruck. Als ich ihn darauf ansprach, sagte er: »Mein lieber Watson, manchmal habe ich vor mir selber Angst. Dann scheinen finstere Mächte ihre dunklen Schwingen über mich auszubreiten. So war es damals bei meinem schicksalhaften Zusammentreffen mit

Professor Moriarty an den Reichenbach-Wasserfällen. Es hätte mich um ein Haar das Leben gekostet. Nun war ich wieder in ähnlicher Weise betroffen. Ich handelte wider alle Vernunft. Erst ließ ich mich wie ein Berufsanfänger auf die falsche Fährte locken. Und dann, als mir im letzten Moment die Erleuchtung kam und sich mir die wahren Zusammenhänge offenbarten, war ich so wütend über das Ausmaß der Täuschung und meines anfänglichen Versagens, dass ich sämtliche Vorsicht fahren ließ. Ich wollte den Schurken stellen, ihm die Maske vom Gesicht reißen, und sei es um den Preis des eigenen Untergangs. Versprich mir bitte, mein lieber Freund, mich bei der nächsten Gelegenheit an solch unbedachtem Tun zu hindern.«

Ich versprach es ihm leichten Herzens, denn ich glaubte nicht an die Möglichkeit einer Wiederholung. Ich sollte mich irren. Aber das ist eine andere Geschichte.

Gleich nach unserer Rückkehr lud uns Mycroft in den Besuchern zugänglichen Speisesaal des *Diogenes-Klubs* ein. Wir genossen jeder ein delikates Roastbeef, einen herrlichen Portwein, einen exzellenten Whisky und zum Abschluss eine vorzügliche Zigarre zu bittersüßem Mokka. Nach reichlich zwei Stunden gingen wir befriedigt auseinander. Die ganze Zeit über hatten wir kein einziges Wort miteinander gesprochen. Aber darin lag ja, wie ich sehr wohl wusste, das Wesen des *Diogenes-Klubs*: Die schwatzhafte Welt musste draußen vor der Tür bleiben.

* * *

Manche Menschen meinten nicht ganz zu Unrecht, dass der Goldschatz von Eberswalde von Anfang an mit einem Fluch beladen gewesen sei. In der Tat hat er niemandem Glück gebracht. Mehr noch, fast allen Personen, die enger mit ihm in Berührung kamen, erging es schlecht: Acchus, der dorische Kaufmann und erste Besitzer der Kleinodien, wurde vergiftet. Vincent Voiture, der Haushofmeister am französischen Königsthron, starb an einem Schuss aus einer Armbrust. Der Landsknecht Jakub Kirschbaum schaffte es zwar bis nach Hause, aber dann verlor sich seine Spur in den Wirren der Geschichte.

Der Polier Albert Rhangow, der eigentliche Entdecker des Goldschatzes von Eberswalde, fiel zwei Jahre später im Ersten Weltkrieg. Der Fabrikbesitzer Aaron Hirsch und seine Frau Amalie Hirsch, die den wertvollen Fund dem *Berliner Museum für Völkerkunde* übergaben hatten, verloren im Dritten Reich ihr gesamtes Vermögen. Sie nahmen sich 1942, kurz vor ihrer Deportation in ein Konzentrationslager, das Leben.

Die Geschwister Belmicke, die den Schatz gestohlen hatten, wurden vergiftet und erschossen. Ihr Auftraggeber, der falsche Graf Alexander von Karlsson-Kaya, starb durch eine Polizeikugel.

Professor Schuchhardt kam zwar mit dem Leben davon, aber er erlebte im Zusammenhang mit dem Diebstahl die schlimmste Woche seines Daseins, die ihn spürbar altern ließ.

Professor Gustaf Kossinna musste sich vor keinem irdischen Richter rechtfertigen, aber er, der als ein Wegbereiter der nationalsozialistischen Ideologie galt, erlebte die Stunde seines Triumphes nicht mehr. Er starb einige Monate vor der »Machtergreifung« Hitlers.

Der Goldschatz von Eberswalde, der größte vorgeschichtliche Goldfund in Deutschland, verschwand am Ende der Zweiten Weltkriegs spurlos. Es gab die Vermutung, dass ihn eine Spezialeinheit der Roten Armee abtransportiert haben könnte. Von sowjetischer Seite wurde das vehement bestritten.

Auch nach dem Untergang der UdSSR blieben die Kostbarkeiten verschwunden. Alle entsprechenden Anfragen wurden von russischer Seite abschlägig beschieden. Das änderte sich erst mit dem Jahr 2004. Da wurde der Goldschatz von Eberswalde in der hintersten Ecke von einem mit Gerümpel vollgestellten Depot des Moskauer Puschkin-Museums entdeckt. Seitdem laufen bilaterale Verhandlungen über die Rückführung der Beutekunst nach Deutschland.